尘风心雨

唐德淼 著

文汇出版社

图书在版编目(CIP)数据

尘风心雨 / 唐德淼著. —上海：文汇出版社,2021.5
ISBN 978-7-5496-3534-4

Ⅰ.①尘…　Ⅱ.①唐…　Ⅲ.①散文集–中国–当代
Ⅳ.①I267

中国版本图书馆 CIP 数据核字(2021)第 091381 号

尘风心雨

著　　者 / 唐德淼
责任编辑 / 熊　勇
装帧设计 / 书香力扬

出版发行 / 文匯出版社
　　　　　上海市威海路 755 号
　　　　　(邮政编码 200041）
经　　销 / 全国新华书店
排　　版 / 成都力扬文化传播有限公司
印刷装订 / 成都兴怡包装装潢有限公司
版　　次 / 2021 年 5 月第 1 版
印　　次 / 2021 年 5 月第 1 次印刷
开　　本 / 880×1230　1/32
字　　数 / 240 千
印　　张 / 10

ISBN 978-7-5496-3534-4
定　　价 / 56.00 元

时代的伤

永远的痛

在撕裂的时空中魂牵梦绕

回荡得毫无着落

时代的纯

永远的真

在传承的长河中逝去光泽

消失得无处可寻

时代的年轮

在滋养和感动中迭代成长

伸向初心坚守的远方

……

序　言

　　心灵深处的文字，无数次地泛起，触动着无法自拔的沉思。无数次地夜不能寐，梦回往事，情不自禁地"流淌"……淌出了真情实感、淌出了涤荡千回、淌出了流年岁月、淌出了铭记与平静。正如作家周国平在散文集《愿生命从容》中描述道："要从浮躁的世界找到内心的平静，人生任何美好的享受，都有赖于一颗澄明的心；唯有内心富有充盈，方能从容抵抗世间所有的不安与躁动。"

　　这些凝重的文字是与生命的悄悄对话，既不是回忆录，也不是纪实性的流水账，而是用写意方式创作的散文，也许形似散文，也许是社会镜像的思索。因此，对于文中的社会现象、人物、情节及态度，请不要对号入座，也无须对号入座。

　　通篇用五个"乐章"进行抒情写意，分别是"母爱无痕"、"父爱守望"、"心事如水"、"未名情愫"和"流离乡情"。每个"乐章"中由多个情境构成，不求篇幅工整，但愿不拘一格，自然流转。

　　"乐章"的写作背景，是以作者童年时期的内心感悟与跌宕，以及对年长者先前风土人情讲述的记忆。弗洛伊德说："对艺术家而言，无论童年记忆在当时便很重要，还是受后来事件的影响才变得重要，留在记忆中的童年生活都是最有意义的因素。"作家苏童指出："作家应该很好地利用童年的记忆，这记忆对作家的价值是不可估量的。[①]"本书写作的笔触并不局限于当期的时代，偶尔会跳出时代，以"当代"的视角去悟，期待可以悟出人生的风雨、社会的百态及内心的感动。

文字的每次推敲、修改和完善，无论是快乐的事、悲伤的事、愤慨的事、浪漫的事、揪心的事还是后悔莫及的事，都能让自己莫名其妙的心跳加速，也能让自己无数次感动、无数次潸然泪下……有时，脆弱的泪水会默默地滴入键码的缝隙，沁入得那么悄无声息、那么失落与寂寥，吐出或未吐出的文字，可能都是对心灵的洗礼、对灵魂及人格的重塑。

思想家胡适曾说过："生命本没有意义，你能给他什么意义，他就有什么意义。"席慕蓉的诗歌写道："生命本就是凋零前的一个有意义并趣味无穷的过程。不同的理解与付出，就定义了生命不同的价值与意义。"

其实，每个人的经历无论怎样千奇百怪，感受无论怎样千差万别，我们的内心深处都会有一些让心房为之颤动的纠结、涤荡、遗憾与印记……

咀嚼出的这些文字，就是一次富有人生感悟和社会思索的"老牛反刍"，以嚼出社会的冷暖温情，嚼出人生的百味、真谛和意义。

唐德淼

2016 年 8 月

---

① 苏童. 苏童精选集［M］. 北京：北京燕山出版社，2010 年。

目 录

心雨一　母爱无痕

1. 顽强"拒脚"　　　| 2
2. 曾为"革命"　　　| 6
3. 无奈繁衍　　　| 9
4. 坚韧持家　　　| 12
5. 煤油吊灯下　　　| 20
6. 生日礼物　　　| 23
7. 赶庙会　　　| 26
8. 故土难离　　　| 29
9. 几沓零钱　　　| 35
10. 伤离别　　　| 40

心雨二　父爱守望

11. 地主长工　　　| 50
12. 手艺人　　　| 53
13. 月老　　　| 57

14. 个性做事 | 61

15. 金牛生财 | 66

16. 摆地摊 | 71

17. 古渡酸楚 | 77

18. 烟酒香涩 | 83

19. 守候路口 | 92

心雨三　心事如水

20. 学得苦 | 98

21. 吃得饿 | 118

22. 寒酸寄宿 | 125

23. 星星树 | 128

24. 盖新房 | 133

25. 文化人 | 141

26. 梦中的大车 | 148

27. 烦人的水稻 | 154

28. 新闻的痛 | 161

29. 冰雪乐趣 | 164

30. 交公粮 | 170

31. 猪的命运 | 177

心雨四　未名情愫

32. 露天电影 | 186

33. 摸黑踩泥为看剧 | 193

34. 信由心生 | 200

心雨五　流离乡情

35. 说书的消失　　　　　| 210

36. 玩什么　　　　　　　| 215

37. 抓鱼　　　　　　　　| 223

38. 夏游乐趣　　　　　　| 231

39. 浓香年味　　　　　　| 237

40. 家乡的天　　　　　　| 244

41. 棉花望　　　　　　　| 251

42. 家务拾趣　　　　　　| 264

43. 法难断　　　　　　　| 273

后　记　　　　　　　| 282

心雨一

母爱无痕

1. 顽强 "拒脚"

　　20 世纪 30 年代，我的母亲①出生在万物凋敝、荒芜无望的农村一个朱姓人家。

　　外祖父，名为广桥②，外祖母，朱潘（守英）氏③。曾外祖父，名为朱万某，曾外祖母，朱齐氏。太外祖父、太外祖母……先祖姓名，无法考证。

　　新中国成立前，外祖父家有一方可以维持生计的土地和一头牛。

　　外祖父及其哥哥家的男性多数跟随革命队伍，不同程度参加游击队（当时，他们在外祖父的村进行了短暂的驻扎）。外祖父即使有一点土地，也不是"地主"，应该"根红苗正"。

　　有一次，外祖父家就被本村的地主害了。

　　据母亲回忆，当时所在的村是在国民党的白色统治下，接近

---

　　① 名 Ying。

　　② 外祖父朱广桥，应该出生在 19 世纪的最后一个马年。早年参加了游击队（加入队伍的具体时间，荒芜的农村和家族无史料可查），长期和国民党作战，多次受伤，影响战斗，暂且离队回家休养。新中国成立前夕，病故家中。外祖父在四个兄弟（无姐妹）中排第四，三个哥哥全部随共产党参加游击队；大哥和二哥可能战死，杳无音信。

　　③ 外祖母的父亲是旧时代农村里。挑着挑子走村串巷的"卖货郎"，主要经营针线等"小东西"，可以以物换物，聊以生计。

解放的某年初春时节，家里突然来了很多当兵的，而且都持着枪，外婆吓得带着孩子钻进了草垛中，母亲及姐妹们吓得默默流泪，不敢哭出声来，也不敢喘"粗气"，只能憋着。

随后，当兵的把母亲的三婶当成外婆绑了起来，打了一顿，扔到门前的麦田里，逼着她说出革命游击队的去向，或交出外公。

当兵的架着几杆枪朝着与母亲年龄相仿的几个孩子，边等待"外婆"说出外公等游击队员的下落，边在茅草屋周围胡乱搜查。

外婆担心几个孩子的危险，心惊胆战地哆嗦着，意外地牵着草垛晃动着。

这下倒霉了，外婆被当兵的发现了，拖出来，反绑双手，吊在房梁上，他们还长时间地抽打外婆，折磨外婆……

此后，外婆的双手向前移动，就会很痛。

母亲的姊妹多次说，外公参加革命游击队的事，就是村上的地主为求自保而告的密。

母亲个子高挑，方脸、高鼻、大眼睛，齐耳短发，年轻时通常穿着蓝色偏襟①外套。她有一股不一样的气质，果敢而上进，坚毅而爽朗。

她做事干练，开朗坚强。非常勤奋、非常节俭、非常艰辛地操持着家庭一切事务。

她是一位非常能干的农村妇女，有一双灵巧的手，还有一双能为其助力的"大脚"呢。

旧社会里，女人在很小的时候就要裹缠小脚，以便成年时造就"三寸金莲"，显示其高贵、矜持和入俗，如果女人不裹缠小脚，就会被传统世俗所不容。

当然，也有倔强的女孩坚决不裹缠小脚的，用自己的方式与

_____

① 偏襟，纽扣在左边的侧面，一般是用布盘出的子母扣。

陋习抗争。诺贝尔文学奖获得者莫言笔下的《红高粱》中，戴九莲就不让其嫂子给女儿（琪官）裹缠小脚。大户人家的戴九莲为女儿做出不裹缠小脚的决定，就显示出冲破旧世俗的勇气。

母亲姐妹五个，无兄弟，母亲排老二。老大裹了小脚，老二就是死活不裹，老三裹了一段时间。后来，新的社会风气吹破了封建"枷锁"，也就停止了继续裹脚。

作为穷人家孩子的母亲顽强地坚持不裹缠小脚，可能是对残酷现实的反叛，也可能是对长辈的另类回应。

据姨妈说，母亲坚决不裹缠小脚的这一抗争行为，也付出了一定代价。在其成年要嫁人时，媒婆都要为我母亲的"大脚"耐心地解释几句，尤其大户人家特别抵触。

当然，母亲肯定没有嫁入豪门，而是非常不情愿地嫁入离家几十里，更加闭塞的荒芜农村。

父母的结婚①"喜床"都是土垒的。土垒的床，不是东北的那种下面可以加热的土炕。其实，就是平整的土台子，上面可以铺草以及席子。夏热冬冷，非常寒碜，令人心酸。

我父亲曾是地主的长工。当时正在当理发手艺的学徒，的确家徒四壁，一贫如洗。

住房的四壁是由玉米秸秆与泥巴混合编垒成的"篱笆墙"，透着光，漏着风。

下大雨时，顶上滴水，墙上渗水。迎风的柴门进水更厉害，门后的地面通常会积上很多水，父母就用挖地的铁叉踩出几个孔，从而加快积水下渗。此时，房内土质的地面已经一片泥泞。

就在这样的茅草屋里繁衍，拥挤着、蜗居着六七口人，比"蚁族"还甚似"蚁族"。拥挤的空间连转身的地儿都没有，父母

---

① 父母结婚，根本没有仪式。就是一起在外婆家吃顿饭，就算结婚了。母亲就跟着父亲步行很远，到了父亲破败的家，繁衍生息。

原始情感的"释放"，只能遮遮掩掩的。

因祸得福，母亲的"大脚"支撑起了家庭的困难与重负，如果是"三寸金莲"，路都走不稳，怎么能使得上力气干农活呢？说不定，我们家的光景会更加穷困潦倒，真不敢想象。

这，也许就是那个年代大部分农村家庭的缩影吧。

农村破败不堪，民不聊生，难以为继的现象，无奈地维持了相当长的时间，是一两代人不堪回首的痛苦记忆。

直到20世纪80年代初的家庭联产承包责任制，即土地"包产到户"政策在农村的施行，农村的面貌才慢慢有所改观。

但是，由于"城乡二元结构"等制度的桎梏，农业、农村、农民问题依然非常严峻。这些问题，近几年多数得到一定程度的解决。

新的问题，好像又在滋生着、困扰着……

2. 曾为"革命"

母亲的家乡，也是日本鬼子侵略的所到之处，加上后来的解放战争，兵荒马乱的社会形势，饥寒交迫的家庭境遇，人们注定要颠沛流离、家破人散。

母亲的三个堂兄弟，都不由自主地参军了。

那时候，参军没有那么严格，只要四肢健全就行，对文化程度是顾不上要求的，不少是目不识丁。从电视剧《激情燃烧的岁月》的角色表现中便可略知一二。

当然，青壮年也有不情愿参军的，如果符合基本条件，情愿还是不情愿都由不得自己。意志不坚定的，吃不了苦的，也有当了逃兵，其后果自然不堪设想。

大多数参军的人都是怀揣保家卫国的高大上理想去的。

有的参军，认为与其让残酷的"纷乱"现实压得窒息、度日如年，与其在家吃不饱、穿不暖，还不如到部队磨炼一下。鲁迅描述的革"鬼子"的命，也革自己的命。保家卫国顺便混个饱肚，说不定还能出人头地，最坏的不过是长眠"沙场"呗。

有的参军，是被父母的革命热情送去的，因为在衣不蔽体、食不果腹的特殊年代，"二流子"无所事事，无法安身立命，乱世逆子多，整天惹出"坑爹"之事，让其父母特别无可奈何，只好送其去当兵。

有的参军，特有戏剧性，属于"打酱油"式的。据母亲回忆，村上有的小伙伴参军时年龄非常小，是尾随哥哥"跑进"部队的，其哥哥被经过村的部队选中获准参军的，部队休整出发时，懵懂的弟弟就尾追随行很远，就这样入伍了。母亲的小堂弟就如此，后来在一次战斗中，冒着枪林弹雨，捂住差点被打掉的半个屁股，顶着瑟瑟寒风奄奄一息地爬过一个山头，得救了，提干了。

母亲，是怎样"入伍"参加革命的呢？

她是向经过村的部队或在村临时休整的部队，送补给物品，赶制衣服鞋子或为战士缝补衣服等，有时是有组织的，有时是无组织的。

后来，母亲就参加了当时还不太明白的"地下补给"组织，当然，依然做原来的事情。临近解放时，目不识丁的母亲才知道那是革命队伍。

母亲出嫁之前，在特殊年代会定期或不定期地参加着所在村的组织活动。

出嫁以后，迫于生计也没有及时转组织关系。当时，母亲可能也不太清楚要有这么个手续，只是，断断续续地在所在生产队参加着组织活动。

很多年后，大队支部要求母亲把组织关系转到所在生产队。

母亲，为此跑了几趟娘家所在的支部，好像没查到确切的"记载"。革命的非常时期，农村档案工作的"残缺"是可想而知的。

母亲，非常失望。后来，支部叫母亲去找可以证明她是党员身份的组织负责人或当事人。由于"年代"久远，有的找到了却说不太"清楚"，有的根本找不到……为此，耗费了母亲很多生产队的上工时间，生产队扣了母亲相应的工分，也影响了年终口粮。

生产队说："要抓紧，不能再请假了。"

母亲虽心有不甘，但觉得挣工分、养家糊口要紧。即使恢复了党员身份又能怎样呢？难道不要挣工分，抚养孩子了吗？

母亲去娘家找他们"证明"时，经常带上孩童的我。隐约记得母亲当时的焦急。

母亲就这么想着、拖着，拖着、想着……她如此重要的事情，就这么耽搁下来了。

几年前，耄耋的原生产队老支书，在村卫生室碰见年已古稀的老母亲，还提起这事，耳背的他扯着嗓门对母亲说："真可惜！当时，你要转成组织关系就好了，组织对老党员还有照顾呢。"

母亲停顿很长时间，并无兴趣应答老支书的话。只是低头反复翻看着自己的手心手背，似乎在若有所思地回味着什么……自言自语地说："我现在也好啊，孩子都成家了。"然后，用粗糙干裂的手，揉了揉模糊而干涸的双眼……

母亲的内心是强大的，是炽热的，是有故事的！

母亲是我们孩子心中最完美的"党员"，是我们大家庭的"书记"，也是"总经理"，真切地倾其所有操碎了心！

3. 无奈繁衍

母亲的首次生育，应该是 20 岁左右。

那时是新中国成立初，大地遍体鳞伤，百废待兴，人们刚刚从压抑和饥寒交迫的"桎梏"中探出头来，却浑然不知应该面向何方，目光充满迷茫、内心充满彷徨……

但是，人们的自然繁衍在贫瘠的农村却无法调节或终止，这对肩负生存、生活和精神压力，且无助的农村妇女来说，可能是一种身心的摧残。当时，对她们或他们来说，可能只有孕育新的生命，可以充满激情，可以无拘无束，可以对某种压力的另类宣泄。

这种压力的宣泄造就了生生不息、周期轮回，也一定程度加重了农村劳苦妇女的身心负担。

受当时短衣缺食、营养不良的生活条件影响，流动式"接生婆"的生育条件所限，新生命都是在四面透风的家里诞生的。顺产还好。如果遇到"接生婆"能解决的难产，母亲是要承受着撕心裂肺的切肤之痛；如果遇到接生婆无法解决的复杂情况，那就"作孽"了，遭罪了，只能裹着衣被强忍着剧痛，忐忑不安地躺在颠簸的人力平板车上，被送到简陋的乡村医院就诊，雨雪天时，就麻烦了，只能躺在简易的小床上，被家人、村邻抬着跑去医院，难熬的疼痛又被无情的"拖延肆虐"加重了许多……

这样，既惊喜又可怕的生育经历，对母亲来说是刻骨铭心的，她先后经历了八次如此的生死考验。

生育的痛，使母亲非常害怕下一次生育。因为，她有时会听到或看到难产的可怜母子在家或医院遭遇不幸的情况……

残酷的现实，只能有几天产假，根本不容许休较长时间的"月子假"，用于恢复身体且哺育嗷嗷的孩子。多数妇女生育几天后，就要到生产队参加常规的体力劳动了，基本没有特殊安排，母亲也不例外。

那时，生产队是"管制式"的肩扛手搬的集体劳作，效率和收入都很低。妇女休"月子假"工分会被打折的，也不容许超期休假，休假了年终就吃不上全额口粮。

生育八个孩子的母亲，经历的是何等的"煎熬"？

令她伤透心的是，这八个孩子最终只有五个长大成人，其余的由于饥饿，或不起眼的疾病而无钱治疗或医疗条件所限等意外原因而夭折了。妈妈，先后经受了三次肝心圮裂"失子"的悲恸折磨，这个折磨是整整一辈子。

据说，生我的时候，还在月子里的母亲胳膊上长了一个小"结疤"。于是，抱着襁褓中的我一起去看医生，途中急着赶路，就顺路搭乘了一辆毛驴车。

不幸的是毛驴车被撞翻到河里了，我和妈妈一起落入水中。遭到"水灾"后，妈妈发炎的小"结疤"严重了，后来动了手术。当然，也不能继续哺乳了，我也因此失去了吃奶的机会。真是"屋漏偏逢连夜雨"。

对此，我们从来不敢也不忍心去问及，非常担心触碰到妈妈软弱的内心，那些永远是她无法磨灭的痛……

生育，对于母亲那一代的农村妇女来说，是一种隐隐的痛，是一种挥之不去的梦魇。

想摆脱都摆脱不了，更何况在"人多力量大"和"劳力多，生产队收入就多"的社会背景下，世俗让她们也无法轻松摆脱。况且，落后的农村也没有实质措施可以阻止生育，在医疗条件局限的情况下，农村妇女只能无奈地顺其自然，内心即便有一万个不愿意，又能奈何？

好在20世纪70年代，节育的措施也慢慢在家乡推行。要求"进步"的母亲是同龄中首批要求终止妊娠的，这时的节育是自愿的。后来，计划生育被定为国策，要求强制执行，但实在是家乡最难搞的一项工作。

主动退出生育的母亲，在日夜劳作、营养不良和生理心理压力的摧残下，只剩下了四肢无力的"躯壳"，似乎已无实质性"内容"了。

这，就是母亲的无私与坚韧，母爱的厚重与伟大！

4. 坚韧持家

母亲的命运，是随着我们家命运、农村命运的变迁而起伏的。

当时的农村一片凋零，贫瘠的土地、农业生产原始落后（家乡无任何工业）、"大锅饭"体制机制的桎梏，加上"大跃进""三年困难时期"、声势浩荡的"文化大革命"等不可抗力因素的影响，苍凉、忧伤的广袤农村变得更加满目疮痍、百废待兴。也给了贫苦的农民、无望的农村乃至华夏大地以当头重击，真是雪上加霜。

不过，善良农民改变命运的斗志还在，"翻身"做主人的激情还在，以及团结互助、共同奋斗、克服困难的精神还在，积极、乐观和淳朴的特质，一直激励着农村、农家、农民艰难前行。

当然，地处农村偏僻"穷壤"的家乡，更是如此。

随着生育孩子的不断增多及部分因饥饿、疾病等因素的不幸离去，母亲的命运就是和贫困、疾病等不利因素不断抗争的过程。从而铸就了母亲的坚韧不拔、不屈不挠、勤奋耐苦、永不服输的可贵禀性。

母亲赋予了我们家不断进步，一切向好的动力基因。

母亲用坚韧奠定了我们家出发的新起点，造就了温馨的港湾、疲惫的依靠、幸福的源泉。让我们家一直生活在希望之中，也比别的家庭多了点顺利和幸福。

为了全家的生存，按现在的说法，母亲有前瞻性的经济头脑，看得比较远，而且不墨守成规，会巧妙地突破或绕过制度的约束。

国家推行农村家庭联产承包责任制，即"包产到户"政策之前，农民只能在生产队从事农业劳动，按劳核计工分，年底根据工分分配口粮等生活资料。当然，未成年的孩子，只能按公社的规定得半份。

当时，禁止家庭从事类似经商的"副业"，农民几乎没有现金收入，只能把省下来的粮食拿到小集市换点零用钱。

母亲为了生计却吃起了"螃蟹"，利用父亲"非农民"的便利"偷偷摸摸"地零星搞点小买卖。在当时的政策氛围里，如果达到一定数额，定罪叫"投机倒把"。

复旦大学韦森教授在《皇权专制下中国市场经济的周期性兴衰》一文中指出："自汉武帝开始，中国历代王朝屡屡采取的重农抑商政策和'禁榷①'制度，是两千多年滞碍中国市场经济发展的最重要制约因素。"

那么，母亲是怎样让父亲做到的呢？父亲虽然是地地道道的农民，但是根据公社、大队及生产队的相关规定，常年外出从事手艺类的"副业"工作，可以不参加生产队的劳动，每年需要向生产队交一定数额的现金或粮食（手艺服务，有时是用粮食付酬的）。

从事这种"副业"工作，前提要有手艺或相应技能，另外还要获得相关部门批准。为了这个事，还得托"关系"。

---

① 禁榷，对商品实行专卖，限制民间贸易，以扩大财政收入的制度。

母亲利用父亲经常外出的机会，叫父亲在夜幕下从外地带回"产品"（其实就是散装粉丝），然后在家里私下交易，可以用粮食换或现金买。有时，母亲还突破规定和世俗的束缚，利用雨、雪等农闲期间，把粉丝隐蔽地压在背篓底下，去集市卖，贴补家用。

母亲经常通过渡船跨过运河，在河边公路附近极其狭窄的农家小巷子里摆摊，那个小巷子是离我们家最近的交易小集市，那里不是什么村部、城镇所在地，是自然形成的"街"。当时，"跟屁虫"的我总是托着下巴，或蹲、或坐、或倚在母亲身边——守着妈妈。

目前，那个小巷子还在，不过已失去当时的热闹。当我驾车路过时，总会放松油门瞄一眼，不禁荡起母子相依的温馨与回忆。

如此微利补贴家用的买卖方式，小心谨慎地持续了几年。

大集体时，生产队的粮囤尽管不少，但需要养的人太多了。不光是村民，还有村里的"公职"人员，那时就连粮囤"封口"的，都要专人负责。什么是"封口"？主要是防止偷窃的，即先在粮囤的顶部用木锨刮平整，然后盖上灰印（用一个小布袋装满烧火炉膛里的清灰，布袋的底部连着一块方形的木板，木板上有镂空的"印"字。"封口"时，就提着布袋均匀地在粮囤顶部的表面一戳一戳地盖出一个个灰"印"）。

当时，不管怎么"封口"也封不住农民本能的饥饿之口。

20 世纪 80 年代初，强劲的改革春风，吹走了年底只能分到几袋口粮的"阴霾"。逐渐地，家家都是颗粒满仓。

我们也不例外。大人们总是兴高采烈、一路小跑地扛着圆柱形的笆斗①，向家里的粮囤运输粮食。妇女一般不会扛笆斗，母亲自然也不太会。看到累着并高兴着的父亲，我也尝试扛笆斗运粮食，以减轻父亲的辛劳。刚开始，既没有经验，力气又不大的我，只能扛起半笆斗粮食，后来可以扛得多些。一阵子下来，左肩就被磨破了，又不会换肩，这与不会换手写字一个道理，只能"高兴"地忍着。

"包产到户"后，庄稼丰收了。山芋自然也丰收了。

孩子们总会高兴地在新出土的山芋堆旁，迎着寒风啃着新鲜的山芋，在泛着土壤原野的清新气息中，欢欣雀跃地捏着泥团追砸着……

山芋还有一个经济功能，可以做粉丝。

于是，母亲会催着父亲想法子做点粉丝卖钱，同时可以改善家里的菜品。

小时候，印象最深的唯有重大节日，才有少量的肉或鱼吃。主要以肥肉为主，有时用肥肉和更便宜的猪油（脂肪）一起炸，油渣与猪油两吃——油渣可以炒大白菜，猪油可以烧菜也可拌米饭吃，都很香。

除此之外，印象中的美味"大菜"，就是粉丝和豆腐。至今，我都特别爱吃，可能是因为当时别无选择，而形成的习惯吧。

粉丝和豆腐，妈妈都会做（制作）。

粉丝是手艺人上门做的，而且是晚上连夜制作，不知为什么。是不允许提供"商业"服务？还是不允许家庭"经营"？当时太小，不得而知。

深秋时，先把山芋磨成浆，用纱布过滤掉残渣，浆在缸里沉淀呈膏状时，挖出来用更细孔的白布包好吊晒，干后就做成了山

―――――――――――

① 笆斗，即柳条编成的一种圆柱形容器，底为圆形（平的），上端开口，形状像斗。也叫栲栳。

芋淀粉的粉锭。

制作时，需要砸碎粉锭放在大锅里加水煮，用少许制剂进行调制，搅拌成黏稠的液体。

然后，在一定温度下，按一定的分量分批倒进盛满冷水的广口大缸正上方的孔洞一致的筛子里，继而均匀地漏下，到相应长度后，筛子的特殊装置会剪断漏下的"线状物"，在缸中的"线状物"被守候的母亲用竹竿麻利地拦腰对折撑起，冷却降温的"线状物"互不干涉。一杆杆热气腾腾的"线状物"被整齐地架在屋外晾着。几天后，晶莹剔透的浅褐色山芋粉丝就成型了。

至今，还时常泛起母亲穿梭在粉丝制作现场的忙碌身影。

母亲做豆腐非常得心应手，基本由她一个人主导完成。

首先，把黄豆洗净，泡上几天。在附近没有作坊可以加工之前，母亲都是用石磨来磨豆浆。有时，会叫上我们推拉磨盘，协助她磨豆浆。

磨上下有两块磨盘，下磨盘的盘齿朝上，磨盘周围附上一圈沟槽，有一个出口可以淌磨出的豆浆；上磨盘的盘齿朝下，刚好和下磨盘齿合，直径中线位置的两端分别有一个孔，孔里立着15厘米左右的木柱，木柱的顶面上固定着一块厚实的横板，一端和上磨盘的边沿平齐，另一端长出上磨盘的边沿大约30厘米，顶端有一个孔。孔的上面搭着磨盘推手把的"钉子形"钩头端，推手把的另一端用绳子吊在房梁上，其"丫形"的顶端固定着横档，我们抓住横档可以来回推拉推手把。上磨盘的一边有一个"倒梯形"圆孔，母亲的右手边向圆孔里"喂"黄豆，左手边推拉着推手把的钩头端，共同推动磨盘转着。

接着，用纱布滤掉黄豆渣。豆浆倒进大锅里烧开，再转到缸里施盐卤，促其"结晶"形成豆腐脑。

盐卤要施多次。每次施盐卤后，母亲总是吹着遮住视线的热气，用长勺搅了又搅，并观察豆浆的"汇聚"情况。

当时，我就纳闷地问："为什么要施那么多次盐卤？可以估计好，一次放进去啊。"母亲回应："你还不懂。不能太快，如果太快一不小心豆腐就会'老'了，盐卤的作用是慢慢来的。"

一会儿后，她又说："豆腐脑已经差不多，可以上包压豆腐了，盛一碗给你吃吃。"我接过妈妈做的豆腐脑，心里泛起甜甜的涟漪！

在空的缸口上面放上一个大筐，筐里铺了一块比筐边沿大很多的纱布。母亲把豆腐脑舀进筐里，随着滴滴答答的水声，纱布不断地被收紧——对角扣严，压上一块重的东西。许久，滴水声几乎停了，解开纱布，把筐倒扣在桌上，香喷喷的豆腐就"出厂"了。

我们兴奋地围在桌子周围，还时不时地捏着边角料往嘴里塞。

每年过年前，母亲必做豆腐，一直延续到年老体衰，实在做不动，才无奈地停下。

过年回家看望父母时，她总是用盆子塞满清香的豆腐，让我带回来，反复叮嘱多换水，还反复说盐卤做的豆腐比石膏做的好吃。

至今，我一直惦念并回味着"妈妈的味道"。

冬天，母亲有时会做点豆腐搁在家里卖，也可以用黄豆换。偶尔，会烧点给我们吃。有时，吃妈妈做的咸菜、冬瓜酱（黄豆煮熟发酵后，加冬瓜泡制成的）吃腻了，会偷偷砸开豆腐上的冰层，摸出一小块加点咸菜汁或酱汁戳一戳，吃得津津有味。

其他季节，母亲一般不做豆腐，除非一次可以卖完，因为不好保存。

另外，母亲还会孵小鸡、养鸡。鸡和鸡蛋可以卖钱。

小鸡，是母亲利用母鸡孵的。其实，可以买作坊里"炕上"孵的小鸡，她认为没有自家母鸡孵的小鸡好，"炕上"的小鸡，先天营养不足，易生病，不好养。

在开春时，母亲会留心观察，有没有愿意生育而且特别勤快、体格好、有耐心的母鸡。当然，有生育欲望的母鸡，是有特殊表现的。

她找来泥巴做的烤火用的盆，它保温效果好。放上芦苇的绒絮，在上面再垫上软软的茅草席片。根据母鸡的体格大小，放进20多个经过母亲"火眼金睛"甄别出来的种蛋，让母鸡趴在上面孵化……

母鸡，为了下一代得煎熬21天左右，才会见到可爱的宝宝。

当然，选母鸡和选种蛋都非常重要，关系到小鸡的出生率。

有的母鸡非常的不担当、不作为、不负责任，趴着孵了几天，耐不住寂寞就跑了。

抓回来，用篓子罩在孵小鸡的鸡窝上，还是出工不出力，无情地站在鸡窝上，根本不顾种蛋已经凉了。

母亲只能无可奈何地求助其他母鸡，有的母鸡"不计前嫌"继续孵化着"别家的孩子"。

不巧的是，有时就是没有母鸡愿意为他鸡"做嫁衣"。母亲气坏了。抹着泪愤怒地骂着"绝种鸡"，更心疼浪费的种蛋。

种蛋的选择是技术活，更要凭经验，也有一定风险。一般要选择群体里有公鸡的母鸡生的蛋，而且蛋要圆大、新鲜、有光泽。母亲都是严格遵循这个原则选的。为此，在年前还会留一只"传宗接代"的公鸡。

孵了21天后，遗憾的是有的种蛋就是没有小鸡啄蛋壳。在夜里，母亲迫不及待地迎着昏暗的煤油灯光，把没出小鸡的光亮种蛋，逐一放在反扣的细筛子上仔细观察，看看种蛋有没有"胎动"。

让母亲非常的沮丧，自言自语地喃喃道："我都认真选的呀，怎么这么多'瞎粒子（坏蛋）'？"顺手拖过一个大碗，把"瞎粒子"一个一个磕在碗里，多数是散了黄的臭液体，有的是毛鸡蛋（死胎）。

失望得"凉"了心的母亲，看着边上叽叽喳喳的"一家人"，顿时温暖了许多。

不出小鸡的"瞎粒子"，不能完全怪母鸡没有把它罩在羽翼之下，而孵化不到位。有的"种蛋"，可能是天生的"瞎粒子"，即是生蛋母鸡"性冷淡"造成的。

不管怎样，母亲苦心经营的养鸡"副业"，对家庭来说，是雪中送炭。

母亲就是靠着这样坚韧的天性持家的，这样的坚韧始终伴随着她的一生，成为她精神特质的主要闪光点之一。

5. 煤油吊灯下

煤油吊灯下，珍藏着太多的故事。

20 世纪八九十年代的家乡农村没有通电、通水、通水泥路（主要是泥巴路）。

村里的自来水至今都没有安装到户。在地下水质下降的情况下，吃着井水，还是有点遗憾的。2016 年底，水泥路已完全通到村口。照明电的接通，尽管比较晚，欣慰的是比水、路来得爽快。基本设施的滞后，是我们的村太偏僻？是经济太落后投入不足？还是其他什么，原因不得而知。

通电之前，每家每户都是点煤油灯照明。

煤油灯是自制的。一般用容量为 200 毫升左右的旧玻璃药瓶做煤油灯。该药瓶需是铁皮盖儿，因为铁皮不会熔化。首先在盖子上戳个孔，再用铁皮卷成的管子穿过盖上的孔，用旧棉花捻成灯芯穿过管子，在瓶子里倒上大半瓶煤油，盖上带灯芯的盖子，一个简易的煤油灯就做好了。

然后，在瓶口的螺纹下部缠上铁丝，单边留个小环或双边对称留两个环。带单边环的煤油灯可以挂在墙壁的钉上用来照明，主要用于厨房或无处安放的房间。

当时，家徒四壁，连安放煤油灯的桌子、柜子等家具都没有。

我们只能趴在大约一米见方的吃饭桌上写作业。这个桌子是家里仅有的家具。据说，还是外婆的母亲"传"给我们的。

为了安静，有时会趴在窗台下倒扣纸箱的底部上面写作业。但是，煤油灯放哪里？就是个问题。这时，"双边环"煤油灯就有大作用，可以用细铁丝从屋顶斜坡芦苇笆上吊挂下来。

另外，有的煤油灯瓶口不缠铁丝即无铁丝环，这种煤油灯有什么用途呢？是防风照明用的"马灯"。

当时，有一种带玻璃罩的可提、可吊，还可以防风的照明灯具，叫马灯。其实，集市可以买到，由于经济拮据，只能自己动手做。

怎么做？在一块面积比 500 毫升医用盐水瓶底部大一点的圆形木板边沿上均分对称地钻四个孔，用铁丝穿孔把木板水平吊起，四根铁丝在高于医用盐水瓶的顶部汇拢留一个可提的钩子或环，如此类似于鸟笼的可提"马灯"框架就完成了。其实，那个盐水瓶瓶体就是灯罩，当然，盐水瓶是透明的，才可以充当灯罩。

可是，盐水瓶是封闭的容器，怎么用作灯罩？必须去掉盐水瓶的底部，如何去掉底部？

在瓶体离底部约 1 厘米处，重复绕上多根棉线，蘸上煤油，点火烧热瓶体，然后把瓶体的底部垂直插入冷水中，瓶底就会整体掉下来，马灯的灯罩就形成了。

最后，把无环的小煤油灯，端放在木板中央并固定，罩上无底无盖的盐水瓶体，至此，手提"马灯"就大功告成了。

用时，拿起盐水瓶体，点燃煤油灯即可。

昏暗的夜晚，低矮的茅屋里漆黑一片。"绿豆"大的煤油灯芯，像萤火虫一样，在漫长的黑夜里厮守着，晃"舞"着。

吊在芦苇做成的篱笆天花斜板下的双环煤油灯，随着门缝钻进的一阵又一阵凛冽寒风晃了又晃，时而偏离母亲床头的正上方。

母亲，不时抬起头，迎着光晕，伸手去阻止灯的晃动。

灯挂在母亲床铺正上方，干什么？

因为，冬天的夜晚母亲总要做些家务活，如做衣服、纳鞋底，或修补孩子脱下的衣服，或捉去孩子衣服反面的虱子、跳蚤（接缝中或跳蚤卵比较多而无法捉的部位，母亲就用牙齿反复咬着，缩在被窝的我们有时会听到微弱的咯吱声）。

家人穿的衣服或相关家务，基本都出自她这种方式的"挑灯夜战"。

母亲，手中飞着针线，嘴里还会为孩子们讲着奇闻趣事。

她时不时地突然停下来，朝着椅角旮旯的方向发出"赫吱赫吱"的声音。有时，会静静地听着，试图听得清楚点……听了一会儿，停下手中的针线活，蹑手蹑脚地走向发出微弱声音的角落，忽然喊出声来："他大大（父亲）快来，土夹子（地猫）逮到老鼠了"。

乡下的房子里有很多老鼠，尤其茅草房里。人还没睡，老鼠就开始肆无忌惮，根本不把人放在眼里，有时还蹿到床上东张西望。它不光偷吃粮食、咬嚼衣物，还在家里的角落里，挖洞筑窝繁衍。时常，老鼠满地跑，骚味满角落。

老鼠过街，人人喊打。

妈妈经常催促父亲，制作土夹子，逮捉可恶的老鼠。土夹子即是在墙根或老鼠窝旁或其经常出没的地方，用竹签巧妙地撑起泥巴做的土砖，竹签上固定老鼠爱吃的诱饵，它吃诱饵时，会带动竹签，重实的土砖就会倒下压住老鼠。

睡前，在瑟瑟寒风挤进破柴门的撕裂声中，我被赶老鼠、逮老鼠的动静吓得，只能蜷缩在被窝里。心不在焉地听着妈妈讲的故事，紧紧地搂着妈妈的大腿，享受着妈妈时而抚慰、时而掖实被角的感动，不知不觉地进入了温馨的梦乡……

6. 生日礼物

生日，根本没有像样的礼物！

妈妈的手擀面，加上几个蒜瓣、几片白菜做成的咸汤，就是最好的生日礼物。

一般是中午吃面条过生日，仅此而已。不会有任何念想——为祝福生日而烧几个菜，因为经济条件根本不容许。也听不到温馨的生日歌，农村人根本不会唱歌。更看不到可以面对许愿的烛光，但有时却有不懂事的泪光。

我的生日在初春，春天是当时农村最难熬的日子。

秋天，村集体分的口粮，到春天多数家庭就没有米、面等主粮吃了。主粮都没了，哪来的菜？

记得，有一次我竟得就是不满意妈妈做的生日面。

为什么不满意？因为面条不够，妈妈就在生日面里加了些山芋。用山芋凑一下，便于大家充饥。而我不喜欢或不想吃山芋，早就吃怕了，生日时想着特殊一点，是不是可以不吃山芋？期待也不要让我吃带有山芋味的面条。

于是，执拗赌气，这顿生日面一口都没吃。

可怜的妈妈苦口婆心地劝说，我也没动筷子。接下来，被推搡进茅草西屋"棍棒伺候"。

母亲走出西屋后，我把篱笆门给闩上了，不论谁喊，就是不开门。

邻居伯父来劝，也没开门。

然后，自己在屋里睡着了……不光生日面没吃成，也错过了下午的上学。

不争气、不懂事的我，根本不知道找个台阶体面地下来……竟然以赌气的方式和艰辛的母亲怄气。

多年后，想起这，非常恨自己儿时的任性，不体谅母亲的辛苦。

这是我最后一次被母亲严厉责骂和"暴打"。

生日面，是每年生日的最好礼物。

然而，也有例外，还可以得到额外的"奢侈"礼物。

什么例外？就是在 10 岁（其实是虚岁）生日时，不光有生日面吃，家里还会请来直系亲属等客人，用"大餐"招待。

按家乡风俗，10 岁是孩子成长的重要年龄。

因此，我也收到了父母送给我的特别礼物——裁缝铺定做的蓝卡其布棉大衣。

这件棉大衣，让我备感有面子。一直穿着，感动很多年。

难道，这大衣不会变小吗？

母亲有办法，于是在下摆用同色旧布料夹缝着旧棉花接了一茬又一茬，以满足我长高的需求。身体长宽大后，大衣的身围（周长）显得窄了，就在穿时，里面衬少点衣服。渐渐地，大衣穿成了棉袄、小棉袄，颜色也褪成了蓝白色。

最终，实在穿不了了，就卷起来放在土炕上当枕头①。或在冬天时，铺在身底，当褥子。冷得无处可藏的冬夜，蜷缩在该褥

---

① 当时，孩子没有像样的枕头，要么用旧衣服当枕头，要么在一个布袋里塞进小麦秸秆当枕头，为了驱虫会加点柏树的叶子或籽壳。

子上好像是孤岛求生，只露出两只眼睛，眨巴眨巴无助地盼望着日出的暖阳。褥子四周仿佛都是冷得刺骨、充满浮冰的海水。屋外呼号的寒风声像鬼叫一样，我本能地抱着胸，把自己缩得更紧，惧怕掉进冰窟窿里……

10 岁的生日礼物——蓝卡其布棉大衣。

我非常的爱惜，陪伴着我的成长……时常，激起我对父母的无尽感恩！

多么想一直停留在 10 岁啊！

7. 赶庙会

这个庙会，不是鲁迅笔下的那个庙会。

鲁迅在《社戏》中描述道，小时候的庙会，大家一起约去偷吃米豆腐，虽然吃得满手是油，辣得直喝水，但就是感觉此乃"人间美味"。在庙前的小山上跑来跑去，其实是寻找对这场"热闹"的最佳窥探角度。每次的热心捧场似乎不是对菩萨的虔诚，而是对阵阵鞭炮声的追逐。在《五猖会》中写到，难逢的盛大庙会，笑着，跳着，兴奋得不得了。但在出发的时候，却让鲁迅背诵一字也不懂的《鉴略》。他的父亲说："给我读熟，背不出来就不准去看庙会。"一盆冷水把鲁迅的兴致全浇灭了。

1936年，上海中华书局推出的工具书——《辞海》，首次将庙会一词列为词条，解释曰：俗于一定日期，庙宇为贸易市场，贾贩聚集，谓之庙会。上海中华书局1962年版、1965年版《辞海》将1936年首次释文推倒重写曰：亦称庙市。中国的市集形式之一，唐代已经存在。在寺庙节日或规定日期举行。一般设在寺庙内或其附近，故称庙会。

家乡的庙会是县城的"清明节商品交易会"。在清明节的前后几天举办，即大型地摊、棚店综合商品交易活动。是家乡县城每年约定俗成的最大商品交易集市，延续久远。

当时，县城仅有的几条主干道，被摊位占得水泄不通。

大街小巷，人头攒动，人山人海，热闹纷呈……比过年的"年关"集市繁荣很多。

每年庙会，母亲都会去逛一逛买点什么，或去摆地摊卖点什么。

母亲赶庙会，主要靠步行，因为她不会骑自行车，也没有公交车可乘。当时，还不知道公交车为何物呢！如需买点什么，就扛着回来或用独轮车运回来。

县城，离家大约有七八公里路程。

很小的时候，不能长距离走路，妈妈无法带着我。长大一点后，妈妈总会带我去赶庙会。

有一年庙会上，妈妈给我买了一件暖黄色的细灯芯绒夹克。

那时，基本不顾及衣服面料、颜色的搭配。只是，有一点"原始"讲究——农村的视野和朴素的审美告诉我们，只要把带补丁的衣服替换成新衣服就是好的，就是美的……更何况，也没有经济条件，去考虑高品位的搭配。

付了钱后，我迫不及待地穿上了新夹克。

妈妈说："急什么？这样穿好看吗？不搭啊！"

"我才不管呢。"我心里默念。

于是，催着妈妈回家……

喜滋滋的我，两条小腿特别有力，精神抖擞地奔回了家。

到家后，新衣被传开了。

有人说，我穿了一件特别亮的衣服，穿得像不三不四的孩子。

我心里想，没怎么呀！村里好些大大小小的孩子围着我，问着庙会的新鲜事，也评论着我的新夹克。

唯独一位，比我大几岁的按村邻辈分晚我一辈的侄女说，三爷的衣服好看，三爷穿什么衣服都好看。

伙伴中，好评不多的夹克，我穿了很久很久，拉链修了一遍又一遍……

尽管，自己小心翼翼地洗，其颜色已褪得泛白，泛白得几乎无色了……太小了，实在不能穿，还是爱不释手，难以丢弃。

小时候，不管是什么鞋、什么衣服都是寒酸地补了一遍又一遍。住校时，我经常光顾鞋摊，就是为了补好露脚趾头的鞋。而旧衣服的炸线、掉纽扣什么的，都得自己缝上。穿的方面，一直到参加工作初期也没有很好改观。工作时，还经常穿着大学毕业时，同学送我的旧衣服呢。

当时，庙会意味着一种期待，期待着母亲买回好的东西。

如果哪年庙会没和妈妈去，就生怕失去什么。总是目不转睛地注视着母亲回家的方向。

迎着落日余晖，期待着妈妈的出现，期待着妈妈肩扛手提地满载而归……

那时，家里几乎没有家具，只有外婆送的一张小饭桌，两张用铁丝固定起来的木棍框架床，上面没有像样的床垫，是用柴笆①做的垫子，放在床架上，人勉强不会掉下去。冬天不暖和，夏天倒很凉快——漏风嘛。翻身时，仿佛"爆米花"，轻微的噼啪作响。

20 世纪 90 年代中期，我家的几件小家具。除了请木匠定做外，基本是母亲从清明庙会上扛回来的。

后来，我能跟着村民"独立"赶庙会，母亲去得也少了。

母亲会给点钱，让我去赶庙会。庙会上，攥在手心的几块钱，被手汗都浸透了，还是舍不得花……

赶庙会时，我和母亲一样节省，不在庙会上吃午饭，尽管饥肠辘辘。多数时，啥也没买，只是看个热闹或钻到书店里或书摊上看看书。

有时，会买上一两根油条提着回家，傍晚时分与家人分享"美味"……

---

① 一股股芦苇，用绳子"编排"成的。

8. 故土难离

在 2004 年之前，母亲没有离开过县域，主要在县里的 3 个乡村活动，一个是她嫁入的家，一个是她的娘家，另一个是她的外婆家。

就连她的亲妹妹所在城市——沈阳，堂兄弟所在省份——黑龙江，终生都没有去过。

远方的他们来过，只是在我很小的时候。

我朦胧记得三堂舅站在土灶前的高大伟岸……不过，妈妈"兄弟姊妹"的亲情还是输给了遥远的距离。只能，通过书信寄托彼此的思念。

沈阳的四姨，在 20 世纪 70 年代、80 年代，在我们家乡最困难的时候，每年春节都会"有心"地寄来几斤糖什么的。

最让我们激动和温暖的是，还会在糖里"藏寄"五元、两元等小额零钱。

每逢过年前夕，如果听说父亲去公社（乡）邮局拿邮寄包裹，我和小伙伴就会在村后的小桥边，期待父亲的归来……

随着四姨夫（抗美援朝退役军官）的病逝，信也不多了，慢慢地就没有了。

每逢过节，母亲会让我们把遥远的电话拨通，让她"絮叨"

几句。电话一旦接通就成了"情感热线",聊了很久……才饱含热泪难舍难分地搁下。

后来,母亲分别在 2004 年、2014 年和 2016 年,来过我所在的城市住了些许日子。

2004 年,是我结束单身的年份。

毕业工作多年,在陌生的城市才勉强成了家。

成家之前,每次过年回家,母亲焦急的眼神时刻刺痛着我的心,她的眼神,让我无法直视!她总是说,谁谁,比我小很多,已经结婚了,谁谁,生娃了……我只能"不孝"地以缘分未到而搪塞一番。

善解人意的母亲,总以不急,不急,一人在外不容易,太难了,吐着方言喃喃地回应着。

2014 年,是我父亲去世的年份!

离家工作后,每年都会带足吃的东西,回家看望父母多次。尽管,他们和弟弟一家同住一个"家天"——院子。

父亲"走"后,异常担心母亲会更加孤独。

于是,兴师动众地来回折腾八九百公里,和大姐把母亲接到城里住。

住了一阶段后,母亲多次闹着要求把她送回家。我就用善意的谎言"骗"她,再住一段时间,再住一段时间。本来想请母亲常住,永远地住下去……

可惜,不知怎么的,可能还是不习惯!

因为,十几年来经常建议母亲来我们这里……她总是说:"不去,不给你添麻烦,家里还有田要种、鸡要养,到你那儿,一根葱都要花钱买,家里吃的什么都有。"

母亲一直想回到乡下,经常催促。我们只好带母亲到医院检查一下,确定没有大的健康问题。

于是,母亲又高兴地回到了她那熟悉的"老窝"。

其间，我们备上轮椅带着母亲去看上海外滩、东方明珠、江南古镇、湖泊大河、森林草坪、地铁风景……

当我拿着相机对着妈妈，她那风烛残年已不能完全挺立的身体和身后泛着光泽的现代风景，形成巨大反差，刺痛着我的心，迎着风、噙着泪……

观光时，从母亲的眼神中可以看出她的淡淡欣喜，却看不出她丝毫的兴奋！

这些，仿佛是子女想给的。母亲可能觉得这些和她的生活离得太远。不是她真正想要的，她想要的可能就是那淡淡的恬静，那小小的田园。

遗憾的是，错位了，错位得让我们感到深深的凄凉与伤感！

有一件类似的事，很遗憾。

在城里住时，母亲多次提到 2000 公里之外的沈阳，因为那里有她的第二个妹妹，我的四姨①而遥远的存在。

我趁机问过母亲："要不要送您去沈阳看看四姨?"她时而说："要"，时而说："不要"。

真不知母亲内心是怎么想的。也许她有点"迷糊"！"迷糊"地让我们心痛。

为此，我把四姨的电话打通，给了母亲，母亲脸上的皱纹舒展了许多，泛着泪光，叙述着家常和 30 多年未见的情感！

通话快结束时，母亲不舍地把电话给了我。我跟四姨说："母亲，想去沈阳看看您。"她说："哦，那得有孩子们陪来。"

在和四姨嘘寒问暖的过程中，感觉到四姨对母亲的即将"造访"，与母亲见到大上海一样的平静，无丝毫的兴奋。

她们天各一方的太久，让亲姐妹的"即将"会面，变得"礼节化"了。

---

① 母亲的第二个妹妹，母亲在姐妹中排行第二，无兄弟。

于是，考虑母亲的身体状况，就没有送母亲去沈阳见四姨……也许是上述的"平静"，让我觉得没有必要？

农村出一趟远门是很难、很难的，更何况是不识字的耄耋老人呢？

最终，母亲没有见到四姨。

对此，我还是非常后悔！不应该有任何"借口"，唯剩下遗憾与自责了，甚至是越发的心堵。

她们一辈子的"血肉"情感，难道我们这些有"代沟"的子女能看懂吗？

为什么不早点做出这样"见面"的努力呢？我多次叩问内心，难道还有机会吗？

2016年，是我母亲去世的年份！

这一年，对于母亲来说，是特别的一年。

春天里，母亲的生活已不太能自理，主要是不太能独立做饭了。

按农村风俗，由相应子女轮流照料母亲生活。

家乡兄弟料理两轮后，八月初，我们把母亲接到城里，我与同城的大姐一起照顾。

这次，没有去"观光"地方。因为，母亲身体比较虚弱！

其间，曾带母亲去比较好的饭店吃饭，她愉快地品尝着美味……慢慢地咀嚼着，小心地咽着。但是，总体上吃得非常少，好像只是在考虑着我们的感受，在努力着，品尝着……

当晚，母亲的肚子疼，呕吐……不知是水土不服，还是吃惯了粗茶淡饭的她，已不适应"添加剂"的精心调制？

我们用心恭请的这顿"高档"菜肴，仿佛是母亲"最后晚餐"的不祥预兆。

次日，母亲又闹着要回家，这次闹得很厉害……

几天后，我开车和大姐一起送母亲回家。

离家乡还有 50 公里左右时，我聊天说："今天，如果走西线高速，就带母亲去一下近 20 年没回去的娘家（母亲的出生地）。"其实，母亲的娘家早已没有亲人了，老屋所在地变成别人的责任田已经 30 多年了。

在车上闭目养神的母亲，忽然打起精神说："我去，想去看一下！"虽然声音低沉，但坚定有力。

如果改道去母亲娘家，就要提前下高速，开上普通道路，需由东向西横行 20 多公里才能到西线附近的村路，方可见到母亲的"根据地"。

因乡下道路比较颠簸，心想等母亲身体恢复好了，再特地带母亲回娘家！耐心地给她解释着，母亲无力地盯着窗外的广袤农田，良久不语……

说着，说着，无情地错过了母亲回娘家的高速出口。

车子直接开到村卫生院。按惯例给母亲挂几瓶增强免疫力的营养"吊水"。卫生院医生了解母亲身体"枯"的一面。

挂"吊水"时，我们急忙赶回家帮妈妈打扫房间，同时，把妈妈的床腿锯短一截，太高的床，担心"老人家"一旦摔下来，就会受伤或骨折什么的。

其实，母亲没有特别的疾病，可能是一生高负荷的劳累、省吃俭用的艰辛，让她的身体过早地透支了，以致无法补救了……

到家的第三天，母亲因"肚子不舒服，不能吃饭"住进了县医院。

治疗 10 多天后，可怜的母亲，再也没有机会回娘家了，回家的梦，永远圆不起来了！

剧痛，击碎了我的心，真想狠狠地抽打自己。在高速公路上，没有"诚意"带母亲回娘家，为什么还要说？为什么？母亲失望地无法圆梦，她的梦，可能由我而起！

母亲，一生的活动半径很小。

她的思绪立足脚下，却时常惦念远方，期望儿女的"远行"，期望他乡儿女的圆满。惦念远方的我们，惦记远方的妹妹！

　　母亲，一生的活动半径很小。

　　不是因为母亲只会步行，不会使用交通工具。而是因为母亲对养育自己及生育孩子故土的深深眷恋！

　　纵使，远方有母亲的"心"稳稳安放的地方，母亲的故土"缘分"和情结，还是难以分离，难以割舍的。

9. 几沓零钱

妈妈的几沓零钱，一直放在她的床铺靠墙那边的芦苇席下面。

零钱最大面额是 10 元。她总是把零钱"汇折"整齐，如 2 张五元折成 10 元，5 张两元的折成 10 元，10 张一元的折成 10 元，5 张两角折成 1 元，10 张一角折成 1 元等，还有 5 分、2 分、1 分等零星硬币，用几块方形的废旧布，分类包裹好。

越是面额大的越会塞到芦苇席下的里边，即母亲睡觉时的身底。

小时候，不懂事的我，会趁妈妈不在家，或看不见的时候，偷偷清点妈妈的"宝藏"。通常就是十几元或几十元，不知什么原因，过一阶段就几乎归零了。我不解地想，顺手捎带几个硬币玩玩，也不至于归零啊，什么原因呢？自责而不得其解。也不敢问妈妈，怕露出自己的"马脚"。

有一次吃饭时，妈妈看到我们对"粗茶淡饭"不感兴趣，就边指责边唠叨："你们这些小鬼想吃好的饭，哪里来？看你们的机灵劲，好好读书，今后说不定有好吃的。为你们读书省吃俭用，从'牙缝'里'抠'下来的零碎钱都帮你们存着呢"。

突然明白，妈妈的零钱为什么会时而归零了。

妈妈聚起的成沓零钱，一直让我感动！

当然，也会让我心酸。

初中，我就开始住校，一般一周回家一趟。除非课程特别紧张，才会长点时间回家。

一来，回家可以帮父母做点农活，减轻父母负担。

周日回校时，经常会很晚才能到校，晚自习是基本赶不上的，因为，总想帮父母多做点事。

二来，回家可以吃几顿饱肚子。

周五下午，在田里干活的妈妈，在得知我到家时，都会扔下农具，一路小跑回来，烧碗咸汤面让我填补一下中餐的"窟窿"。

另外，可以拿点下周伙食费，下饭的咸菜、萝卜干、冬瓜辣酱、蒸饭的米等。

每逢周末，父母尤其母亲非常盼望我回家，总不时地向我回家的方向探望……但是，妈妈的无形压力也会随之而来，因为，下周的伙食费往往还没有着落。

通常在回校的第二天，妈妈就会为下周10元左右的伙食费盘算了，甚至发愁。如果遇到交班费、统一买复习资料需要多些钱时，妈妈会有崩溃的感觉。

妈妈背对着我在床席下找那几沓零钱时，经常自言自语："实在没钱了，这样下去只能去讨饭了。唉！什么时候可以熬出头啊？"

妈妈把一张一张零钱沉重地数给我时，念叨着可能不够。"那，那就少点吧，我省着用。"我低头小声回应。

"不行啊！"妈妈突然扯高嗓门不耐烦地说。我说："可以的，少吃点。""不行的，不行！不是缺一点的事，而是缺一多半呢！长身体，还要动脑筋学习，要吃饱的。"

"你在家等一下。"话后，妈妈像风一样地迅速离开了家。

过了好久，气喘吁吁地跑了回来，高兴地说："解决了，解决了！跑了几家终于借到了。他们手头也不宽裕，能借给我们还不错。"

接过已被妈妈手汗攥湿了的折了几折的 5 元钱时，看到妈妈额头上的汗珠顺着鬓角向下流着，心里七上八下，忐忑苦涩，充满内疚。心里念着："妈妈，对不起！我一定刻苦努力。"

妈妈就这样矛盾着、拮据着，被紧张的家庭开支压得喘不过气来……同时，也充满着希望……伴随着我十年寒窗的苦拼历程。

岂止于此？在潦倒的农村，妈妈苦苦地撑着这个家，又艰难地支持着我们上学，她一直毫无怨言，坚强地默默地承受着重重煎熬！

让妈妈这么急去求人借钱，其实也怪我。

我应该在周五下午一到家就告诉妈妈，下周要多少生活费，有没有特殊费用，让她有个比较宽松的回旋时间。

但是，非常清楚家里没钱，也不想过早打破周末和父母团聚的温馨。通常会挨到最后时刻才说出来。

我的伙食费，时常让妈妈很窘迫，真的有点于心不忍的罪过。

后来，汲取教训——长痛不如短痛，就早点告诉妈妈，伙食费的大体总额。

妈妈会在周六睡觉之前，就凑好伙食费或想好伙食费缺口的来源。有很多次伙食费的缺口是妈妈在周日小集市上卖鸡蛋等小东西换来的钱，补齐的。

有一次，回校的伙食费就是凑不齐而且差得比较多。妈妈说："没事的，家里没舍得吃，聚了不少鸡蛋，明天背到集上卖，鸡蛋卖了，钱应该够了。中饭后，如果我还没回来，你就去小集市上找。"到了时点，没见到妈妈的踪影，我只能去找妈妈。

到了小集市，已经没几个人了。我看到不远处头发花白、瘦弱的妈妈佝偻着背，席地而坐无助地憔悴地守着鸡蛋篓……我不声不响地走到妈妈身边，坐下。

看见我，妈妈难掩疲倦而微笑着说："这么快就来了，快了，快卖完了，再等等。""您吃中饭了吗？"我关切地问。妈妈盯着篓子，顺口说了句："吃了。"我看着嘴唇干裂的妈妈——疼得揪心！

转身径直走向卖热水米糕的摊点，给妈妈买了几块热腾腾的水米糕。一直催着妈妈吃，妈妈说："不急，卖完再吃。"我陪着妈妈卖完鸡蛋，太阳已下山了，热米糕也干了……

妈妈拉着我的手，把卖鸡蛋的钱往我口袋里塞，我执意不要，对妈妈说："昨天，我合计错了，下周伙食的钱够用了。"

推搡过程中，一位赶集的外村熟人凑过来说："大娘，这小伙，谁啊？"妈妈轻松而高兴地说："儿子，正在城里上大学呢，村里第一个出去上学的！"

赶集人，有的围了过来，有的还小声夸赞议论："那大娘可能有 60 多岁了，摆摊一整天，一口水都没喝，这么大年纪真不容易，都是为孩子哦，这孩子也争气。"

20 世纪 90 年代初，上大学的人非常少，出自穷困的农村且目不识丁的农民家庭的更少。

透过妈妈和熟人聊天的表情、语气，感觉她如释重负，充满自豪的满足感与幸福感。

"妈妈！您赶路回家吧，我回校了。伙食费，我够用了，不需要了，真的不需要了。""这孩子，真的够用？别哄（骗）我！"妈妈疑惑地对我说。

"妈妈！您赶快回家吧。我回校了。周末回来看您！"我边跨上自行车，边对着妈妈喊。

在回校的路上，抑制不住的泪水一度迷糊了双眼，难受的心久久无法平静……一直在悟——妈妈的含辛茹苦，悟——妈妈的努力与坚守。妈妈的坚持，妈妈的支撑，一切为了孩子，为了我们的一切!

于是,暗下决心,要用拼搏和初心报答妈妈的期待!回校后,找了多份兼职以减轻家里负担,减轻妈妈的压力。

但是,还不能完全接济。周五回家前,经常没钱吃饭。

有一次,两三顿没钱好好吃饭。到家后,我狼吞虎咽地吃了妈妈煮的咸汤面。吃完不久胃里就翻江倒海——全部吐了,可能是饿过了头。我只能躲在草垛后吐,不能让妈妈知道⋯⋯

大学期间,为了母亲、为了自己、为了家庭⋯⋯异常努力,全部时间与精力都用来学习专业、增强能力、锻炼身体及兼职贴补生活等。

始终克己自律——不浪费一点时间,不花前月下——竭尽全力,完善自我。

毕业后,决心去经济发达地区谋生,改变命运,反哺父母,反哺家庭!

毕业前夕,向关心我发展的老师借了些钱——相当于当时两三月工资的数额交给学校,从而赎了“自由身”,明确不要推荐分配,毅然放弃所学专业面向行业和地区的工作机会。

那年春节前,第一次去南方,独自找工作。

回程时,没车可乘,没钱住下,而且临近大年夜了,实在等不得。只能摸黑在路边拦货车,倒了几次货车,经历了一昼夜的周折,终于被热心的货车带回了县城。至今记得,乐呵呵的司机以及为我鼓劲的夜行老乡。

功夫不负有心人,在国家人事制度改革的雨露下,我通过“双向选择”飞到了“东南”。

似乎一切都是上天最好的安排。

于是,在以梦为马的时代,义无反顾地带着妈妈的美好期待,始终坚守着出发时的初心,独自一人在外闯荡着,成长着⋯⋯

10. 伤离别

无论张学友在《祝福》歌中对"伤离别"的表达，还是陈汉《伤离别》歌曲对离别之情的诠释，都不是我对"伤离别"特殊情感的体悟。

我和父母离别的特殊情感，在求学、外地工作、暮年难舍等不同阶段甜、酸、苦、痛场景复杂交织，淋漓尽致，感受难以言表。

20 世纪 80 年代中期，第一次离开母亲的羽翼去乡初中读书。由于离家比较远，无社会公共交通，加上十几里的路程多半是泥巴路。雨雪天，无法保证正常上下学。同时，为了腾出多些学习时间，选择了寄宿。

上学期间，是母亲最牵挂的时候，因为她会念想着我在学校吃不饱，家里至少可以吃饱。她通常宁愿自己吃不饱，也要让孩子们吃饱。做米饭时，通常加些山芋或山芋干一起做，她总是吃山芋。早晚就喝点能照见人影的稀饭，吃点粗粮窝窝头，小麦饼总是省给孩子们吃。

住校读书时，母亲非常盼望周末或放假，可以见到懂事的孩子，也可以为我做咸汤手擀面①。不过，那时的挂面更高级，我更爱吃，可惜家里很少买——没钱（现在，为了减少添加剂的食入，手擀面应该更好）。

但是，母亲又非常担心周末或放假的到来，为什么呢？因为，我返校时，无法回避需要生活费，母亲为此经常无可奈何。

生活费像吸血鬼，每次都会让母亲为难，甚至恐惧。

会过日子的母亲通常在我回校不久就开始为我下周的生活费张罗，她更加省吃俭用。经常把积攒的鸡蛋，自留地菜园里的白菜心②等小东西背到小集市卖。

心酸的是，有时返校临近也凑不足我要的几元或十几元或相应数额的生活费。虽然我已尽最大可能地压缩开销，但是生活费的数字还是压得母亲喘不过气来。

几乎无计可施的母亲，就向村里邻居借（父亲通常碍于面子，不肯向别人借钱），经常吃"闭门羹"，不是母亲人缘不好，而是贫苦的农村，怎能孕育出有钱的农民呢？

从母亲那充满老茧、干裂的手中，接过那些零钞（数量通常是有点不足的），时常噙着愧疚的泪水，恨自己给母亲带去的"惊天"压力，让她生活有雪上加霜的更多艰辛。

不过，从母亲的眼神中感觉不到所谓的抱怨，异常坚定地支持我上学，在她看来，也许是为了命运的改变而共同抗争！

返校与母亲的短暂离别是伤感的，离别的酸楚，一直鞭策着我负重前行，一直激发我涅槃重生的毅力。

刚进入大学，立刻矢志定下目标，一是好好学习并锻炼自己的谋生能力；二是不做与第一目标无关的事情，包括谈恋爱和游

---

① 咸汤手擀面条，就是用葱花炸几片青菜叶做汤煮成的手擀面条，无肉、无蛋。

② 白菜心，指掰去白菜外面的菜帮剩下的部分。白菜心好卖，价格也好，自己掰下的菜帮和被买主掰下的"菜帮"留着家里吃，家里很少吃到白菜心。

玩或无谓的浪费光阴；三是毕业后，争取去经济发达的地区踏实工作、改变命运、好好报恩，因为经济发达地区发展机会也许多点。

子曰："父母在，不远游，游必有方。"然而，为了母亲、为了家人、为了家庭的希望、也为了自己的生计，不得不背井离乡顽强打拼。

毕业时，凭借在校的良好表现，通过人才市场在发达的南方城市，找到了一份国有企业的管理工作，八年后入职民企高管岗位；通过国内外在职或脱产不间断地充电学习，成为名校博士后。继而，作为一名充满理想、情怀和担当的高校教师，与世无争地诠释着人生的责任与社会价值。

工作的前几年，每逢节日都会回家和父母一起过节。对面向黄土背朝天，日夜劳作的年迈父母很是心疼，可惜也没办法，因为家里无主要劳力，责任田又多。因此，不管何时回家，只要有可能都要帮父母干一些比较重的农活，以适度缓解父母的负担。

虽然家里的生活条件有所改善，但是父母总认为有孩子还没娶媳妇就是他们的责任，忙些农活多挣点不给我们添麻烦也是他们对儿女的支持。

回家和父母过节的时光很短暂——稍纵即逝，令母亲很难适应的是，下一次见面相隔时间却比较长，因为，全年只有几大节日单位才放假。

母亲想我，经常掉眼泪。时常朝着我来路的方向望着，期待我能出现……

尽管其他兄弟姐妹都在家乡，还是无法替代父母对远方游子的惦念，"慈母手中线，游子身上衣"的情感溢于言表。

我也经常想着父母，但作为职员的我，不是想回家探亲就可以回家的，只能寻思着创造机会，比如多加班挣得调休，多参加单位组织的献血活动获得一周休息，趁机回家看望父母，顺便买点东西。

刚工作那几年工资很低，回家的路费、继续考学以及为父母、为家人花销后，就所剩无几了，没有积蓄。

后来，虽然工作很忙，但是大的节假日，还是坚持回家和父母团聚。同时，给父母买这买那，需要的不需要的都买。也给父母零花钱，父母总是推脱不要，时常责怪我，买东西浪费钱，得省着用。总是说："你负担也不轻，城里什么都要花钱买啊。"听到这话，感动得很揪心。

使我更加伤心的是，不知不觉地发现，父母真的老了。

他们需要的不是物质与金钱，而是儿女的陪伴。

我深知，对于父母而言陪伴是最好的礼物！

然而，父母从来不对我说这些。回家相聚时，他们总是善解人意地说："工作忙，就不用回来，我们行的，可以吃到嘴的。"

父母的伟大与宽容，让身不由己的我更加愧疚！

我曾动员过年迈的父母到自己生活的城市养老，可惜他们总是故土难离，也惦记庄稼的收成和自己养的鸡、鸭、猪什么的。来过一段时间后，总说不习惯，闹着要我送回去。其实，父母是不想在城里给我添麻烦，父母的心意，今生无以回报！

我每次回家，年迈的父母总是喜出望外，精神抖擞。相聚虽然短暂，但非常温暖，其乐融融！

返程时，父母总是准备原生态的土特产及小时候爱吃的蔬菜给我带回来。

有时，让我带些散养的草鸡蛋。父亲找来二手的盒子，小心翼翼地把鸡蛋一层一层地摆好装进盒子里，生怕层与层之间碰坏，于是用稻草塞实。另外，特地叮嘱——鸡蛋给孩子吃，孩子长身体呢。这是何等的用心啊！

有时，让我带园子里长的新鲜香菜。香菜挖好后，父母还帮我理得干干净净，边理边说："这是你小时候最爱吃的。"他们一直记着呢！吃着父母精心打理的香菜，既回味着父母浓浓的爱，又在思量着用怎样的方式去报恩无私的父母。

我和父母的主动相聚是责任，是回报，更是理所当然的孝道。每次离别，贴心的父母都会充满微笑地送出很远。依依不舍的情景，一直温暖着我，却又无比伤感！

我不能让父母觉察到自己的伤感，不忍也不敢多回望父母挥手告别的样子。

内心总是在提醒自己，彼此必须过得好一些，对父母更要关心一些。

后来，工作的自由度大了。只要安排好，想啥时回家看望父母就啥时回家。

有时，当天开车近千公里，奔波于家乡和我的城市。每年往返的高额开销及劳顿疲惫，相比于见父母的重要和价值，实在不足挂齿。

2014年正月初二，按惯例回家看望父母。父亲和往常一样开心地和我们拉着家常。

遗憾的是，正月十二的中午，接到家人的电话让我赶快回家。原因是父亲不能走路，神志也不清醒了。

在外市检查身体的我，立即赶回自己的城市。怀着沉痛的心情，连夜驱车，狂奔回家。

寒冷的深夜，送父亲到县医院就医。

在医院紧张抢救了近10天的老父亲，在家乡所谓传统观念的唆使下，被带回家"熬着"。

其间，儿女们对父亲"难受挣扎"的反应与态度，让我感觉到了些许"冷暖"以及责任的"碰撞"。

父亲在弥留之际，清晰地回答了我的溯源探问——他爷爷的名字。

两天后，"瓜熟蒂落"的老父亲于正月二十三①上午，走完了88个春秋，无疾而终，安详地离开了我们。

老父亲的离去，一直刺痛着我的心。

虽然，为最后一段"旅程"里的老父亲擦身喂饭，相伴左右，尽心尽责，但还是有几分遗憾与愧疚！

这让我对孝道的理解更加深刻，以及如何更好地尽好孝道。

痛定思痛之后，不断劝母亲来我生活的城市，让我好好为她尽孝，但是她不同意，她说："能自理，有什么事有别的兄弟姐妹呢，没问题的！"

于是，我回家更加勤了，间隔的时间越来越短，脚步也越来越急促。

每次看到亲爱的母亲，感觉又老了不少！

正如电影《藏北秘岭》的主题曲《母亲已老》所唱：

我未曾见过你少女的模样
似乎从小就是慈祥的脸庞
忘记你也有自己的远方
倾尽一生都在为我们奔忙……

母亲的背慢慢地驼了下去，记忆力也下降了，说过的话一小会儿就忘了。

曾经高大苗条的身材，永远消失在我痛苦的记忆中……这些，像电影回放一样，一次又一次折磨着我，敲打着对母亲的心疼之弦。在梦中，无数次被伟大的母爱抚慰得泪流满面。

每次和母亲的离别，都是极其艰难的、煎熬的、心痛的，也是强忍着泪的……特别难受的是，当母亲驼着背蹒跚着送出我几

---

① 2014年2月22日，上午9:15。

百米，还久久地望着我的车，不情愿地转身回去……

我从后视镜看到这一切时，彻底崩溃了。

停车下来，含着泪朝着心爱的妈妈望去，直至她"老人家"缓慢地转身挪步回家！

2016 年春节回家，和母亲话别时，让我心如刀绞的痛，因为当我和孩子向妈妈道别时，心爱的妈妈反应明显迟钝。

第一次出现——我离别时，妈妈坐在门口"纹丝不动"，只是"呆呆"地看着我们！

我不忍心与妈妈告别，但又不得不经历一次又一次的残忍告别，撕伤着彼此。这样悲伤的牵挂，顿时让我泛起揪心的负罪感。

清晰地看见姐姐和弟弟在抹眼泪，我心在滴血、在忏悔，真对不起心爱的妈妈！儿子不孝，又离别了，又让您伤心了，实在对不起！保证早点回家看您！

在回城的途中，不禁含泪放着刘和刚演唱的《儿行千里》，沁人心脾、千转百回的歌词紧紧地扣动着我的心弦。

> 衣裳再添几件饭菜多吃几口
> 出门在外没有妈熬的小米粥
> 一会儿看看脸一会儿摸摸手
> 一会儿又把嘱咐的话装进儿的头
> 如今要到了离开家的时候
> 才理解儿行千里母担忧
> 千里的路啊我还一步没走
> 就看见泪水在妈妈眼里
> 妈妈眼里流
> 妈妈眼里流……
> 替儿再擦擦鞋为儿再缝缝扣

儿行千里揪着妈妈的心头肉

一会儿忙忙前一会儿忙忙后

一会儿又把想起的事塞进儿的头

如今要到了离开家的时候

才理解儿行千里母担忧

千里的路啊我还一步没走

就看见泪水在妈妈眼里

妈妈眼里流

妈妈眼里流……

如铅的歌词，字字敲打着我脆弱而愧疚的内心，好像针一般刺痛着我的脊梁，瑟瑟发冷。

正如台湾作家龙应台在《目送》中写道："所谓父女母子一场，只不过意味着，你和他的缘分，就是今生今世不断地在目送他的背影渐行渐远。你站立在小路的这一端，看着他逐渐消失在小路转弯的地方，而且，他用背影默默告诉你，不必追。"

就在这年，母亲住进了县医院。

每当看到妈妈那花白的头发，散围着她那枯黄的脸庞，大大的眼睛无神地看着手臂上的吊水滴答着，佝偻着身体侧卧在白白的床上时，我脑袋就嗡嗡的，不敢往下想，总在默默地祈祷着奇迹的出现！

尽管母亲没有特别的疾病，我还是一直叮嘱医生用最好的药，最好的方案，尽全力治疗。

一直清醒，可以吃点食物，搀扶着还能偶尔下床的母亲，却时不时地跟子女念叨："什么医院啊？坑得呢①。今天要帮我看'死'了。"这是母亲住院时反复说的话。

---

① 坑得呢，即倒霉了。

医院一直没有相应的治疗方案，总是漫不经心的。对此，我们特别无奈，无助。

母亲住院的第 11 天，医生和子女们觉得母亲"不行了"。于是，立即请了救护车，带上医生、氧气和吊水，紧急赶回家，与时间赛跑了 30 多分钟……

下了村里主干道，踏着雨后的泥泞抬着母亲。母亲"走进"主屋后，我们立即给母亲穿戴"回家"的新衣裳……

正穿时，母亲，母亲就"走"了。

时间定格在 8 月 17 日①夜里。

母亲在我的怀中，在子女的簇拥下，在撕心裂肺的哭声中安详的永远地离开了我们，走完了她 84 年的风风雨雨、酸甜苦辣。

母亲胸前的留置吊水针头是我小心翼翼地拔下的，心疼地看到母亲针口处溢出的最后一滴血，我立刻用棉球使劲的稳稳地按住妈妈的伤口……含泪默默地祈祷："真不能让您再承受一点点痛苦了！真不能让您再承受一点点痛苦了！"

我再也没有母亲了……只能在心中和梦中，找寻母亲的温存……子欲养，而亲不在的遗憾，只能用苦涩的泪水"弥补"。

当时，我不太懂事的孩子对我说："爸爸已成为'孤儿'了。"真谓永远失去了家的归途。

令我窒息的痛，无法在童言中回避。唤起了对母爱的无尽回味，着实成为永远无法挽回的遗憾。

仿佛是杜甫笔下《无家别》的凄婉，别已可"惨"，更何况已无"家"了！

---

① 2016 年 8 月 17 日，夜里 22：17。

心雨二 父爱守望

11. 地主长工

　　据长辈说，我的家族大约是 120 多年前，从江南（辗转）迁徙而来。当时来了几个"祖宗"，即我曾祖父的几个兄弟及堂兄弟，可能有四五个。

　　后来，家族中，有的分支逃荒①去了家乡东北方向约 20 公里的"龙王荡"。先祖传述，我们也可能来自于四川的族姓分支，仅是可能而已。

　　至今，我的家族在此地至少已繁衍生息了 6 代。在家族的男性传承中，父亲的这一分支是最快的。

　　据父亲②口传，我的祖父，名贵方，祖母，名高氏；曾祖父，名学诗，曾祖母，名刘氏；太祖父、太祖母等先祖，无处考证。

　　当时，母亲已经有自己的名字了。

　　在旧时代，女性未出嫁之前是没有名字的。出嫁后，丈夫的姓加上女性家族的姓，再加上"氏"字，即婚后女性的名字。

　　在偌大的中国，这种男权社会的男女不平等风俗，有的地区大约维持到 20 世纪初。

───────────────

　　①　逃荒，即生活所迫迁徙。
　　②　名 DianJu。

这是我家族"根子",可以传下去的"起点"。

从父辈、祖父辈、曾祖父辈的名字看,好像是文化人起的名字,但我的家族的确是灰头土脸的穷苦人家。丝毫没有向地主、资本家等方面发展的历史迹象。

当然,只要不是靠欺压百姓、坑蒙拐骗,而是靠勤劳致富的地主和萌芽发育的资本家,在特定历史时期,好像也没什么不妥。

我的家族,更早的来源百查无解。遗憾的是,无法知道自己真正从哪里来。

看来,只有我出生的那片偏僻的土地是自己根脉传承的精神家园。

父亲,是我朝夕相处的先辈。

他曾经是地主的长工,即在地主的运输船上帮工,主要干装卸货品苦力活。

由于父亲不会游泳,在船上帮工不安全。后来,就上岸在地主家帮养牛。

春、夏、秋季节,打草喂牛。冬天,铡草饲养,因为小麦秆、黄豆秸等作物主茎太长……如果不铡,牲口就无法下咽。

20世纪30年代后期的农村,比现在的同期寒冷多了。那时的地球普遍比较"冷",可能臭氧层比较厚实。

然而,地主家的工作场所更冷。10多岁的父亲时常在雪中铡草制作牛饲料。

麦秆草垛被雪覆盖。有一次,父亲从雪中掏出了几抱①麦秆放在铡刀上,双手紧握麦秆"送草"上铡,刀落草断……

痛心的是,他手指被冻得毫无感觉,当负责起压刀柄的伙伴惊讶地发现被铡落下的麦秆上有血迹时,父亲才意识到自己的右

_____

① 几抱,指一些。

手食指少了一大截。

地主知道事故后，冷酷指责，怎么回事？为啥不注意？却无心找寻断指送医缝接。

父亲忍着剧痛，像犯了错的孩子耷拉着脑袋，遭受着无端的训斥，同时被无情地告知去账房结工钱走人。

迎着凛冽寒风，只是孩子的父亲捧着断指的手，无助地伫立在雪中冻得瑟瑟发抖……

至此，可怜的父亲永远失去了右手食指的第一节。也失去了勉强聊以谋生的长工岗位。

12. 手艺人

被地主辞退了的父亲，年纪太小，太重的农活干不了。

于是，被送去当理发的学徒。

那时，手艺学徒，在出师之前没有收入，师傅只是管吃住。同时需要为师傅做一些力所能及的事情，哪怕和手艺无关的。

大约两年后，顺利出师，自行执业。

父亲，成了"走村"理发的手艺人。

"走村"理发，不是在村里开个理发铺，而是负责几个村子的男子全年剪发、剃须和掏耳朵等。

当时，农村女子的头发修剪，基本自己解决，或互助式的，偶尔会请"走村"理发师友情帮忙。

20 世纪 80 年代中期之前，家乡的村民基本不去集镇理发，都是周期性地等待"走村"理发师理发。

"走村"理发师会随机地在村民家吃饭，或借宿。

这村理完一茬（头发），到下一村，再到下一村……然后，再轮到最先理发的那个村。

夏季，基本半月轮理一茬，其他季节大约一个月轮理一茬。

父亲负责的村子，主要集中在外县的五集，村子数量比较多。一茬接着一茬，他几乎没有空闲时间。

即使有点空隙，父亲一般很少回家。

如果挤点时间应该有空回家的，可是他总是喜欢和村民"拉呱①"，一"拉呱"就漫无边际。尤其吃饭时，即使是咸菜就着山芋干酿的散装酒，也可以晕乎乎地"拉呱"半天。这样，效率就低了，一茬接着一茬，哪来的回家时间？

有时，还会耽误下一茬理发的正经事。理发的周期无奈地拉长了，即不经意地减少了村民的理发次数。

年底，向客户村民收报酬（一定数量的粮食或现金）就会难一些，或被打折或干脆不给。父亲被收报酬折腾得更忙，我们想见到他几乎不可能。

春秋季，我们可以多见他几眼。

有一次，我走在下午放学的路上，隐约地看到后面的不远处有人摇摇晃晃地骑着自行车，好像刚上路的初学者，我好奇地回望着。

那时，在闭塞贫穷的农村，骑自行车的人很少见。

回头注视了一会儿，继续回家，走着，走着……总是不由自主地三步一回头望一望后面。

突然，骑车的人在我们后面的不远处小下②跳下了车，下车时还打了个趔趄——差点摔倒。

下车的样子，特像父亲。因为父亲只会从前面横杠上、下车。定睛一看的确是父亲——我喜出望外！

可惜，实在高兴不起来。

一起放学的小伙伴对我说："你大大③喝多了，不认识你了？"我极力反驳："怎么可能？"

---

① 当地方言，拉呱，即漫无目的的闲聊。

② 骑自行车时，右腿从后面甩上，叫"大上"；从前面横杠越过上车，叫"小上"。下车同理。

③ 方言，大大，即爸爸，父亲。

我不理他们，羞得使出"吃奶"的力气一个劲地向前跑，跑着，跑着，耳边呼呼作响——似乎回响着母亲指责父亲的声音："怎么又喝醉了？怎么又喝醉了？"

我拼命地跑，根本不顾父亲骑着车歪歪扭扭地边追，边喊我的名字。

忽然，哐当一声，惊得——顺着声音回头望去，父亲在拐弯处摔倒了，我拼命地奔了回去……

共同扶起简陋的只有基本骨架的"三无"自行车。父亲反复说着："孩儿，没事的，孩儿，没事的。"

这是，父亲回家的尴尬一幕。

父亲每次回家，我都会倚在墙角等地方，听着他海阔天空地讲述外面的精彩和客户村民的家长里短。

父亲作为理发师，却很少给儿女理发。不知什么原因。

有一天，在母亲的多次催促下，父亲帮我理了一次发。

手工捏推的剃发剪刀，在我头上"耕耘"着……父亲的左手紧紧地扶着我的头，他宽大厚重的手，好像是"安全帽"妥妥地保护着我！

这次，父亲的理发技艺似乎有点生疏，因为他推剪时偶尔会拔着头发，拔得我哇哇叫。父亲不紧不慢地说："快好了。"

老手艺人，为什么给自己孩子剪发还有不适呢？因为，父亲已经好多年不理发了。

"包产到户"后，由于家里没有足够劳力，父亲忍痛放弃了从事几十年的理发手艺。

多年后，在土坯房的窗台上，还可以看到他的理发工具包。

尽管剃发的手推剪、剪刀、刮胡的小刀都已锈迹斑斑，磨刀石已碎成两半，掏耳朵的靶子、铰刀、掸子等工具已七零八落……父亲，还是没有舍得丢弃。

手艺人的经历，丰富了父亲的人生阅历，增加了人生的宽度与厚度。

　　父亲的有些能力，明显超出了不识字的"表象"，也超出了大多数同龄农民，彰显出了男人游刃有余的洒脱个性。

13. 月老

月老，是父亲作为"走村"理发手艺人的"兼职"。

理发手艺的职业，使父亲"神通广大"，交际和办事能力很强。

父亲虽目不识丁连自己名字都不会写，但并不影响他的口才和自如发挥的办事能力。

父亲做手艺人期间，圆满"撮合"了好多个家庭。他们要么年龄偏大，要么贫穷，要么有缺陷，要么就是缺娘无父，基本是大龄"剩男"；当然，也有大龄"剩女"或丧偶"落单"的请托。

父亲的月老服务毫无报酬。成功了，至多喝顿热闹的喜酒。

他乐此不疲地热心解决着村内外大龄男女的"老大难"问题。七里八村都有点名气。

他每次回家，总会有愁眉苦脸的家长来到家里，找父亲帮忙。盼女儿成家心切的他们，请托父亲时，往往会隐瞒一些不利于"老大难"求婚的情况。

由于，当时现实条件的限制，无法真正核实。

为此，父亲经常会被受损方指责。父亲好心办了"坏事"，不知情的他会无辜地成为隐瞒方的"帮凶"。

受到指责的父亲，只能赔不是。歉意地回应说："真不是故意的，只要他们日子过得好，就好喽。"同时，警告隐瞒方："你们生米做成了'熟饭'，既然这样，就要好好过日子，不能没良心，也不要亏待人家。"

作为月老的父亲，不只是介绍成功——成亲就了事了（当时，基本没有恋爱过程，双方父母的意见分量很重）。父亲，还经常为"火速"成亲的小家庭调解矛盾、化解纠纷、排忧解难……

调解小夫妻的矛盾，好像是月老的"常规服务"。其实，这并不是月老需要负的责任，只是因为小夫妻只要有磕磕绊绊的或想不通的事情，总想找月老说理去，或指责月老没做好。比如，女方埋怨说："你怎么把这个'东西'介绍给我？我跟他在一起，真是瞎了眼了。"也有双方一起来评理的。父亲总是耐心地说："日子，好好过，慢慢来，回去吧，有事以后再说。"过几天，消气了，类似的事情就不再来找父亲"麻烦"了。

但是，有的小夫妻同样的事情一直没有解决好，或想好好解决，可是老天爷没有眷顾到，总是难以圆梦，而且是非常棘手的事情。是什么事呢？

有这么一对小夫妻，是父亲介绍成家的。

他们的前几个孩子都是"接生"① 出来后，不久就夭折了。每次都哭哭啼啼地来找父亲帮忙，这样的事，不是来指责的，而是来求教的。

在当时农村，遇到天灾人祸，或无法解脱的困惑，或"心病"，或长期解决不了的麻烦，都会想到"风水"。

这或许有点迷信，更多的应该是内心的寄托。

---

① 当时，农村生孩子，多数是"接生婆"接生的，很少去医院。"接生婆"接受过一定培训。

父亲为这对小夫妻，请了"风水"先生。依据他们的生辰八字和房屋走向，在晚上忙前忙后"化缘""烧纸"矫正了几回。

　　最终，小夫妻接连怀上了两个孩子，都保住了，而且健康成长。

　　这样的月老"额外项目"，父亲处理了不少，也占用了很多时间，父亲时常苦恼着。偶尔有更长的老人跟父亲说："你在积德，来世会报。"父亲却说："能怎么办？只能帮忙啊。"

　　2014年2月，父亲以高寿"功德圆满"时，我们按农村风俗吹奏唢呐、丧演，昼夜守孝几天。

　　上述小夫妻的女方，先于父亲去了天堂。而男方靠在村头的墙根晒着太阳，听着丧事演出的歌唱节目，却始终没有进屋祭拜一下父亲。

　　父亲做月老从不求回报。但作为受益的大龄男青年，是不是应该给予逝去月老的起码礼节呢？

　　父亲做月老的成功，主要原因是，当时农村十分闭塞，青年男女交流的机会很少，尤其是大龄青年。而做手艺的父亲，走南闯北让相应的信息流通起来了。

　　后来，随着改革开放的深入，父亲的月老"兼职"，就失业了。

　　那么，农村（至少我们的前后村）大龄青年尤其男青年，找不到媳妇怎么办呢？

　　要么，采用"换亲"的方式。即两家的男青年都是"老大难"，又都有妹妹或姐姐未嫁，通常是妹妹。因为"老大难"的年纪比较大，姐姐一般成家了，除非有心机、不人道的父母故意留下姐姐为弟弟"换"老婆。如此，"老大难"娶了对方的妹妹或姐姐，"老大难"的妹妹或姐姐又嫁给了对方的"老大难"。两家分别成就了"姻缘"，他们四人的角色是错乱的无法定位的，只能随机应变地称呼了。

这种牺牲双方女孩幸福的"婚姻"，是不折不扣的陋习。

女孩出嫁时，都会哭得地动山摇，为了哥哥（或弟弟）、为了父母，她何以反抗？"换亲"天然稳固，因为对方都有对方可悲的"筹码"。

要么，无奈地花些钱去偏远地区"带媳妇①"。

前后村，曾经有近20个经"媒托"介绍来的媳妇。娶这样媳妇的家庭，都把媳妇当作"掌中宝"。

几年后，令人遗憾的情况是，这样的媳妇只剩下两三个在好好过日子，而且过得还不错。绝大多数"媒托"媳妇，婚后没几天就偷偷地跑了。

"媒托"月老介绍的婚姻根本不稳固，多数媳妇不想好好过日子，排除不了有"骗婚"的嫌疑。有的大龄男青年家庭，因此人财两空。

然而，父亲为大龄男青年介绍的婚姻多数踏实圆满。某种意义上讲，父亲可能是当时前后村大龄男青年的"福星"。

---

① 通过"媒托"或熟人，把当地女青年介绍给经济较发达农村的大龄男青年。"媒托"或熟人一般会收取一定费用。有的，通过这种方式骗婚。

14. 个性做事

父亲，个性很强，也很特别。

做事，有时有点慵懒，有时极其专注。

做一件事，一般不想早一点行动。但是，一旦开始做就非常专注，精益求精，堪比吹毛求疵地追求极致。

农忙季节，靠天吃饭的农村，家家都在争分夺秒地抢时间收割庄稼。

母亲望着责任田里已经熟透了的金灿灿小麦一镰未动，有可能成为"钉子户"，非常惆怅。因为担心下雨而滥收，别人家大都抢收完了。

远远望去，只剩下我们家的责任田，无助地矗立在连片的麦茬中，十分扎眼。

收割后的麦茬坚挺着，仅剩的几块麦田"低头不语"，内心诉说着："主人，可能又要落下我们了。"

落下的不仅是损失，还有面子，甚至还会遭受冷嘲热讽。

母亲心急如焚地反复催促着父亲，在乌云密布时，催得更凶、更紧。麦收时节的天气，像孩子的脸变化莫测。

落下的麦收及无常的天气折腾得母亲七上八下，如坐针毡。

早饭前，母亲又催父亲，这次，催得声嘶力竭。

父亲不紧不慢地说："去年的镰刀都生锈，不能用了。明天，去集上买刀，安装开刃，后天收。"

母亲急得直跺脚，责问道："拖，拖，去年下雨小麦烂在田里，长芽了，你忘啦？"

母亲边责问，边寻找去年的旧镰刀。父亲不耐烦地大声反问："要收，你去收？""胡搅"一会儿，蛮有理由赶集去了。

母亲唉声叹气地望着父亲远去的背影，格格不入地嵌在村民热火朝天的麦收场景中……她显得那么弱小，那么孤独，那么无助。

母亲，在磨刀石上急促地磨着旧镰刀。艰辛的泪水滴在磨刀石上，似乎是磨刀的"润滑剂"。失望地想着："唉！麦收怎么这么难啊？"

然后，母亲饿着肚子、低着头、提着镰刀、背起篓子，有气无力沉重地走向待收的麦田……

许久，父亲从集市上回来了。买了几把镰刀及比镰刀宽两三倍、长三四倍的大刀，其模样和镰刀相仿。

然后，砍来新鲜木棍，在火里烘干去皮、刨光滑，装在镰刀上作为刀柄。镰刀的刀柄大约半米长，而大刀的柄子可能有两米长。

大刀的安装，比较复杂。首先，固定好长柄；然后，在离大刀约一米处的柄子上垂直绑上一根一米左右的细木棒，细木棒的上端与刀头的根部，点对点绷紧绕上几股绳子，在靠近大刀约40厘米处的绳子中插上约70厘米长的双头菱形树枝，反复扳转树枝把绳子绷紧，最终菱形树枝的连丫端朝上，双头端固定在大刀的长柄上，向刀韧内倾斜——用于拢麦秆；细木棒下端超出柄子下面约15厘米。这样，砍麦大刀就安装好了。如此大刀，如果刀口钝了，需要磨锋利，必须卸下大刀才可以在刀石上磨。而镰刀不用卸下，可以直接磨。

镰刀割麦需弯腰，用左手薅住小麦，右手握紧镰刀，在根部拉割一下或几下，顺刀钩拢起麦秆，整齐摆放在左手边，如此反复。

然而，大刀砍麦的架势不同于镰刀。需站立，左手握住细木棒的下端，右手握住细木棒的中部，左腋夹紧刀柄，成70度左右的扇形在麦秆根部甩砍，每次砍的幅度大体相当，麦秆被甩砍在左边，整体成行，尾随身后。

大刀的割麦效率，比镰刀收割高出好多倍，但一般人砍不了，需要一定的力气与技巧。

父亲和我会使用大刀砍麦。

为了赶收落下的小麦，父亲通常用效率高的大刀砍。我一旦有空也会和父亲一起拼命赶工。

麦收时，被夏天的烈日烤得无处可藏。我经常被烤得鼻孔出血，只能在就近的沟边洗一洗。如鼻血还止不住，就拽上几片软和点儿的树叶塞住鼻孔，躺在晒得滚烫的麦秆上休息一下。通常会被父亲的大嗓门叫醒，父亲会说："实在不行，就去树荫下歇一会儿。"

此时，我又恍恍惚惚地干起活来。

其实，我只能用短暂的行动，去体悟年迈父母的异常艰难。

责任田的靠天吃饭，靠肩扛手推的耕作农民，何时可以轻松呢？看来，只有天才能知道？

"包产到户"时，父亲已近60岁。他年轻时做手艺，基本没干过农活，见到繁重量大的农活内心有点惧怕，毕竟已是该退休的年纪了！

农民哪来的退休？哪来的待遇？这个"退休"梦，在落后而广袤的农村，谁敢想？

母亲比父亲小6岁，是持家的好手，非常勤奋。

父母一慢一紧的性格、节奏，加上个性都比较强，好像针尖对麦芒，难免拍不拢，时发矛盾，时而"沸腾"，时而爆发"冲突"，印证了贫贱夫妻"百事争"。

作为孩子，我们基本没有"调停"的能力，但内心深处是自卑的，受伤的。

事实上，他们的确力不从心。

家里没有青壮劳力。孩子中，成家的成家，出嫁的出嫁，念书的念书，就剩两老人了。这与需要人工耕种十几亩责任田形成了巨大的反差。

老人不会用机械，更何况也没机械可用。

我上学时，时刻念着家，念着年老父母，念着庄稼的收成。常常挤出时间，超负荷地干农活，重的、脏的、毒的（喷农药）各种农活都干，多为父母分担、分忧。

幸亏出嫁的姐姐、姐夫鼎力相助及父亲养的牛的帮衬，才艰难地推动着这部老旧家庭"大车"勉强前行。

父亲专注做事，时常映入眼帘，也经常深受其苦。

农忙季节，需要打谷场。

打谷场是一块平地，主要用于碾压或晒小麦、水稻、大豆等。

首先，父亲叫我一起平整打谷场的地面，除草、捡去小石子等杂物，再耙平。起初是手把手地教，然后让我独立做，他严格检查、验收多遍才放过我。

然后，我和父亲挑水泼洒打谷场，均匀地撒上麦穗的粒皮。接下来我们一起拉着用石头做成的圆柱形碾子，反复碾压打谷场。父亲对平整的精细要求，让当时的我几近崩溃。

累了，不禁嘟囔埋怨："不是，已经好了，怎么还要碾压？"他总说："再搞搞，就行了，快了。"埋怨都被父亲多次催促的"火势"压下去了。

当然，打谷场的质量是不言而喻的。看着平整光亮的打谷场，甚是沾沾自喜："你看，我干得多好！"每当邻居经过时，总会不经意地表扬一下："这打谷场真好。"

父亲的极致要求，让我累得刻骨铭心。如堆草垛、平整稻秧板田①、挖水沟等，也是例证。

这些近乎苛刻的专注要求，我虽然不太理解，但还是不折不扣地完成了。

不管是否需要，父亲总是那么极致，那么精益求精。他如此专注、极致的做事精神，时刻影响着我的成长。

我专注与极致的为学、为事、为人的特质，真正溯源，应该来自于母亲、父亲的"手把手"，也来自于家庭传统，还来自于自己的高度自律与上进。

这些，都是需要传承的不可或缺的朴实价值。

---

① 稻秧板田，即用水和成泥状的平整土地，用于转种已发芽稻种，长到 20－30 厘米时，再拔出秧苗，运到稻田进行插秧。

15. 金牛生财

　　大约是"包产到户"第二年春天的一个傍晚时分，我扔下类似"皮囊"的书包，兴奋地向家乡东南方向的渡口奔去……

　　因为母亲告诉我，家里买了一头牛……父亲牵着牛可能已经过了渡船。在好奇心的驱使下，我"不走正道"——对角斜穿庄稼地，为的是可以节省一点见到父亲的时间……终于，在不远处的水塘边，发现了一头瘦骨嶙峋的黄牛①，缰绳被拴在树根上。

　　莫非，这就是我们家新买的牛？

　　正疑惑时，听到水塘边芦苇荡里，传来簌簌声音，我紧张得鸡皮疙瘩都出来了，因为，小时候经常听说此水塘有闹鬼的事，水塘是旧社会地主为建房垫地基所挖，塘边还有地主的祖坟呢。我一般不敢经过这儿。

　　想着，想着……脚步没有舍得挪开一步，目不转睛地盯着黄牛，好像是久别重逢的朋友，试图靠近"她"，但又不敢。

　　突然听到一声："小鬼，你怎么来了？"顺着声音定睛一看是父亲。他"掐"着一把青草，原来父亲去芦苇荡拔牛（吃的）草了。

---

　　① 黄色的牛，非水牛，学名不知。

走近时，父亲眼里透着格外的满足感说道："这是我们家刚买的牛，不孬吧？"我高兴地说："不孬，不孬。"

可是，为什么这么瘦？父亲无奈地说："瘦，便宜啊，只要没病就行。"父亲接着说："这么瘦还花了我们450元钱呢。是几十里外的，以前理发①时的熟人帮买的，熟人不会哄我，应该没有病。主人告诉我，它生了小牛崽不久，还没完全恢复呢，走了一天的路，累的样子可能难看些。"

我又问："这么瘦，能干农活吗？"父亲自信地说："养养，就可以拉车、犁地了，还可以生小牛崽卖钱呢。"

我小心翼翼地牵着牛，和父亲边走边聊，一转眼就到家了。

我们家是村里第一个养牛的。

这头牛是我们家任劳任怨的"老黄牛"，更是青壮劳力，也是生财的"聚宝盆"。

有了牛，很多需要人力拉的重活，如拉车、耕地、耙地等基本由"她"接替。

有的农事，一头牛拉不动只能由人和牛充当"混合动力"。

有时，还当上了救援牛。哪家的平板车陷路上或田里了，会牵上我们家的牛，套上木头做的直角笼头，系上根子（大约有鸡蛋直径粗的绳子，一般由菖蒲或麻捻成的），进行拖拽施救。

儿时，经常被父亲逮住——帮忙捻根子。父亲起头的根子股顶端系有约30厘米长的木棒，我反复从左向右扳转木棒，父亲紧紧捏着另一端，如此，根子股就会越来越紧。他慢慢地有序释放根子股并续上被水湿润过的菖蒲……好长时间后，才能捻出一根20多米长的根子股。这时，他让我保持着拉紧的状态，把手里的那端扣在树干上，其高度差不多与腰间平齐，然后双手展臂丈量着总长度，在离我那端的三分之一节点处——捏紧，让我迅

_____

① 父亲，年轻时，在农村为百姓剃头，即走村理发谋生。

速折返到树干的方向，抓牢木棒绕着根子股从左向右（上下）翻着，父亲右手握住根子股和我同方向翻向左手的根子股，随着时间的推移，父亲的左手边就产出了白晃晃的两股根子……我手里的根子股会越来越短，父亲和我会合后两股根子就完成了；其实还没有完全完工，父亲让我抓着两股根子的起始端，跑向树干方向，我继续重复着上述动作，父亲亦然……他身后的三股根子就是成品了。

家里的根子，多数是手工做的。有时为了有更大的抗拉强度，还需要做四股根子或用麻捻。

我们家的牛，还在雨里营救过泥泞中接新娘的拖拉机车队呢。

有一次，在深秋的雨里，举步维艰拉平板车的心酸事，让我记忆深刻。

那时我还小，可能也就 10 岁出点头。比我大十几岁的姐姐是拉车夫，我只是在她右边，右肩套着绳子，左手扶着车把协助拉车。

尽管是辅助的，也体会到了和生存抗争的艰难与无望。

为什么要在雨天踩着深陷的泥泞路拉车呢？

拉车干什么？拉着洗净的山芋，去几里之外的村里加工，即加水磨成浆状，回来过滤沉淀，作为加工粉丝的原料。

山芋做成粉丝，可以有较高的经济收益。

那时，农村没有天气预报。只能看天出门，看不准天气是"家常便饭"的事。因此，出去做事经常会一边淋着大雨，一边拉着沉重的平板车。于是，出现了拉车的汗水、落下的雨水和艰辛的泪水"三水"交融的凄苦。

遗憾的是，我们的山芋车在石块搭成的简易小桥上，一个轮子被石缝卡住了，平板车也歪了，桶装的山芋差点倾倒在路边的沟里，因此不敢再拽车子了。其实，已动不了了，即使用尽了浑身解数，也无济于事。

累得精疲力竭的姐姐，耷拉着脑袋坐在小桥的石块上。尽管披着塑料膜，透明的塑料膜清晰地告诉我们，她全身都湿透了。深秋的气温，让我们不禁瑟瑟发颤，发紫的嘴唇直哆嗦……

短暂歇息后，姐姐说："你在这儿看着。我去庄上找人帮忙。"

看着姐姐急促的脚步和湿漉的背影，很是心酸！

自从有了这头牛，如此重的拉车活会由它代劳，我们就可以轻松点了。但是，车把即车辕①还得由我们驾扶着，也非易事。

牛拉车，不太能走很远路程。一方面比较慢，另一方面无"铁掌蹄"②受不了长时间的踏磨。因此，去较远的县城买化肥，还是只能人力拉车。

每次，父母都是天还没亮就出发，因为排队需要很长时间，买散装磷肥时尤其拥挤。散装的，可以省点钱，而且只有磷肥厂才可以买到。我和父母去买过磷肥。印象中，在堆积如山的库棚里，在刺鼻辣眼的空气中，边挖边装入自带的蛇皮袋。我们撑不了多久，就得跑出去呼吸几口新鲜空气。

有牛后，拉车的多数场景是父亲在左前方牵着牛，被套着笼头的牛在正前方俯首前行，我在牛的后面双肩压着平板车的车辕、双手拉着车辕根部的拉手，一边控制着车的平衡，一边用力迈步……这样，我们省了很多艰辛的人力。

牛拉车时，平板车会被装得更加满当。如果光用人拉，三个成年人也拉不动。如此，给了当时还是青少年的我不小的考验，在拐弯时往往扳不过来方向，会直接杆在路口无法动弹，掀不起

---

① 车辕，平板（或其他式样的车）车前驾牲畜的两根直木。某些非机动车车身上伸出的两根直木，是用来架在牲口背上以便拉车，或作为人拉车的把手，控制平衡。一般在车辕的根部，还有用自行车旧轮胎或传送带做成半圆形的拉手。
② 牛，可以干相应的农活，虽速度较慢，但拉力大。在农村干活蹄底下无需钉铁掌；牛的蹄是"多趾"的，不便钉铁掌。而可以跑得比较快的马、驴、骡等"整蹄"牲口，蹄上通常钉有铁掌，可以长途跋涉，可以走公路、砂石路等。

车辕。如果经过坑坑洼洼的路面，有时会按不住车辕，双脚就断断续续地离开了地面，玩起了"漂移"。村邻看到此景常说："小伙子个头够了，力气还不足，擎守不住车把，可以少装点啊。"

黄牛成了家里不可或缺的成员，是劳力的依靠，是父亲的朋友，他很爱惜它。夏天，在上风口，点燃麦壳等碎草屑蒙着（不让发出明火），产生浓烟，帮它驱赶蚊子、牛苍蝇（比一般苍蝇大很多，叮咬动物吸血）。冬天，在牛屋里，架着树根、玉米棒芯等耐烧的柴火，为它取暖，在没有专门牛屋的时候，牛和我们同"住"，我们会被烤得暖洋洋的，但是，满屋子的灰，令人烦恼。

父亲很喜欢牛，直到暮年时，还喂养着一头伙计呢。不过，家里从来没养过力气较大的水牛，不知什么原因，可能吃得多——养不起，还是夏天的水塘栖息地没法满足。

黄牛的繁殖能力很强，后来我家常有几头牛，干起活来就轻松多了。

那些不太能干活的，或比较值钱的牛，会被"交易"了，换点"银两"贴补家用，这也是我们家当时主要的经济来源之一。

16. 摆地摊

　　家里舍不得吃的蔬菜、省下的粮食、攒下的鸡蛋……基本由父亲赶集去卖，因为父亲会骑自行车。

　　有时会带上我，尤其我会骑自行车后，因为父亲载不完，需要我载上部分卖的东西。

　　到街上后，精明的父亲不顾我涉世不深的压力，通常让我在离他几个小摊的位置上，或对面摆一个同样的地摊。

　　这样，会卖得比较好，也会比较快。

　　赶集，通常需要天没亮就出门，不是为了避开"城管"，而是为了避开半路上的"查牌照"，啥牌照？

　　那时，自行车需要有牌照才能上路，不知为什么？也不知哪里查的？

　　穷困的农民，为了每年省5元钱的牌照费，通常不领牌照。我们也不例外。

　　当然，黎明出发赶集，也是为了可以抢到好的市口，好的摊位。

　　街道上，没有城管人员统一管理。只是在相对集中的小市场里，时常出现夹着破包的城里人模样收税人员，应该没有"持证上岗"，因为很随意，收的税种随意，收的数量随意，何时收也随意……但是，摆摊的人见到他们还是非常害怕的。要么躲，要么说："还没开张，等会交。"收税人员再来时，如果还交不上，他们就拿点东西……态度好的摊主，收税人员不"抢"工具，会让摊主继续卖，好像还蛮人性化的。

赶集摆摊，夏天主要卖青椒、茄子、丝瓜、葫芦等，这些不是专门种的蔬菜——经济作物的产品，而是家里自留地园子里长的。

妈妈催促父亲，把舍不得吃的上等的、嫩的拿到集市上卖。留下来吃的蔬菜都是次品，老的、烂掉半截的（吃时，削掉烂的）、有虫害的。

只有中午，家里会清炒一个至多两个蔬菜吃，放很少的油。不过，哪有油可放啊。

不懂事的我们，边吃，边不时埋怨妈妈，家里嫩点的菜，为什么总是拿去卖？吃的菜，老得总是嚼不动、咽不下，而且是有虫害的。

妈妈面无表情地反驳说："不去卖，哪有钱花？怎么念书？""妈妈，妈妈，炒青椒里有虫子！""小鬼！哪有虫子？"背对着门坐的妈妈，夹着几片青椒放碗里，筷子迅速地抽到碗外，甩了几下后……头部微倾，注视着已经见底的那盘青椒，若无其事地说："小鬼！哪有虫子？"

这时，我心里什么都明白了。

妈妈用筷子时，迎着屋外的阳光，我似乎看到了什么，从她的筷子尖端滑落，也似乎觉察到妈妈泛着遗憾的目光……

我们很清楚妈妈不会承认炒青椒里有虫子，因为家人几乎已把菜吃完了，她不想扫大家的兴，在朴实农人眼里虫子无毒。

夏季是自留地蔬菜长得旺盛的季节。赶集卖菜的次数，自然就多了。

夏季多雨，踏着泥泞路赶集苦了父亲，也苦了我们。

我们家在国道的边上，不远处公路上的稀疏车辆清晰可见。小时候，经常站在家门口向东望去，好奇地数着经过的车辆。

看起来，骑自行车赶集很方便了。遗憾的是，国道和我们家隔着一条运河，渡口又不在我们村头。糟糕的是，上公路需要绕道两三里路才能乘上渡船，而且都是讨厌的泥巴路。

晴天，坑坑洼洼非常难走；雨天，黏得像糨糊，迈步艰难，光着脚行走，还跟跟跄跄，何况骑自行车？那怎么办呢？

赶集时，无奈多是雨天。

年迈的父亲吃力地扛着自行车，我和母亲背着装满待售东西的蛇皮袋，冒着雨一滑一踏地走向渡口……尽管披着塑料纸（薄膜），后背多半已经淋透；斗笠下的脸上分不清是汗水还是雨水，顺着脸颊淌过嘴角，感觉苦涩的、咸咸的……远路不轻担，我们累了，只能抵在树干上歇口气。太累了，只能在路边找块干净的草地放下，短暂地歇息歇息。

上下渡船更加艰难。因为，上渡船有比较陡的下坡，只能"猫下腰"碎步挪到船上，向下挪动时必须后仰些，不然一不小心就会滚到河里。下船上岸，要尽量重心放低，几乎是爬上岸的，重心稍高一点就可能人仰马翻。

终于到了国道，父亲先到小沟边粗略地洗一下脚，穿上露脚趾头补了又补的解放牌胶鞋，然后麻利地把蛇皮袋绑在自行车后架上，飞速上车，摇摇晃晃的、摇摇晃晃的向集市的方向骑去……还得骑上八九公里。

望着骑在破自行车上的父亲的瘦弱身体，及被风吹起的塑料雨披和后脑勺的花白头发在瑟瑟地飘呀飘的……尽管是夏季，我的身上还是情不自禁地泛起了阵阵寒意。

望着，望着，双眼模糊了……

这时，耳畔响起一声，"小鬼，趁雨不大赶快回家！"哦，妈妈在叫我。

回途中，问妈妈："为什么总是雨天赶集卖菜?"

"不是非得雨天赶集，主要是夏天蔬菜瓜果长得快，如果过了采摘时间，就会长老了，就卖不出去。还有，雨天赶集卖菜的人会少些，价钱可能会高点。"妈妈边走，边耐心地回复我。

感觉妈妈的话很有道理，尽管不怎么理解，边走边摸着湿漉漉的"卷毛"头，在想着，悟着……

卖菜，基本需要一整天。

傍晚时，拖着疲惫身体回来的父亲，一般只能收获十几元钱，运气不好的时候，只有几元，也就没卖掉多少。

盘弄几天还卖不掉的蔬菜，即使有点烂了，家里还是会煮着吃的。

冬天，家里好像没有什么好卖的，几乎没什么经济来源，主要靠省下来的白菜、山芋等换取零用钱。

那时，粮食不太敢卖，除非特别急着用钱。

粮食得节省点，冬天要留点余粮。因为多数家庭，来年春天里粮食不够吃，我们家也得有备无患。

节俭持家的母亲，冬天里晚上几乎不做"粮食饭"，经常用水煮山芋充饥。长身体的我们吃到最后，见到山芋就怕。当时，特别盼望过年，期待可以嗅到一点"腥味"。

冬天赶集，父亲也会带上我。天没亮，就得冒着严寒出门。

父亲和我用自行车分别载着大白菜和山芋。数量特别多时，我和父亲会拉着平板车去卖，当然，出门必须更早。

父亲一般不让我载大白菜，只让载山芋。我问："为什么?"

"车架上的三筐菜占地方不好上车，大白菜会被你摔烂的。"他接话说。

这时，我才明白大白菜不能摔，因为大白菜嫩着呢。妈妈为了大白菜卖相好，多卖几个钱，于是，把白菜的帮子掰下，家里吃，卖的都是白嫩紧实的菜心，如果被我一不小心摔烂了，妈妈一定会责怪的。

到了集市，天才蒙蒙亮。

依稀看到，很多摊位已铺开。好多农人和我们卖同样的"玩意儿"。农村的集市，好像可交易的东西并不多。

感觉压力好大。父亲摆好两个摊，让我也守一个。

凛冽的寒风，卷着尘土穿过熙攘的人群，像一把把无形的刀子刺向我们，沙粒无情地打在冻僵的脸上不觉得疼，但总是迷塞着干涩的双眼，需要时不时地揉了又揉。

透过揉眼的余光，多次看见隔壁摊位后的父亲，边吆喝买卖，边从兜里抠出我们用过的作业纸，在风中哆嗦着卷着"老烟卷"，冻得不听使唤的手把"老烟卷"卷得奇形怪状。

父亲擦火点烟，遗憾的是，擦了多根火柴也没点着。

父亲失望地捏捏衣兜，又反复翻看着火柴盒……转而，注视着面前小山似的白菜和山芋。他好像更失望了！

许久，父亲又摸出刚才没有点着的"老烟卷"，夹在粗糙的指间，顺势向上掀了掀帽檐，若有所求地向四周瞄视着人群。

忽然，大跨步地冲到对面正在抽烟卷的摊主跟前，示意后，拿着对方燃着的烟卷，对着点燃自己的"老烟卷"。

在烟雾缭绕中，父亲的表情仿佛有些温暖的舒展。

不知不觉，已经过了晌午。

早上，只啃了几口僵硬馒头的我们，在稀疏的人群中面对鲜人问津的山芋、白菜更加饥寒交迫。

这时，我无可奈何地跟父亲说："我们便宜点卖吧，可以卖快点？"父亲面无表情地说："便宜怎么行？实在卖不完，明天添点东西再来。"

"那我们回家吧！您看集市上都没几个人了。"我蜷着身子，不耐烦地询问。父亲不甘心地回应，再等等，再等等……

又过了好大一阵。我们默默地收摊了。

回程前，父亲习惯到简陋的地摊上吃点东西，抿一两盅高度的劣质散装酒，哪怕只有面条就酒，抿得也很满足。

但是，我跟着赶集时，父亲不会坐下来"惬意"地吃点东西。因为我一般不肯在集市上吃东西，觉得忍一忍就能到家，还可以省上几个钱。

也许，怕我挨饿，也许，年老的父亲也饥饿难支了。

"我们买几根油条，垫垫肚子。"父亲从皱巴巴的塑料袋里掏出几个硬币塞给我，对我说。

我买了几根油条。父亲一根，我一根，我们狼吞虎咽地吃完。剩下的，扣在自行车的车把上带回家一起分享。

父亲粗大的手在我后背轻轻地拍了拍说："走，我们回去。"我摆摊时紧张的情绪稍有缓解，轻松地骑向家的方向。

车把上金灿灿的油条，好像猎人肩上的枪梢挂着的归途猎物，被迎着的寒风吹得不由自主地晃呀晃的……

17. 古渡酸楚

国道在我家的东边，一条亘古久远的大运河，横在国道与家之间，去小集市、去县城、去高中都必须越过这条运河。

麻烦的是，桥离家很远，渡口又不在村口，经过渡口需要走很长一段泥巴路。

记事前就有运河，渡口①自然有，只是渡船换了一茬又一茬。摆渡人也从祖父、儿子、孙子……在家族中延续传承。

摆渡人住西岸，即我家的那一侧。

因此，出发时，摆渡过河比较方便，凑满一船就可以了；回来时，就没那么幸运了，即使聚集了很多"过客"，也得对着对岸的"摆渡人家"喊破嗓子。

如果是雨雪天气，更是喊不到摆渡人。

夜晚回来，就会"叫天天不应，叫地地不灵"了。深夜回来，会更惨的。

高中学习任务繁重，有时两周回家一趟。期末大考前，会更长时间才回家。在校下饭的咸菜、蒸饭米什么的，基本由姐夫送到学校。

---

① 渡口经营，通常需相关部门批准。

高中学校，离我家很远，在近 30 公里的一个镇上。

时间长没空回家，很惦记年迈父母的身体、田里的庄稼，总之，很想家。

有一次，紧张的期末考试结束时，已经是傍晚时分。其实，可以放寒假了。

有的同学，家长来接；有的同学，次日回家；而归心似箭的我，选择立刻回家……

我担心天黑，路不好走，就麻利地整理被褥、席子、饭盒、衣物等，慌忙地绑在自行车的后架上。

书包，单跨斜背上肩。飞身骑上车，迎着红彤彤的落日余晖，风驰电掣地赶路回家……

不一会儿，对面的车光就把我的眼前照得漆黑一片，短暂的看不见任何东西……这时，紧紧握住车把，生怕摔倒或撞到什么。

学习过度用眼，本来视力就不太好。这样，灯光一刺、一刺的……而且一路向西、向北骑行，刚好与刺骨的西北风"干"上了，夜晚的西北风像锥子一样扎人，疼痛难忍。

露指头的纱线手套，单薄的球鞋，无法很好地保护着手和脚，手脚都冻僵了，麻木了……

顶着风，迎着灯光，睁不太开的眼睛却流着泪；手冻僵了，脚冻麻了，空荡荡棉袄里的衬衣也湿了……

骑行很久，太累了。

借着车光，找个路面宽的地方，在路边杨树档内靠稳自行车后，坐在地上休息一下，歇歇脚。

在树与树的空当内休息，比较安全，不太容易被车撞上。

这次休整，也是为接下来的飞速"冲锋"蓄力。为什么呢？

因为，前面不远处有一段特殊的路。怎么特殊？公路两旁是黑松林，地段名叫"三里松"。

那有什么？可不一般呢。

考上高中时，就听大人①说，上下学必经"三里松"。

"三里松"有不少令人胆战的传说。一说，经常出车祸；二说，经常闹鬼。传得最多的是，附近有一个女孩被小卡车撞死在"三里松"，其姐姐承受不了这个灾难，整天忧郁寡欢。半年后，死者的姐姐，在同一地点也被小卡车撞死。

月黑风高的寒夜想到这个更加寒冷，更加胆战心惊。

嗖！我猛然站了起来，头也不敢回，向前赶路……

隐约，看到了黑松林。

快到"三里松"的黑松林了，脑门嗡嗡作响，脚像抽了筋似的，拼命地猛踩脚踏板……

心惊肉跳，胆怯地竖着汗毛穿过了黑松林。

不远处，看到了县城的微弱灯光。

过了一阵，转了弯又上了漆黑的国道公路……

对面车的灯光，好像更加刺眼，我也更加疲乏。

快到渡口时，需经过国道上一座坡度较大的桥。这时，夜已经比较深了。

实在没力气骑上桥，只能推着车上桥。到了桥面，稍作停顿，骑上车，不料自行车顺坡飞快地冲了下去……

心想，麻烦了！

双手下意识地捏刹车把，可惜根本没什么效果。我只能死死地抓牢车把，顺着坡靠边滑下去，耳边的风呜呜作响。

此时，对面来了一辆灯光强烈的车。

眼前，突然一黑。

我的自行车似乎"飞"起来了？

我大叫起来，"怎么啦？怎么啦？"牢牢地抓住车把，却无济

---

① 大人，即成年人。

于事，车已经失控了……

等我回过神来，车已压在我身上，一起翻进路边的沟里了。

幸亏沟里没多少水，不过还是感觉一只鞋已进水了，冷得直刺心脾。

原来，对面灯光刺到眼睛的时候，根本看不见路边有一溜沙堆，惯性使自行车直接冲向沙堆，但又不足以冲过去，于是倒滑下来，向右翻到路边的沟里。

如果向左翻，不就连人带车翻到了公路中间了吗？如果那堆不是沙子而是石头，我会摔成啥模样？是不是毁容了？没有如果，真是不敢想象，也顾不上多想。

从沟里，忍着疼痛爬起来。

使劲拖拽自行车，好不容易拽到路边。两腿夹着前轮整一下被摔歪的车把，借着断断续续的汽车灯光装上摔掉的链条，继续赶路。

终于，下了公路。

拐向通往运河渡口的村间小道，村庄一片漆黑，"死"一般的沉寂，静悄悄的，让我感到莫名惧怕！

虽然无法知道确切的时间，但直觉告诉我，已经进入深夜。

借着微弱的月光，沿着熟悉而陌生的羊肠小道推着车，一脚高一脚低的向渡口走去……

忐忑地走着，想着："今夜，过不了渡船了？今天，到不了家了？"

到了渡口，不出所料对岸村庄也一片漆黑，"死"一般的沉寂，静悄悄的，让我感到无比绝望。

对岸，摆渡人的家，毫无光亮，毫无声息。

"逮船①了，逮船了，逮船了……大爷逮船了！……"我几乎喊破了嗓子，对岸无人应答。摆渡人可能熟睡太久了。

————————

① 逮船，就是撑着渡船，摆渡（驳接）需要过河的人。

喊累了，绝望中饥寒交迫，无处藏身。

这时才知道，摔沟里时弄湿的那只脚已经冻僵了，没有知觉了。

赶快，赶快翻车上的行李，找到了鞋，立即换上。

还是冷，很冷，全身冷，因为刚才身上有汗。同时，感觉眼皮很重，很难睁开。

煎熬着、强忍着千万不能让自己睡着，因为睡着了会更冷。哆嗦着手，用力揉着眼睛，抓挠着头发。啊！眉毛、头发都结上冰霜了。

太可怕了！

得赶快想办法——过河。

我又撕心裂肺地喊了几句，"逮船了！……大爷逮船了！"

再次绝望！

要么，沿国道公路继续前行，绕远路，过桥回家。

不行啊，路远不说，那条路还要经过一片坟场，而且那片坟场发生过凶杀案，想着就非常恐惧。

无法战胜恐惧，只能千方百计地想办法取暖。不然，一旦熬不住不顾地方地睡着了，就可能被活活冻死！

顾不上多想，毅然放下自行车。

回头走向漆黑的村庄，寻找哪里可以取暖。

在不远处发现一个稻草垛，如获至宝。在草垛背风的那面底部，掏出一个坑窝。

拖来自行车，卸下被子，发现部分被子已经潮了，可能翻沟里搞的。用被子的干处围着取暖，蜷缩着眯眯眼以求解乏，至多就是打个瞌睡，嘴里一直念叨着、祈祷着，提醒自己不能睡着……

被公鸡刺耳的打鸣声，叫醒了。

啊！怎么就睡着了？

天蒙蒙亮。我很庆幸，没冻死，还清醒。

冲向渡口。

渡口还一片沉寂。

喊了几声摆渡人，仍然没人应答。

为了御寒，只能来回踱着步，时刻瞄着对岸的动静。

隐约看到对岸有人在码头附近走动，然后走向摆渡人家。一会儿，摆渡人家有了一丝亮光。

欣喜地依稀望见渡船动了，向我这边撑来。小船舱内，立着一辆"羊角把"自行车，车边蹲着一个人。

我迫不及待地推车，下到渡口的简易码头上。

"到岸了，到岸了。"随着摆渡人的提醒，舱里蹲着的人站了起来，是一位老人。我定睛一看，尖叫出来了："啊！大大，您这么早干啥呢？"

父亲没有直接回答我，惊讶地反问："你上学，怎么回来了？这么早，很冷吧！"

我立即撑好车。

跳上船，帮父亲把车抬上渡船夹板，把要卖的几袋山芋搬上岸，扶着车，绑好山芋。

父亲俯身推车，歪歪扭扭地走向公路……

边走，边叮咛："早上冷，赶快回家！你妈在家！"

目送着父亲，感慨万千。父亲又为家里的零用钱，去摆地摊了。

父亲，一直不知道我在渡口的那个不眠之夜，也不知道我那夜的寒冷煎熬与惧怕。

渡口是古老的，是相识的或不相识的过往行人的桥梁与纽带。好比"微茶馆"，更像两岸附近几个村子的信息交流中心，诞生了很多温情的故事，也发生过很多令人担心的意外。

一个初春时节，在渡船上的父亲，就曾被运河过往的船只，碰撞落过水……

18. 烟酒香涩

烟和酒，是父亲生命中永不散席的"朋友"。

父亲"嗜好"烟酒，尽管没有闯过多大的祸，却留下了一些心酸的记忆。有的，甚至是令人哭笑不得的嗜酒"罪过"。

他在年轻时，就好烟酒，从来没有戒的想法。

烟，曾经无可奈何地停了几年。

有一次，父亲赶集过河时，乘坐的渡船被运河里的运输船撞翻了。

逃逸的"船老大"被兄弟追到，"抓"回了后，一起带着落水的父亲去医院检查，发现肺里呛到水，引发肺炎，咳得厉害。

在医生的严厉要求下，"戒"了一阶段。

其间，父亲会偷偷地躲在医院的角落里，从衣袋里抖抖索索地捏出土烟屑，拿出碎纸片裹起了烟卷。

大口，大口地吸，好像害怕被警察抓住的小偷，那样紧张。有时被发现就没收了，连卷烟的材料都被没收了。

其实，更紧张的是那个"船老大"。因为，偷抽烟是不利于肺康复的，而没完全康复，短时间内"船老大"就做不回"船老大"。

相信朴实的父亲不是故意的。他一心想早点出院，一直认为身体没有什么问题，也可以为"船老大"省点钱。

从来没住过医院的父亲，感到非常不习惯，干什么都不方便。况且，医院是严禁吸烟的。

住了十几天医院后，"船老大"是熬住了。父亲却熬不住。

无奈，请医生开些药和注射剂，让父亲回家治疗调养。

到家，吃药不用操心。但是，给父亲臀部肌肉注射针剂药水就犯难了。父亲又不愿意每天去村卫生室注射。不过，有时雨天的泥泞路也很难去卫生室。

给父亲注射针剂药水，基本请村上堂哥代劳。

堂哥经常给发烧的猪注射青霉素药水。当然，也会帮忙给村里的病人打针。儿时觉得堂哥很厉害，没学过医，打针的动作却那么娴熟。

有一次仅一次，堂哥外出几天没有回来。父亲的药水，当然也没注射。

周末放学回家的我，知道后，很着急。跑到堂哥家找了几趟，始终未见堂哥的踪影。

于是，我大胆地给父亲臀部注射药水。充分准备后，把堂哥打针的每一个细节，都"温习"了一遍。

我用酒精棉擦拭父亲臀部相应部位后，右手拿起注射器坚定地扬了起来，遗憾的是，针尖刚刚戳到父亲的皮肤，我的右手却不争气地软了……此动作，反复重复了几次，始终没有像堂哥一样，麻利、专业地完成"医疗"注射。脑门上，黄豆粒大小的汗珠，滴在父亲白净的肌肤上，眼睛已被泪水迷糊了。

定睛怔怔神，心想："为了父亲的健康，一定要完成这次使命。"

最后，使尽全身力气，还是没有完成一次专业的注射。

只是用注射器残忍地对着父亲臀部，硬生生地刺入肌肉，颤巍巍地把药水推了进去……

父亲默默地接受我的注射，忍着痛，没哼一声。

我很羞愧，也揪心的痛！于是，把医用棉球紧紧地按在父亲的伤口上，很久，很久。

此后，再也不敢给父亲打针了！

父亲因为肺里呛过水，母亲要求他减少抽烟，尽量不抽。其实，没有完全停过，即使当时身体或物质条件不允许。

在那个物资匮乏的年代，农村用的工业产品非常少见。洋火、洋烟、洋油、洋钉①等都是舶来品。后来，我们才有。其实，洋系列也是国产的，只是非常短缺，需要凭票②限量供应。

父亲抽烟，需要洋火、卷烟纸、烟叶（可以自己种植）。洋火，异常紧张。凭票供应，还得花钱买。

那时，可以重复使用的打火机很少。小时候，见过一款有中指长的打火机。即塞进米粒大的火石，用手握住大拇指扳动小轮子，火石磨出火花，点燃浸上汽油或煤油的棉线灯芯，就可以实现点火的功能了。

抽烟需要洋火，一直是父亲的梦魇。

家里用洋火的地方，一个是生火做饭，另一个是父亲抽烟。

家里没有洋火生火做饭时，母亲会叫我们拿着木质的烧火（拨火）棍，到邻居家取火种，就是把烧火棍放在邻居家正旺的灶膛里，烧着了，快速拿回家，点燃灶膛里的柴火。

炉膛的柴火，有时很难点着，有时即使点着了，也不容易燃烧，会汩汩冒出浓烟，锅屋里的人会被熏得无法睁开眼睛，灶台和炉膛前忙上忙下的母亲时不时地揉搓着"泪眼"。为什么难烧呢？因为是柴火的问题，好的柴火一般会被换钱，差的是碎了的、烂了的或淋上雨水的……这时，母亲会用烧火棍撬起柴火，或应急地用嘴向炉膛里吹气"唤醒"柴火。有的家庭，在修建灶

---

① 洋火，洋烟，洋油，洋钉，即火柴，香烟（卷烟），煤油，铁钉。
② 计划经济状态下，购买物品时，除了付款外，首先要有粮票、布票、油票、肉票等计划供应凭证。

台时，就在灶台的一侧安装一个木板做成的风箱，烧火做饭时，抽拉风箱拉杆，给炉膛下部送风助燃，以消除柴火难烧的尴尬。

哪天，如果父亲在灶膛前"喂草"烧火，腾出手专心在灶台前做饭的母亲，一定会唠叨："你怎么连着抽烟啊？"

父亲一般不语。他想利用烧火的机会，多过过烟瘾，因为无须洋火，灶膛里"舔"向锅底的火苗，即可点烟。

一般情况下，父亲想多得到几根洋火很难。不是母亲不给，是真的不多，其实没有钱买。

母亲通常无奈地回复父亲："没有洋火，用完了。"父亲总是骂骂咧咧、心有不甘地不肯放弃。

如果有，母亲也只是从破旧的洋火盒里抠出一小撮，不情愿地递给父亲，他迅速接过洋火梗，嘴里嘟囔着："怎么，又这么少？"

父亲用粗实的拇指、食指和中指聚拢着，捏着几根细长的洋火梗。显得那么无助、那么滑稽，寒酸得五味杂陈，欲哭无泪。

没钱买洋火等生活用品，时常压得母亲喘不过气来。

为得到抽烟的洋火，父亲也很艰难。那么，为什么不戒烟？

怎么戒得了？因为缺洋火，父亲养成了一根接着一根抽烟的坏习惯。他担心烟熄灭了，没有洋火就无法再抽起来。

暮年时，家里有抽不完的香烟。父亲抽烟的瘾头却没有了。只是时不时漫不经心地抽上几口。自己没有兴致多抽烟，却愿意把儿女送的好烟分享出去。

父亲临终的前一天，尊重他的意愿还"奄奄一息"地吸了几口烟。他永远没有抽完自己的烟，春节我们送他的香烟，还原封没动呢。

父亲常说："烟酒不分家。"其实，烟酒不分家是热情好客的意思。事实上，父亲既好客，又具备与他人"把酒问烟"的能力。

父亲，也从来没离过酒。

从几毛钱一斤的散装"原生态"烈性酒，到比较好的瓶装酒……老年时，喝的都是比较好的酒。

父亲喝好酒时，只是品尝几杯。不知是舍不得，还是身体扛不住。

年轻喝烈性酒时，靠勇气和义气，野蛮地拼着酒量，拼得是肝胆功能。

有时，拼得天昏地暗，有时，拼出了误会。

酒桌上拼命劝酒，背后比的是酒量及个性，真正是乡村酒文化的驱使，酒后更能体现酒品。

父亲拼酒，虽然据理力争，但不胡搅蛮缠。酒后，只是话多一些。

有一次，酒后的父亲就被误会了，这成了他很多年都解不开的心结。

1976 年，损失惨重的唐山大地震后，警觉的政府要求农村也要搭防震棚，一律搬入防震棚里住。

防震棚就是用几根木棍插在地面上做立柱支架，用玉米秆围好四周，抹上泥巴即为墙，上面用细木棍撑起有两坡的脊，铺上稻草防雨。

20 世纪 80 年代初，在防震棚里发生的事，就是父亲被误会多年的罪魁祸首。

初春，邻居家张灯结彩，喜气洋洋，正在操办着女儿出嫁的喜事。乡邻、亲戚朋友蜂拥而至，喝酒贺喜。

出嫁，一般会办两天喜酒。

前一天叫"催妆"，出嫁当天的中午最热闹，迎亲队伍的到来，亲友们争要喜烟、喜糖的吵闹声，和着沸腾的拼酒声，共同把喜庆推向了高潮。

午后，待嫁的新娘和父母在不舍的哭泣声中紧紧拥抱。

母亲心疼女儿的远行，也心疼女儿备嫁没有好好吃饭（当时风俗，女孩出嫁前两天，不太可以正式吃饭）。在叮嘱女儿几句后，小心翼翼地为女儿盖上了"红盖头"。

随后，姑娘被迎亲队伍接走了。出嫁的喜酒，也慢慢收席了。

可是……

晚饭前后，一位中年妇女非常急促地呼救着："快，快，快来救老钱！"撕心裂肺的哭喊声，打破了邻居姑娘出嫁的喜庆气氛。

哭喊声，从邻居的防震棚里急促地传出。

原来，喝完喜酒的老钱，晕头转向，可能感觉自己喝"大"了，就试图找个安静的地方睡一睡，醒醒酒。僻静的防震棚是最好的地方。地震不防了，棚子却一直在用着，里面堆些柴草、麦秸等。

老钱，一头扎进麦秸，呼呼大睡……

酒席散去，恢复平静。

喝喜酒的客人都回家了，应该都安全到家了。

老钱的妻子，久久没有等到男人回家吃晚饭。

焦急之下，就摸着黑跑到办喜酒的邻居家问个清楚，没有发现老钱，这下慌了。大伙到处找人，找了一会儿，有人喊："找到了！找到了！"

防震棚内的麦秸里直挺挺地露出了两条腿。老钱的妻子，应声扑了过去。

扒开老钱脸上的麦秸——傻眼了，大声号啕哭喊着："赶快，快救人啊！"

众人手忙脚乱，狠狠地掐住人中穴位，好不容易把老钱扳起，双腿交叉成盘坐姿势。同时，有人飞奔向赤脚医生①的家……

终于，化险为夷。

当夜，睡梦中的我被胡乱的敲门声，及七嘴八舌的争吵声惊醒了。

原来，是老钱家的人来找父亲"论理"的。

指责父亲说："为什么和老钱拼酒？出事，你赔啊？"父亲说："不是我一个人和他喝的，全桌都抬酒②的，喝喜酒，大家高兴啊。"

争执了好久，没说出啥个理来。

不欢而散，结怨而起。

其实，老钱是父亲的远房亲戚。从此，变得疏远了。很多年以后，才烟消云散。

家乡喝酒的风俗，即在酒桌上如果没有人喝"歪"了，不算尽兴，算是招待不周，尤其喝喜酒时。这一酒文化陋习，无法分出对错。

如此喝酒，惹事的不少。社会上，常有耳闻酗酒酿成惨剧。

事后，母亲非常害怕。经常指责父亲："烂（酗）酒。"时常，给父亲敲警钟。

父亲，引以为戒，有所改变。

不过，酒后的父亲，偶尔也会突如其来地给我送来温暖的意外"惊喜"。

我上学时，父母从来没去过我学校。一是，农村学校好像没有家长会，即使有，不识字的他们也不会去；二是，在学校读书时没闯过什么祸；三是，整天面向黄土背朝天累得精疲力竭，无

---

① 赤脚医生，指经过简单培训的农村卫生服务人员。当时，农村缺乏正规的医务人员，赤脚医生是特定时期的重要补充。

② 抬酒，即集体拼酒。

暇顾及孩子读书，也不知如何顾及，只能是听天由命的"散养"。即便，是在村里读小学时，他们也没去过学校。何况，离家读初中、高中、大学呢？

例外的是……

"醉酒"的父亲，心里憨厚地惦记着在乡（城）里读书的孩子，这也是他引以为豪的点。平常，父亲只字不提我读书的良好表现。

有一次，村干部帮我们家调解内部事情，留下村干部吃个便饭，推杯换盏后，父亲不利落地指着土坯墙上贴满的奖状以及临摹的书法说："你，你们看……奶奶的！今后，就是砸，砸锅卖铁，也要供他们上学。"

母亲在边上，狠狠地瞪了父亲几眼："别啰嗦了，赶快带客人吃饭吧。"我们在旁边听得很感动，不禁攥紧了小拳头。

我初中就开始住校，自己洗衣、蒸饭等。基本一周回家一次。临考前，一个月左右，回家一趟。

有一天，下午第二节课的课堂上，正聚精会神地听课时，门口突然出现一位老人，红着脸，依杵在门框的一侧……

我转头看去，大吃一惊，"啊，我父亲。"差点惊出声来。

冲了出去，拉离父亲说："您怎么来了？怎么不等我下课？有紧急事吗？"父亲没有回答我，只是说："我，我，我来看看！"扑鼻的酒味，让我什么都明白了。

心想：父亲一直很惦记读书的我，可能不知如何表达？边走边拉呱①，到石凳附近时，我说："您坐下，休息一下！"他不自然地摇着手说："不，不，我回家了。"

望着父亲远去的背影……噙着眼泪，久久矗立，心酸与心疼交织，真想送父亲回家……可惜有课。"安全，安全到家！"默念

---

① 方言，意思是聊天，交谈。

着。低着头，拭着泪，一头扎进了教室。

接下来几天，始终心神不定地担心着。周末，逃了自习课，奔回家中。

父亲一共去过我学校两次，都是以这样的方式。

很欣慰，父亲的安全到家。

很欣慰，父亲的特别惦记！

19. 守候路口

　　当时，常见自行车骑在人肩上的"车骑人"情况，因为农村多为泥巴路，雨天遭罪，只能把车扛着，走向石子铺的公路或柏油国道（有时，还出现自行车载着自行车、一人同时骑两三部自行车等现象，不是杂技，而是要把自行车运回去）。

　　没有载上东西的自行车，成人可以扛起。

　　如果载了很多物品，怎么扛？只能有人扛车，有人扛物品。如果没人可分工，只能在泥泞路上"死推"，一个小时也推不了几百米，推几米后就得用树枝剔除塞死轮子的泥巴，确实举步维艰……

　　如果骑自行车的是个孩子，就根本扛不动自行车，只能无奈地边剔泥巴边使尽全力地推着车，艰难前行。

　　这样的窘境，我上学时遇到过很多次，尤其是夏天，出发时还顶着火辣辣的太阳，途中"不测"就遭遇大雨及泥巴路的"教训"。

　　那时，农村都是28英寸的大自行车，很重，我年纪小，扛不动自行车，只能"死推"。长大点，遇到突发情况，会强忍着扛上自行车，因为扛着车会比"死推"快不少，尽管我扛几步歇一歇，还是比"死推"走得快。

后来，父亲总是不声不响地关注着周五下午的天气，或关注雨后周五的路况，能不能骑车？

有一次，周五下午考了"月考"。考完后，雨后的晚霞已映红了半边天。

我带着考场的自信，高兴地从乡初级中学骑车回家，却忘了六月多变的天气，忘了归途的泥泞。

骑着没刹车，没铃铛，轮子上、链条上也没"盖瓦①"，脚踏板是木头做的，而且有一个已经磨掉了的破自行车，咯吱咯吱作响，非常费力。

骑了一会儿，前胸和后背被前后轮甩起的泥浆，在中间对称地"一分为二"……真是对缝成两人。

骑着，骑着，天黑了下来，没有路灯的石子路上，时常遇到被大车压陷的水坑（陷阱），真是防不胜防。

突然，前轮失控，人仰车翻……

捂着疼痛的膝盖，揉眼一看，跌到路边的水坑里了。

可怜的膝盖，刚好跌跪在石子路上了。忍着疼痛，护着书包，找寻着跌落的饭盒、咸菜瓶……

蹲下歇了一会儿，微站起，撸起裤管，用废纸处理一下膝盖上的血，整理一下车，继续摸黑前行……

还有，很远路。边骑，边担心，下石子公路后，讨厌的泥巴路，怎么骑？怎么走？

越想越担心，越心惊胆战。因为，泥巴路边还有一片坟场。白天经过那里，都会毛骨悚然竖起鸡皮疙瘩，吓得不由自主地加快速度。何况晚上经过呢？

心里嘀咕着："要么，绕远道——不走有坟场的那条路？"

---

① 盖瓦，指用金属片折成弧形，装在车叉上即轮子上方，作为盖子，用来挡轮子甩起的泥巴。

在雨后的黑夜里，我没有战胜对坟场的害怕。

恐惧让我提前下了石子路，绕远道回家……

果然，路滑根本不能骑车。

推了一小段，泥巴就塞死轮子，推不动了。于是，摸着黑，找寻类似树枝硬点的小棍，路边要么是水稻，要么是大豆，根本找不到小棍棒。有点不道德，干了点坏事，毁坏了一两株大豆，用大豆的主茎剔除粘塞在车轮上的泥巴。大豆主茎太软，没大的硬度，根本剔不了……无奈之下，只能用手抠轮子上的泥巴。

这样，推几步，抠一会儿，歇一会儿……

行进得太缓慢了，农田边的路走完都需要很长时间，更何况，还看不到农居的一丝丝灯光。

沮丧地想："这怎么办啊？"推行，几乎走不起来太累了……于是，对自己说："要么扛着自行车走？没扛过？扛不动啊？"

这时，脑海中浮现出父亲扛车的动作。想着想着，停下脚步，撑好车，双手在路边带有露水的草地上反复撸了撸，撸去抠车轮子粘的泥巴。

把车上的东西再固定紧实。双手抓牢三角形的车杠，鼓足勇气，举了几下，才勉强举过肩。此时，迅速把头钻过车杠连成的三角裆中，三根车杠只有一根落在肩上，咬着牙用力调整方向，好不容易才有两根杠压在肩上，车，好像被扛上了。

哈着腰，踉踉跄跄地一步一滑地向前挪动……

走了一小段，实在撑不住，走不动了，只能把车放下来。

歇息后，使了"吃奶"的力气，也没能把车扛上肩。

瘫坐在草地上，恨自己没用。

突然，感觉肩上火辣辣的，用手一摸，自然地放在鼻子边一闻，感觉腥腥的味道，啊，磨破了！

看来，只能推行了。

过了好长时间。终于，隐约地看到了前面的村庄，闪烁着微弱的灯光。

但是，还不能高兴得太早，这不是我家所在的村庄，是另一个村庄。尽管如此，我还是看到了希望，脚下顿时有了些许力气……

到了村头，看到村民在门口空地上悠闲地乘凉。不知不觉，已经是晚饭后了。

艰难地推行中，不时有成年人从身边经过。有的疑惑地问："孩子，这么晚，干吗呢？""放学晚了，路又不好走。"我有气无力地回应着。他说："看来，你太累了，要不把自行车放我家，记住我家的位置，天晴后，和大人一起来取。"太累的我，没有多想，选择相信纯朴的伯伯。

把"泥车"放稳妥后，背起书包，提着饭盒，两步一回头，看着放车人家的模样。

如释重负，走了许久，才到家。

母亲坐在锅屋门口，借着昏暗的煤油灯，拍打着该死的蚊子，时而向外张望……

我滑滑踏踏的脚步声，惊得妈妈迅速地站了起来。急忙问："怎么，怎么这么晚？"接着又问："怎么你一个人？你大大去接你的，他人呢？"我焦急回复妈妈："真没有看到！"

妈妈边问，边麻利地盛饭，端上小饭桌。我惊喜地发现又是咸汤面，不过，这时的咸汤面已经成"面糊糊"了。

正吃着，父亲也回来了。

一问得知，父亲在有坟场的那条路口的石子路边，等了很久很久……期待等到我，帮我扛车。

我内心充满自责。但是，我怎能克服，夜幕下对坟场的恐惧呢？再说，我真不知道父亲去接我。

处在喊人靠吼（口口相传），出行靠走，找人只能等在家门口，通信靠书信的年代。要及时知道，父亲在下一个路口接我，还是很难的。

　　我们吃"面糊糊"时，父亲肯定地说："以后，周末回家，天黑时，我就在那个说好的路口等你，一起壮胆走夜路。下雨或雨后，我也在那个说好的路口等你，帮你扛车。"

　　听后，感动和着"面糊糊"随之入心。

　　此后，父亲始终如一。

　　一直为我守候着"那个说好的路口"……

心雨三　心事如水

20. 学得苦

　　上学，趣味不大。在吃不饱，穿不暖的寂寥、贫穷农村，更是如此。

　　但是，世代农民命运的改变，唯有靠上学，考学。

　　20世纪七八十年代，是城乡"二元"社会结构固化得几乎看不到希望的时期。纵使，有歌曲《在希望的田野上》的"启蒙"，农村还是看不到什么希望。

　　在农村，有点长远眼光的家长认为，上学仍然是改变孩子未来命运的唯一希望。

　　哈佛大学曾做过相关调查，一个人一般会有七次机会决定人生走向，错过这七次机会，一辈子基本就波澜不惊了。但是，上天在赐予我们这些机会时，总是会设置一些门槛，如果你没有胆量去跨越，这些机会就会一溜而走。

　　孩子考学，就是决定其人生走向的首当其冲的机会。需要咬紧牙关背水一战、久经煎熬，才能跨越。

　　残酷的现实表明，绝大多数农村孩子都跌入了谷底，梦断考学"独木桥"。爬过来的幸运儿，多数遍体鳞伤，更是凤毛麟角。

　　当然，任何人想拥有与自己天资禀赋基本匹配的成功，不光要靠个人的不懈奋斗，同样跟社会背景、资源情况、历史进程、制度变革、文化演进等因素有着重要关联。

上学的意义承载得太多，失去了读书的本源乐趣，只为拼命考学，跳出"农门"是矢志不渝的渴求。

那个年代，小学是"散养"模式，中学是"圈养"模式，大学是"自养①"模式。

小学时，主要是"纯玩＋家务（农活）＋偶尔学习"的生活方式，无意、无心地学点东西。

每学期开学，填有成绩的家庭报告书需要家长签名后带到学校。不识字的父母，当然无法签名，都是空着。

开学前的晚上，我在同学家玩，听到其父亲细致地询问假期作业情况，并郑重地提了新学期的学习要求。看到了同学父亲认真端详地在家长意见栏里签上名字。这一举动，让我有些不安和自卑。

学习是在顺其自然的环境中"野蛮成长"的。做与不做作业，没人过问；逃不逃课，家长一般不知道。

那时，军绿色的帆布书包里，主要是课本以及无封面、无格子的自制家庭作业本。除此之外，没有课外习题册、没有拓宽视野的课外读物。

主课的数学、语文课本，通常用废报纸包着封皮。一段时间后，会被揉得如同卷心菜。其他副课的教材，学期未结束，就会不翼而飞。

家庭作业本，是用零号白纸折成"32K"，针线缝订而成的。有时，为了省几分钱，会买粗糙的浅土黄色的纸，制作本子。

儿时，基本没地方可以买东西，有的物品还要凭票，比如布票、粮票。没票，有钱也买不到东西。

刚上学时，母亲在洗净的废旧农药瓶口扣上双头麻绳，偶尔

---

① 自养，指珍惜宝贵学习机会，自我主动地学习与提升。

让我拎上。等到放学时，到村供销小店买几毛钱煤油。回家途中，总是小心翼翼地沿着路边走，根本不敢怠慢，生怕摔碎。

隐约记得，母亲到供销社买东西时经常带着我，我会好奇地扒着柜台向里张望，或拽着她的衣襟在身边磨磨蹭蹭。

公社门朝东的几间平房就是供销商场，疙疙瘩瘩的泥巴地面，被频繁的踩踏，磨得光溜溜的，高高门槛的内侧地面上时而泛着光，时而人头攒动、水泄不通，他们多数踮着脚跟，高仰着头，渴望的视线聚焦在正对门的后墙，即一溜土质柜台后的简易货架陈列的烟酒、鞋帽、布匹等生活用品上。

印象中，公社就这么一个简陋商场。妈妈指着柜台里成卷的卡其蓝布对营业员说："会计，我扯①几尺布。"有时，会等上好长一会儿，营业员才漫不经心地走向妈妈。会过日子的妈妈，一般舍不得多扯上一寸布，她做衣服时连边角料都拼着用上，里衬还会用旧布代替呢。

同时，为了生活的平稳，妈妈总是留点"余粮"。然而，作为农村妇女的她，根本不知道何时会停用各种票。于是，票被政府停用后，家中破旧的土墙窗台上还"飘"着好几张布票、粮票。透着风，票在凄凉地摇曳着，仿佛诉说着妈妈省吃俭用的艰辛和一个物资短缺时代的"暂时宽松"。

小学时，没钱买文具盒。通常是用从村卫生室找来的包装针剂小瓶药水的扁盒子，撕掉内里的格栅，再讨点医用胶布，固定药盒的四角，文具盒就做成了。可以寒酸地装进一两支半截铅笔和小小的橡皮块。

上学不经常逃课，也非故意，主要因为贪玩。

那时，冬天特别冷。

最冷时，河面上的冰一般有 10 多厘米厚。我们喜欢在冰面

---

① 扯，指买。

上玩耍。于是，在方木板的下面固定两根废角铁，做成小滑板，在两根小木棍头部绑上铁钉做成撑子。

上下学，就沿着路边河沟的冰面，用小滑板滑着代步。

到家前，会把小滑板藏起来。不敢带回家，不然会被母亲狠狠地揍。当然，也不敢带到学校。

有一天早上，伙同几个小伙伴高兴地带上小滑板，沿着河沟风驰电掣的"鱼贯"滑着上学，每个人争先恐后，挨得很近。如果追尾就会撞成一团，边滑，边紧张着……

突然，听到咕咚一声，然后，哐，哐，哐……

啊，落水了！

前面的冰，破裂出了一个窟窿。

"冰很厚的，怎么会破？"原来破洞处刚好是小沟流进我们滑冰河沟的交叉点，流入区域的冰是结不牢的。我们小伙伴，疏忽了这个道理，当然，也不明白这个道理。

滑在最前头的小伙伴跌坐在窟窿里，我们冲跌在他身上，大约有三四个小伙伴跌倒，湿了衣服。

继续上学，冷得受不了，滑在第一个的小伙伴衣服湿得比较严重。回家，我们哪敢？

于是，钻进无水的小桥洞里，捡来树枝、树叶、茅草等，准备生火烤衣服。

这时，小伙伴们弄不清村里小学的上课预备铃①何时响过？却响起了正式的上课铃声，我们面面相觑，忐忑着，上不了学了。

在树枝、树叶、茅草叠成待燃烧的小草垛后，冻得瑟瑟发抖的我们，急切需要找到可以生火的火柴。

——————————

① 那时，农村基本没有计时工具。村小学，每天正式上课前，会提前一段时间，手工敲打吊铃作为预备铃，预备铃和正式上课铃声是用节奏区分的。

小伙伴们只能在小桥下面探着头，瞅着有没有陌生的过路叔叔，不能是熟悉的，担心他们不经意地告诉父母。好不容易，等到一位不认识的，且有火柴的叔叔，他帮忙点了火。

我们围着火，烤着、笑着；衣服不烤干或没有放学，是不敢回家的。

那时，夏天是比较热的。

我们总是喜欢泡在水里打闹，避暑。

午饭后，会早早出发去学校。

上学途经一个大水塘，我们会扔下书包，脱掉衣服，跳进水里，嬉水打闹。还不会游泳时，就趴在岸边抓紧水草"狗刨式"拍打着水，兴奋地徜徉在溅起泥浆的水帘中……

"你们这些小鬼！还不上岸，学校的预备铃已响过。不上学啦？"岸上一位老人关心地对我们说。我们玩得正嗨，大伙好像没有听到。其实，听到也装作没听到。

这时，老人又说："前两年，这塘里还有玩水的孩子淹死呢！你们赶快上来，快上岸。你们老师过来了，快点，快点！"

一听，老师来了，我们惊慌失措地蹿上岸，光着屁屁抱起衣服就向学校方向跑去……

跑着，跑着，后面的大孩子喊："你们这些傻蛋，哪有老师？那老头吓我们的！"

我们应声停了下来。不由自主地捂紧隐私部位。

然后，蹲在路边的稻田埂上，洗脚、穿衣。

洗脚时，发现脚面有血迹，这才感觉到钻心的痛——小腿前部破了。低头一看，好深的一道口子，立即坐下来，用手使劲地按住伤口。

那天，忍着痛在稻田边坐了很久……也留下了我身上的第一个疤痕。

我们的小学教室，有鲜明的时代烙印。

异常简陋，没有桌椅，讲台是土垒的。课桌是一块长条木板搭成的，一排可以一起坐很多人，两头的底座是土垒的。在教室里，我垒过土墩子，高点年级的孩子干得多些。

学校也没有坐的凳子，要自己带小板凳。

家里不让带好一点的小板凳，因为怕摔坏了。况且，家里也没有几个像样的小板凳，那时，如果有亲戚来，还要向邻居借小板凳呢。父母只允许带"缺胳膊少腿"的小板凳，或带由整个树根做成的"木头凳子"——实心摔不坏。没有小板凳的学生只能站着上课，或坐着"土垒凳子"。

那个年代，学校有农忙假，听说只有农村学校才有。

春学期，农忙假主要是为了收割小麦和夏种。

秋学期，农忙假主要是为了收割水稻和秋种。

农忙假，学生们要协助家里抢收。

令我们头痛的是，农忙假后，即开学第一天，要向学校交一定数量的粮食，比如小麦、水稻、大豆等。

学校说，是让我们勤工俭学。可惜，家里一般不肯给粮食，只有靠自己去收割过的"茬地"里捡。

至今，也不知道，交的粮食是干什么用的？

我们都会勤劳地多捡点粮食。一来，可以完成学校任务，二来，可以用捡到的粮食换水果或文具什么的。

捡谷物时，发生过不少趣事。

秋天农忙假，在田里捡黄豆时，捡的是带着豆荚的豆秆，需在打谷场上用链板①反复拍打，才能拍出豆粒。年纪太小，不会

---

① 链板，是一种拍打谷物秸秆的工具。即由七八根 60 厘米左右长的细木棍固定成木排，木排的一端固定一根轴。轴贴合木排平面（平行）、与木排的长边垂直，轴的一端与木排长边沿平齐，另一端长出约 20 厘米，然后，插入约 200 厘米长木棍粗端的孔内，穿过孔的端头用铁丝缠绕，使得轴不能滑出孔，如此，链板就做成了。用时，双手握住长木棍，有规律地甩动木排拍打场上的谷物，可以脱去谷物颗粒。

用链板，豆秆晒干后，通常用木棍捶打，脱出豆粒。

有时，捡到的豆秆还没完全成熟，黄中带青。这时，嘴馋的小伙伴会把青黄不接的豆秆围上一些豆叶，点火烧烤，一阵清脆的啪啪响声后，我们手忙脚乱地弄灭火苗，拨刮、移走豆秆灰，在地上寻觅从豆荚中炸出的熟豆粒，放在嘴里咀嚼着，香着呢。

解馋后的小伙伴，手上、嘴上、脸颊都是灰，可爱得像猫咪。

我们，还烧吃过"虫子"呢。

哪来的"虫子"？黄豆叶子上的，可是，黄豆已经收割了呀。原来，那个"虫子"已经入土，准备冬眠。

我们在收割后的黄豆田里，踩着密密麻麻尖尖竖起的豆秆根，在担心鞋底戳穿的顾虑中，小心翼翼地查看着田埂处、凹沟处翻出细粒软土约有手指粗的小洞穴。我们用棍棒沿着小洞穴的延伸方向挖了十几厘米深，发现洞底比较宽阔，里面通常卷曲着一条类似"成蚕"大小的土黄色"虫子"。

逮了几条"虫子"后，就找些豆叶、豆秆，烧着吃。

烧一会儿后，灭了火，找出烧得直挺挺的"虫子"，刮去肚皮下的小爪子，抹去灰，吃起来非常香脆。

很多年过去了，记忆的美味无法名状。

不光假期里会挖"虫子"烧着吃，放学时也会不由自主地去豆田里干这种事，满足嘴馋。

据说，该"虫子"的蛋白质含量很高。它是寄生在黄豆根茎和叶子上的，主要靠吃黄豆叶生长，它和"菟丝子"是黄豆的两大公害，需要治的。

该"虫子"有两个阶段可以吃，冬眠后，营养高，价格贵；还有，是在黄豆生长的中后期，寄生的青虫"成年"了，肥而鲜美。

想吃青虫时，我们会背着小背篓去豆地里逮，半天下来逮不到几条。因为，为了黄豆的收成，"虫子"多数被"六六粉"药杀了。就这几条也是美餐，先把青虫放在水里浸泡一下，然后用小擀面杖逐条自头向尾擀出一块白白的肉，洗净豆叶的汁，得到的就是"虫子"的精华。用它烧汤、炒青椒，简直"美不胜收"。

家乡这种美味，是流传已久的高档特色佳肴。在吃不饱的儿时，弥足珍贵。

我们不光是吃"虫子"，草也吃过。

什么草？初春时节，上下学时，伴随着候鸟燕子归来的欢跃声，在路边的沟渠坡上三五成群的小伙伴低头寻觅着，从地面上拔出嫩芽儿，整齐地攥在手中，塞满裤袋……这是一种多年生茅草冒出的牙，土话叫"茅缨"。只有被嫩叶包牢的嫩芽才可以吃，微甜（吃时，剥去嫩叶）。一旦冲出嫩叶，会长出 20 多厘米的细茎，头部就散开出类似于鸡尾草毛茸茸的絮状梢。至今，还不知这种茅草的学名，但并不影响对独特零食以及美好童年的记忆。

快乐地"玩"过小学时光。

在这样的环境里，学习是原生态的，没什么可比较，成绩不排名，无家长会，一切听天由命。

孩子凭天性对知识领会和成长认知，多数不用心，不用功。有的孩子对学习很有灵性，可惜没人管束和"雕琢"。

我可能属于有灵性的，尽管没人管，比其他孩子要开窍不少，还偶尔代表班级去联考比赛。

有一次，每个班级都抽了学生去比赛，我也被抽中。我们一群孩子在老师的带领下，步行到比赛的学校。

记得，考的是数学。考着，考着，有孩子举报（报告老师），说我"偷看"。

我解释着，哪里偷看？就是想向邻座借用橡皮。

监考老师半信半疑，没有亲眼看到，只好让我考完。

回去的路上，我闷闷不乐。老师说："没事的，我们相信你。"

这件事，对我影响很大。孩子的成长过程中，点滴小事及环境影响，比课堂的说教，深刻得多。

可见，影响人生的价值逻辑，绝不是课堂能完全给到的。

至今，我对不实举报，告"黑状"，或冒名诬告等缺德事都极其嗤之以鼻。

波兰作家莱蒙特说："一切都必须按照一定的规矩秩序各就各位。"法国作家马克·李维在《偷影子的人》中意指，规则是立足世界的"基础值"。

因此，无视规则的人，侥幸稍纵即逝，不会永远幸运，总有一天会付出沉重代价的。

我们小学升初中时，体现了真正的物竞天择。

因为，大多数孩子都不怎么学习，更不可能额外补课，除非老师家的孩子。最终，升学天注定。

小学毕业时，能升到乡里初级中学的，每班只有一两个学生。

当时，我们的小学老师主要是地主的后代或下放的知青，几乎都是代课教师。

有一位老师，她丈夫是"文革"时期的高中生，在县城中学做语文教师，她后来去了县城，全家住在县城中学。

中考时，我的考场在县城中学。于是，在她家"借餐"了三天，至今还记得她家饭菜的美味，可是吃不饱。她总是热情地跟我讲："吃饱了吗？一定要吃饱，考试呢！"我只能不好意思地点点头。

其实，我们和她非亲非故，这与善于交往的父亲及她不嫌弃农村人是分不开的。

中学时，在改变命运的逼迫下，玩命地、尽全力地学习。因为只有学习，才可能靠近目标一点点，绝不能有任何懈怠。

我的校园生活无任何乐趣可言，紧张专注，极其乏味。考学的压力，一度使自己有些自卑、自闭和焦虑。

初中时，异常刻苦。当然，成绩也比较争气。每门功课，相对均衡。

特别喜欢数学，因为遇到了一位好的数学教师，他讲授的合并同类项解题方法，至今记忆犹新。

他在教室外与我谈心时鼓励说："只要你继续认真学习，将来一定可以考上大学！"这是我第一次如此之近地听到大学的"字眼"。他是初一的数学老师，是我人生的启蒙导师。

当然，教不好课的老师会招到我们"恨"的。"转业"的人教英语科目，就"雷"到了我们的神经。

那时，对任何考试的成绩都很期待，时不时去老师办公室打探，或扒在窗口观察老师批卷。

但是，英语考试就不敢期待，是我的弱科，全班平均成绩也很差。初一还不错，初二就一泻千里，可能是那位老师的功劳。

他教初二英语时，总是毫无激情地照本宣科，还时常读错。一次分析试卷时，遇到有争议的题目，被同学问得无言以对，直接"挂"黑板上了。

作为班长的我，心急如焚。课后，班干部一起找英语老师和班主任诉说同学们的担忧。班主任了解学生们的意愿后，本应帮我们争取好的教学效果，可惜她太"嫩"了。

我们班和英语老师"僵持"了一年。到了初三，终于换了老师。落下的关键课程能补上吗？

欣慰的是，初三的教师多数是正规师范学校毕业的，即使是非"科班"出身的教师，其教学经验也非常丰富，他们都特别负责。

那时，对凤毛麟角的师范毕业教师非常敬仰，把教学水平高的师范毕业的年轻教师视为榜样，对认真教学的几经高考落榜的代课教师同样尊重，我们愿意和他们"打成一片"。

我们很喜欢听他们的课，他们给了我们成长的重要力量，落下的课程也有所回升。

那个阶段，对什么都感兴趣，什么都愿意去尝试，各方面成长得都很快。

初中，成绩一直可圈可点。每次全校大会，我们站在操场上听校长总结时，我都会被红榜表扬。刚开始，校长会把我名字念错，不是他不认识，而是我的名字易看错（那时，学校集体开大会都是站在屋外的泥巴操场上进行的，因为，没有大的室内会场。有时，为了防止期末考试作弊，就一人一个小桌凳隔开坐，在操场上进行）。

上午第一节课时，我经常被安排戴上值勤的"红套袖"，胆怯怯地在教室外巡逻，检查迟到的情况。

校长给我们值勤的优秀学生起了一个共同的名字——学生会干部，我还是主席呢。

我对这个"主席"称号是陌生的，不知道真正该干些什么？

中考时，一心想考进中专或中等师范，早点转成"城镇"户口，有份糊口的工作，以减轻家里几乎崩溃的经济压力。

遗憾的是，没有考取。

那时中专或中等师范提前录取——分数比重点高中高。

我只能进入不在县城的县级重点高中。就这个上高中的机会，也是拼命学才得来的。我们班只有我一个升学了，我是幸运的，其他同学都无奈地回家种田自谋生路了。

其实，中考是一次"炼狱式"的人生考验。

没有任何退路，考上就继续求学，前途依然迷茫，除非考上中专或中等师范。考不上，就是不折不扣的农民，其他改变命运的机会微乎其微。压力可想而知，心被时刻碾压着，中考三天压力冲到了极限，一触即发，一碰就破。

考前，压力使然，我总是忍不住摆弄脸上的青春痘，意外的是，有一个被摸得发炎了，鼓了很大的包，脸都被挤歪了。考试的第一天很痛，可能还在发炎化脓，根本不敢碰。后来，尽管不怎么痛了，还是不敢急着去碰破它，担心节外生枝。终于考完了，迫不及待冲到隐蔽的地方，徒手挤破脓包，出了很多血，擦湿了好几张草稿纸……坐在地上，看着满是血迹的纸团，呆滞了很久。

然后，晕乎乎地站了起来，六神无主地走向中考借宿的村邻的亲戚家，经过山脚下的巷子小道时，内急的我竟然鬼使神差地冒失地闯进了碎石围成的女厕所，幸亏里面没人，立刻逃了出来，拼命奔向借宿人家……

初中时，原本五个班的同一年级，印象中只有十几个学生升学，真是大浪淘沙。

升学率极低的原因很复杂，农村教育太落后？个人天赋异禀？努力程度？还是什么？好像都有。

初中时，收获了不少同学友谊。

初一下学期，有位同学要转学到其他中学，送我一本初二的语文课本，可以用来预习新课。这本书，我珍藏很久。

高中时，压力太大，令人窒息，有一种绝望的感觉。

除了上课，就是做作业"刷题"及周而复始的考试，心情随着成绩像过山车一样起伏。

体育课或空余时间都被主课侵占。

"犯贱"的自己，每天晚自习后，都躲在昏暗的路灯下背书，等夜深人静时，才摸着黑钻进宿舍。

凌晨起床铃声响起时，我已经在食堂的窗外，借着透过布满油灰的模糊玻璃"挤"出的光，晨读约两个小时的书。

冬天时，眉毛上都会结出冰碴。夏天时，浑身布满蚊虫叮咬的抓痕……

为梦，须睡！为梦，又不得"长睡"！

那时，经常被考试的窘境惊醒，得知意外"跳水"的成绩，在梦里以泪洗面。

总是处在"似睡非睡，似梦非梦"的煎熬中……

我始终把学习排得满满当当的，每天坚持只睡四五个小时，以求得心理上的踏实，对自己的未来不敢有丝毫马虎。

难道可以马虎吗？

世代农民的孩子，除了读书还有其他希望吗？

当时的农村，能给孩子带来希望吗？即使是现在的农村、农业、农民又能给"原生态"的孩子带来什么呢？

那时，我就意识到，如此"死磕式"的应试学习，是打消心理上对前途的恐慌，可能是"无效"的，至多是事倍功半，或停滞或徘徊的成绩足以说明。

但是，又有什么好的办法呢？

哪有高人可以拨开云雾，指点一二呢？既然这样，哪敢放缓脚步？多方的期待落空了，怎么办？

只能，如此无可奈何地继续蛮干下去。

应试教育，至今也没有实质的变革。农村反而愈演愈烈，寒门出人才的美梦，被有形或无形的因素无情地逐渐敲碎。

考学的应试性，孩子只是个载体，他们被家长、学校、社会的"粗野"目的及高大上的目标推着走，有时已经精疲力竭，却还会被披上冠冕堂皇的外衣。

现代教育家欧元怀认为，教育是国家的命脉，而现实的教育却无法回归到教育本源。知识、素养、能力、品德等方面的成长，严重失衡，可能会给社会发展带来很多长远不利的影响。

长期高压沉闷的学习方式，导致整个人好像是快吹爆了的气球一样，时刻处在崩溃的边缘。

我感觉身体和精神都大大透支了。晚上，总是感觉下肢有点肿胀，脑袋有时混混沌沌的。

真担心被压垮了，一切归零。

这些，不敢跟父母说。

傍晚时，就孤寂地沿着学校附近的公路狂跑几公里，这可能是最好的泄压方式吧。

有一次，在掉头折返时，突然晕乎摔倒，右脸出血破相了。可能是没有减速，停得太快导致的，也可能是太累了。意外发生时，幸亏有同学在一起。至今，家人都不知道我成长时的如此插曲。

总是想，命运是用来抗争的，需要在拼搏磨砺中发光，不是拿来浪费的。因为每个人都有独特的责任，况且"花有重开时，人无再少年"，铿锵有力地告诉自己必须坚持，必须坚持下去。

教育条件，天然地决定着孩子的成长与未来。

高中的成绩，从来就没有让自己满意过，不是好高骛远，而是没有很好长进。一直输给自己，尤其是外语，总是让自己"窒息"。是努力不够？是学习方法不对？还是教学方法问题？百思不得其解。

不过，我清晰记得，从初一学英语开始，几乎没有科班毕业的英语教师教过我们。有的是"转业"自学的，有的是高考落榜生代课的，有的是原来学俄语的……这，也许就是落后的基调吧。

老师的教学能力，对我们成绩的提升至关重要。当然，我们对老师的感恩，不止于此。

我们的物理老师是毕业不久的"师专生"，很高，很年轻，教课特别认真。

对他的课，我很期待，就算有点压力。

每次上课，他都会提着一块密密麻麻地写满题目的小黑板，急冲冲地提前走进教室，那些题目是课堂上举一反三的验算题。上课时，生怕耽误我们宝贵的课堂时间，大黑板上的板书极其的快，却不潦草，是那么的工整清晰。

他上课时胸有成竹，循循善诱，方法得当，效果明显，班上物理成绩进步很快，我由衷敬佩！

语文是需要宽泛基础积累的课程，积累够了就可厚积薄发。

农村的应试教育及狭窄的视野，哪来的"厚积"？的确无从谈起。每次学习语文，好像都是在"应急"。

考试是梦魇，是情理之中的。语文考试的第一项是"拼音与汉字"相关变换形式的题目。对于没有真正学过普通话的我，就一直蒙圈。当时，我们的老师基本是方言授课，就连语文、外语的课堂也不例外。

但惊讶的是，我写作文却比较得心应手。信手拈来的作文练习或测验考试中的作文，经常会被老师在课堂上当成"范文"亮相或解析。

作文的轻松，可能跟我喜欢阅读相关。中学时，总是省吃俭用凑点钱，订阅当时"最受青少年喜爱的期刊"——《辽宁青年》《读者》等杂志。宁愿吃不饱，也会争取订几本。其实，有时也来不及看，一度认为自己是在傻乎乎的浪费。

政治老师，常常进入我的梦乡。他们都是教育学院思想政治专业毕业的。一位是白白净净的"高个子"；一位是皮肤黝黑的"小个子"。

"高个子"离开我们学校——"下海"了，去了当年风头正劲的天津大邱庄，当时和华西村一样响当当。在那个年代的农村，辞去中学"铁饭碗"是需要何等的勇气？当时想："大邱庄到底是什么吸引他，毅然离开讲台？"疑惑让我时而惦念。若干年后，大邱庄轰然倒下，我为之一惊，也担忧起老师身在何处？

"小个子"是我最敬佩的老师之一。他衣装非常朴素，一直穿着洗得泛白的宽大中山装，脚蹬蓝色的浅帮球鞋，其窄窄的橡胶底边已被反复洗刷得毛毛糙糙的，可以看出他是一位寒门飞出的"金凤凰"。其貌不扬的他，毕业后第一次给我们上课，就把我怔住了，整堂课全部脱稿，教案熟记于心，非常流畅。

我感动着，听得非常入神，目不转睛地盯着老师语速极快的嘴，害怕落掉一个字。

多年打拼后，成为高校教师的我，教课风格得益于"小个子"老师的"真传"。

当时，相比于"小个子"老师，有些老师的教风就只能"呵呵"了。经常被不太难的问题问住——"挂"在黑板上。还依仗"关系"，不把我们的问题当作问题，敷衍着。然而，他却比"小个子"老师混得好。唉，林子大了，不是吗？

当然，学习是自己的事情，也是自己的问题。自己是主因，叩问自己内心就行。

孩子微弱的个体力量，难道能改变教育环境、教育制度等强大的客观生态吗？

命运由天，难道就不可以改变吗？

我坚信通过不要命的"死磕式"学习，一定可以勤能补拙。

终于，通过了上级统一组织的高考预考。

预考，理科要考七门课程，文科考六门课程。

预考是增加考生负担呢？还是创造机会均等呢？那年代，这可恶的预考，好像是为了提高高考升学率的。

其实，升学率的提高是多部门的诉求，上级部门、考点学校、送考中学、家长及学生等相关方的目标是一致的。

七月初炎热难耐的考场内，没有任何降温设备，沉闷的热气几乎停止流动，带不出一丝丝风，湿透衣背的考生时不时用手刮去脸颊流下的汗珠，因为担心滴湿考卷。这时，周到细心的监考老师会温馨地递上拧过的湿毛巾，让考生擦汗……至今，我还感动于监考老师递毛巾时的关爱神情！

高中毕业时，凭不堪的高考成绩，幸运地走进了高等学府，但只是走进了一所让自己心有不甘的学校。

当时，班里也就七八个同学升学了，包括可以转城镇户口的职业大学等机会。

转城镇户口，对农村孩子来说，是命运改变的象征，不然永远是农民。

跳出"农门"，让我欣喜若狂！

至今，还清楚地记得看到高考录取红榜公布墙上自己名字时，那一刹那不可名状的激动心情。也记得，考取农业学校的同学大声喊着我的名字说"你考上了"的情景。

跳出了农村，也让家人为之骄傲。

因为，我是前后村口口相传可以了解到的，第一个通过"苦逼"学习，改变世代农民命运的人。

大学时，学习方式、学习内容不同于以往的任何时候。

依然，不敢虚度。及时上紧自己的"发条"，尽管没有升学压力，但是就业压力是致命的卡口。

不敢偏废任何一门课程，继续拼命地进行自我完善、能力提升的综合学习和实践历练。

梦想是实现人生价值的"良药"，其力量来源于起早贪黑的持续奋进。

大学课程尽管很多，但只要拿出主动学习的态度，在"考前重点"的点拨下，顺利过关不是问题。

但是，也有马失前蹄的时候。

有一门《数字电路》课程的期末考试，全班大部分同学都不及格。我也没有幸免。

这是，我大学期间唯一一门"首考"没有过关的课程。

当时就疑惑，一门课程大部分学生通不过，那是学生教不会，还是老师不会教？

20 世纪 90 年代初的大学，学习气氛非常浓，大家都很积极，都很认真，尤其从农村考上来的学生，格外珍惜。

如果学生不及格课程的门数达到学籍管理规定，学校将"刚性"地执行退学、留级、结业、肄业等处理方式。不会通融、变通或变相地执行。当时，严字当头的大学校园，客观地践行与传承着大学精神以及青春奉献等主流价值观。

我们班有一个同学，就是由于不及格课程超标被留到了下一级。他是个潜力很大的学生，大一时就通过了英语六级考试。"挂科"太多的原因，我们不太清楚。

当然，也有被退学的。在大学，他们不知怎么，就迷失了，实在可惜！

对于我，尽力学好每门课程。

综合成绩通常偏上，有时中等。然而，有的课程成绩，或其他能力却格外突出。

《复变函数》这门课程，为我的大学生活"长"了脸。期末晚自习时，几名成绩特别好的同学跟我说："你厉害，真厉害！《复变函数》得了满分。""怎么可能？"我说。

这门课程是非常难的，上课时"云里雾里"的。成绩单发下后，得知就我一个满分，这是我大学期间仅有的满分。

《工程制图》是考查课。尽管是考查课，我也非常认真，每次制图作业都异常专注，自然取得了很好的成绩。

在大学，特长能力的提升，是我终身受益的"闪光点"。

大一时，我就在校通讯社、学生会从事和新闻有关的工作，包括新闻采写、编辑、设计制作等。

学校的重要活动、重要人物的到访，都会有我的身影，记录着历史，也刻画着自己成长的"年轮"。

有时，为了采访一位老教授要蹲守预约好久，还要提前查阅他优秀的材料记载。等到《学高为师，身正示范》长篇通讯稿印在校报上时，其中的收获与成长，只有亲历者有悟、有感。

毕业那年的春天，第二次乘火车（第一次，是去南方找工作）经转天津去北京燕山石化集团实习。该集团特别大，是国务院前副总理吴仪曾经工作过的企业。

　　带着喜悦的心情，期盼着与从未谋面的首都，来个亲密接触……

　　下了火车，北京刚好华灯初上。我们乘着大巴，行驶在外环高架上。

　　我好奇地张望着车外的繁华与喧嚣，也对一些现象充满新鲜感。当时，总觉得高架路边的护栏上有一排"小灯"，像镶嵌在两边的长串珍珠。下车后，忍不住问老师："那是灯吗？"老师说："那是反光膜，不是灯。"同学听后，不禁哈哈大笑。当然，不是嘲笑，从笑声中可以感觉到我的傻。

　　到了实习企业，安顿住下后，多数同学在企业库房做成的"大通铺①"宿舍中兴奋地穿梭、嬉闹、胡侃。

　　活络的男同学会窜到女生"大通铺"宿舍中套近乎、吹牛。哥们性格的女同学也有窜到我们宿舍打牌什么的……

　　在昏暗的白炽灯下，我垫着被子迫不及待地写起了新闻稿。

　　这时，老师冲了进来，急促地说："同学们，抓紧休息，实习已协调好，明天要'上班'的。"

　　老师朝我望了一下说："写什么呢？光线不好，明天写吧！"

　　离开校园的我们，并不在意老师在说什么。

　　第二天清晨，深知时效性是新闻生命的我，及时地把《华灯初上的北京，我们来了！》的手写通讯稿投进了路边的邮筒（那时，没有电脑可用，也没有可以即时发送电子文件的传输方式）。

　　新闻稿很快见于报端，掀起了一个不小的波澜。因为，作为坐落在小城市的大学，尽管是国家部委所属高校，能去北京著名

---

①　大通铺，指没有床，席地连着，顺着身子挨着睡觉。

企业实习，机会实在难得。

大学期间，我写了不少新闻稿。因此，先后两次得到去报社、政府宣传部门学习锻炼的机会。

遗憾的是，新闻未留底稿，只能在校史馆的校报上可见。

工业电气自动化专业课程以外的这些实践锻炼及学习机会，汲取的知识与能力，终生受用。

我的第一个工作单位——国有企业，看中的就是我在这方面的素养和能力。

21. 吃得饿

住校时，基本吃不饱，一直有饥饿感。

初中时，早晚都是稀饭加两块无馅的刀切馒头，就着家里带去的咸菜。稀饭和馒头分别用木桶和竹筐抬到教室分着吃。

有时，抬稀饭、馒头的值日生去迟了，食堂的稀饭可能不够，"聪明"的师傅就从缸里舀几勺水兑到饭里。很多年过去了，我还记得那师傅给稀饭加水时的诡异眼神。

记得，不是不原谅他，而是在亲眼目睹时，内心被这一不正常举动深深触动过。

有时，切片馒头的总量可能不够，师傅就会切薄一点凑足数量。因此，在教室分馒头时，常会有同学为馒头的大小而争执。

当时，我时常期待得到的两片馒头都是长条馒头的顶端（即第一块或最后一块）。因为带着圆弧形的顶端，通常会大那么一点点！事实上，期待的比中"六合彩"还难。

中午，吃得比较开心。因为，饭是自己带粮食蒸的，可以吃饱。菜基本无油，是被煮烂了的"大锅菜"，也是由值日生用木桶抬到教室，分给大家。

中午的菜，需要少数服从多数的统一征订，全班就一个菜，爱订不订，爱吃不吃。实在不想吃，可以不订，征订的人通常比较少。有时，全班没一人订，因为实在难吃。不可理喻的是，学校还不让我们去校外买菜吃。

为了有更多时间学习，不会在中午的菜上纠结。

通常在晚自习后，洗几片大白菜撕碎放在单独的饭盒里，在瓶里挖一小块炸好的猪油放进去。次日，到食堂蒸饭时与蒸饭的饭盒一起放蒸笼里蒸。

接近周末的一个晚自习后，在准备蒸菜时，同宿舍的几个同学异口同声地叫了起来："啊，大白菜不够了"。"我们匀一匀吧！"有同学接话。又有人说："还是太少。"

于是，有的同学出馊主意："我们到学校围沟外面的菜园里摸一棵吧？"这怎么行呢？是偷啊！

有大胆的同学借着月光慌慌张张地踩着浅水中露出的几块石头，跨过围沟，弓着腰潜入菜园……

缺的白菜终于补上了。蒸菜的其他同学，菜盒也压得更实了。

带着"偷菜"的忐忑不安，大家钻进冰冷的被窝，蜷缩着身体，捂着肚皮，把被褥裹了又裹，试图早点入睡。

遗憾的是很难入睡，总是在回放着白天的上课情景。

中午吃饭时，蒸的菜总会成为"菜糊糊"，但吃起来比订的菜香很多。

可能食堂蒸笼的空间有限，学校规定每个学生只能蒸一个饭盒。蒸菜的美味，就这样，被遗憾地"遏制"了。

规定"只能蒸一个饭盒"，而饭盒的大小，学校没限制。于是，买了一个中间有隔断的大号饭盒。嘿嘿，一格蒸饭，一格蒸菜，又续上了中午的美味。

中午的美味，不止于此。

其间，姐姐自家也很拮据，平时，基本没钱买荤菜。她会叫姐夫去河里抓鱼，抓了几条小鱼还舍不得吃，就用咸菜黄豆煮好，去头去尾放在饭盒里，外面包上一层保温的塑料膜，让姐夫送给我。

那时，没有通信工具，姐夫只能在教室附近等下课机会，他多数是中午"饭点"前送来。接过饭盒的我，久久望着姐夫远去的背影。

这样浓情的美味，我心存感激地细细品味，总是舍不得一次吃完，留着下顿吃，再下顿吃。

激励我奋进的美味，虽岁月久远，但感动犹存！往事回味，香在嘴里，甜在心里……

进入高中，教学水平、生活条件有所改善，但学习压力更大了。不过，家里依然非常穷。我时常饥肠辘辘，根本谈不上吃得好。

吃的方面和初中差不多。

唯一不同的是，中午和晚上可以用学校饭票自己买菜吃。为了节省，晚餐通常就着咸菜、辣椒酱下饭。

自由一点的是，学校不太阻止我们到校门口附近的地摊或大排档上买热乎乎的"营养菜"。

每到中午，地摊边排起长龙。这仿佛是对校内既贵又难吃菜品的"讽刺"。

我也是校外地摊的常客。哦，对了，不是地摊，是稍远几米的"棚子大排档"。

"棚子大排档"的主人是一对40多岁的夫妻。男主人，戴着一副近视眼镜，镜片像酒瓶底一样厚，总是堆着憨态可掬的笑容。爱笑的老板，运气不会太差。他的生意特别好，不仅仅是物美价廉。同学说："老板，曾是我们学校的学生，由于家庭意外致贫，实在没钱上学，只得辍学了。当时，成绩很好，应该可以考上大学。"

挫折后，他就在校门口开大排档谋生，同时，对本来可以助自己腾飞的校园，保持着一种另类的念想。

他用大排档把自己的儿子，送进了全国重点大学。这个消息，在一位年长的老师口中得以证实。

继而，我对"棚子大排档"更加青睐，对"眼镜老板"更加肃然起敬。时常，推荐同学一起去品尝不一样的味道。

中午或晚上，只舍得买一顿热菜吃。买一顿，其实也是和同学"搭伙①"吃的，这样可以省下一半菜钱。

高中，我先后有两个搭伙的伙伴。一个是另外一个乡的；一个是同乡的初中校友。

同学们都是在课桌上吃饭。我多数和搭伙的同学同时吃饭，吃饭时双方都很谦让，总想让对方多吃点菜，心里都有个无形的分界线，都不想越雷池一步，彼此尊重，彼此体谅。有时，不能同时吃饭，先吃的一方，总会给对方多留点菜，谦让的情谊体现得淋漓尽致。我们都会用菜汤浇饭，吃得干干净净。

一般，只有家庭比较困难的同学，才选择搭伙吃饭。

在特别重的学习压力下，家里自然担心营养跟不上，而影响学习，影响成长。

母亲会拿上几个鸡蛋，步行几里到烤饼店加工"蛋糕"，让我带到学校按计划吃，补充营养。到了周五，有的已发霉，还舍不得扔，抠掉霉斑仍然吃得津津有味。

那时，我对辣椒酱情有独钟，因为没钱可以多买些菜下饭，经常用辣椒酱蘸馒头或拌米饭。重要的是，为了能"有滋有味"得吃饱。辣椒酱的美味与农村应试教育的残酷无味，形成了尴尬的对比。

到了大学，城市学习、生活等费用不低，对于没有稳定经济来源的农村家庭来说，不堪重负。

---

① 搭伙，即轮流买价钱基本相同的热菜一起吃。

大学食堂的菜品眼花缭乱，选择的自由度很大，但对于我别无选择，价廉是最合适的。

早晚，以馒头填饱肚子为主。

晚上，没钱吃"主菜"。通常，以两毛钱一份的豆腐花加两个馒头凑合。几个窗口的师傅都认识我，因为我一般过了吃饭时间才去。她们时常跟我开玩笑地说："你真喜欢吃豆腐花和馒头，北方人吧？"我回避着她们的眼神，低头回应："嗯，是的。"因为这个问题，同学已经问过我很多次，自卑而无言以对。

于是，我都是很晚才去食堂吃饭，可以躲避同学的无心追问。

一天晚上，食堂里"小炒部"的偌大窗口前空荡荡的，有几桌在推杯换盏之后，只剩下稀疏的年轻人在边吃边聊，好像已经走了不少。

我背对着他们就着豆腐花大口大口地吞着馒头。突然，有人拍着我的肩说："你才来吃饭啊？"转头一看是辅导员，我立刻站了起来。老师又说："过来一起吃吧，客人已经走了。"我有点不好意思，最终被老师的热情拉了过去……"剩菜"的美味，从未谋面，着实感动。

由于，我是豆腐花和馒头的常客，有的师傅可能已经觉察出我的困难，有时，会多给我一点分量。

其中，有一个窗口特别的"关照"。师傅是一位眉目清秀的圆脸姑娘。起初，我没感觉到什么，分量多可能是偶然。后来，在那窗口买饭时，感觉到一种无形的"压力"。

此后，就再也没去那个窗口买饭。

时光荏苒，现在还会记起那"分量多"的关心！

豆腐花吃腻了，偶尔也会换换口味。当然，不会是大餐，只是面条。

吃面条，我有固定的商家，它是学校大门对面的简易面摊。

摊主是学校门卫的妻子，一条腿微瘸，人特别厚道。

尽管我点的都是素面，她都会热心地多加些料，至少多加点荤汤。每次光顾后，摸着饱饱的肚皮，心存感激地打着离开的招呼。

我和面条不光有缘，还有故事。

大学时，一直在学校宣传部帮忙，新闻采编、宣传橱窗制作，重大活动、节日展板设计等。为了赶时间，经常加班到凌晨。

有一次收工时，已经凌晨三点多了。"走，我请你们吃夜宵！"带班老师边收拾边说。

听后，我更加饿，感觉前胸都快贴到后背了。

兴奋地跟随老师走出校门，白天川流不息的马路，此时只有微弱的路灯在值守。

走了一会儿，在拐弯远处的四岔路口，发现有灯光在人行道一侧摇晃着。

我们顶着寒风，跑了过去……

杂烩面大餐，可能是加班帮忙的"犒劳"吧！这是，我大学期间的唯一一次"夜宵"，而且，如此有意义。

我们同学多数是外地的，很多还是外省的。一个宿舍住8个人，只有我一个是本地的。

同学多次提出要到我家玩一宿，我委婉地告诉他们："下次吧，下次吧！"不是我不欢迎他们，而是家里穷，没什么可以招待他们，怕为难妈妈的无米之炊。

一个周六下午，我们8个人冒着蒙蒙细雨骑行了3个多小时，被泥泞路糟践得像泥人一样，兴奋地闯进了我空荡荡的家。

不速之客的到来，妈妈非常高兴！

"儿子的好多同学来了！"对村头小店的店主边说着，边跟店主商量："今天的菜，赊账可以吗？过几天卖鸡蛋，还你。""好的，相信你。"店主头也没抬慢吞吞地回应着。

那几个菜，哪够啊？被如狼似虎的小伙很快就"消灭"了。

妈妈心酸地看到桌上空荡荡的盘子后，急促地来回锅屋与菜园之间好几次。我也反复地跟到锅屋，难为情地、不安地和妈妈商量着。我深知：妈妈，太难了！

接下来，清炒大白菜成了同学填饱肚子的"美味"。

毕业 10 周年聚会时，一位室友还温馨地提到，我家里"没什么可吃"的"窘事"。

我没有接话，自卑并没有完全随着时过境迁而消失，但是，尴尬已经没有当时那么强烈了。

22. 寒酸寄宿

当时，乡里的初中很落后，初一年级寄宿的男生连宿舍都没有。

寄宿的女生，只有按年级分的几个宿舍，很多女生共用一个类似大教室的"多人"宿舍。

只能在教室的后面放几张上下床，作为男生的临时宿舍。

男女生宿舍都没有洗漱设施，更没有卫生间。

夜里去卫生间可是大难事，尤其是冬天。那时的冬天通常零下20℃左右。因此，寄宿时，不管是男生，还是女生，晚上都不敢多喝水。

胆大的学生会裹着棉袄，哆嗦着奔跑上百米，到校内公共厕所解决内急问题。

胆小的男生，一出教室门就"就地解决"。有的，没出教室门就梦游式地"失守"了。好在教室地面是原生态的泥土，吸收好。不过，气温回升或阳光照射时，教室门口附近会飘着难闻的异味，老师和同学都心照不宣。

那时，学校没有自来水，洗漱等生活用水都是问题。

师生的饮用水，主要依靠食堂边上的一口石头围砌的井。但是，我们学生基本没机会用，因为需要吊桶打水，吊桶通常被食堂收了起来。住校的教师，会从井里挑水备用。

因此，学生的饮用水，只能依靠水井东边的面积不大的水塘，我们早上蒸饭淘米、加水，都是在水塘边完成的。

每逢早上的蒸饭的时点，水塘像一尊象征信仰的祭坛，四周挤满朝拜的"信徒"，伸手掬起心中的"圣水"，聊以慰藉。

"无水"，学生的洗漱都不方便，更谈不上洗澡了。洗漱、洗衣、刷鞋等用水，都是学校围沟里的。

每天蒙蒙亮时，我就拿着破旧毛巾，匆忙地跑向学校的围沟。

夏天，拨开沟里水草，捧水刷牙、洗脸。

冬天，需要摸块石头使劲地砸个冰窟窿，把毛巾塞进去蘸蘸，迅速在脸上胡乱地擦洗几下，就提着毛巾往回跑，到了床边，毛巾已冻得"直挺挺"的……

中考前夕，学习压力异常的大，经常失眠。

集体宿舍，根本无法入眠。因为，班里大多数同学对升学没有信心。晚自习后，宿舍内充满着放飞自我的"无奈"兴奋，大家都在提前庆祝，即将离开令他们头痛的校园，出现了难以抑制的"肆无忌惮"。

回家住，太远耽误学习。租房子不可能，那时，闭塞的农村学生没租房这概念。当然，经济条件也不容许。

班上有一位不怎么学习的杨姓同学，平时跟我聊得来，发觉我无法入眠已影响到学习，在为月考成绩的异常波动而紧张及焦虑。

他关心我说："要么，我们俩出去住。"我听得一怔："怎么住？在哪里？""不要问了，晚上带上席子跟我走。"我听得半信半疑。

晚自习后，我们抱着行李逃出宿舍，一脚深一脚浅、拐弯抹角地穿过几个巷子，来到一个宽阔的场地，貌似还未正式开业的什么市场?

突然，他停在一个锈迹斑斑的小铁皮房子门前。神秘兮兮地说："我们，就住这里。""啊，这里?"我惊讶道。接着说："这是什么房子?"他边费力地开着被雨水淋蚀的铁锁，边说："这是姐姐计划开服装店租下的，这阶段刚好空着，你可以住到毕业，这里肯定比宿舍安静。如果你一个人害怕，我们一起住这儿。"满头大汗的我，些许激动、些许无奈，不知什么滋味，有点不知所措!

铁皮房子没有通上电。我们摸着黑，顺着头席地而睡。

初夏季节，被晒了一整天的铁皮房子，虽然很热，但伴着屋外清脆的有节奏的青蛙声，似乎更安静了，安静得令人不禁泛起迷糊的睡意。

我们很快进入了梦想，睡得很香，很香。

被中考"金榜题名"的美梦惊醒时，已经是早自习的时间了。

我立刻跳起，夺门而出，一路狂奔……

23. 星星树

　　散文家梁衡在《树梢上的中国》中写到，树是地球上最长寿的能与人"对话"的生命。

　　"星星树"是家乡的一种树，乡亲们叫她为"念树"。春天，开着蓝白相间的清新小花，静谧而低调的花儿是她与我们对话的情愫。

　　正如一位诗人所说，每次花开，看到的不仅是盛开时的热烈璀璨，更是蕴藏在繁华落尽后的寂寞与忧伤。

　　不仅如此，还有寂寞后的结晶——果子。

　　早秋时节，"星星树"结满了比樱桃大一点的金黄色果子。过季后，果子落了满地，不过这果子不能吃。它们好像珍珠镶嵌在毫无生机的土地上，熠熠闪耀的"金光"，昭示着重生的希望。

　　"星星树"矗立在隔壁的邻居家门前，树不是特别的高，树干却非常的粗，两个成年人展臂，才能合抱过来。

　　蓬开的树冠，仿佛是一个异常巨大的雨伞，静静地撑在那里，见证着不知多少年温情冷暖、悲欢离合的家园，见证着不知多少次时事更迭的社会变迁。

　　她是谁栽的？寂寞地生长了多少年？连所在地的主人都说不清，也无从考证。

很多年过去了，我仍然不知道该树的学名。不过我也没有特地进行过学名的查证，这大可不必了，她是我心中的圣树。

我的祖辈，不知怎么回事，丝毫没有留下任何实体"信物"，就连寄托精神的载体也没有留下，哪怕是一本破旧不堪的宗谱，或是一棵值得缅怀的"星星树"也行啊！

也许，我的祖先一贫如洗，"光光"地来也"光光"地走，酸楚得难以表达……

我的家前屋后，没有特别的树可以铭记。

难道，我的祖先是曾生活在无垠大草原上的游牧民族，游牧的生活，注定居无定所，无植树建家园的必要？或者，是曾生活在严重沙化的戈壁滩上，不知树为何物，自然没有栽树的习惯；或者，是"野生"的群体，来自远方的荒野之上，在若干年前，被神奇的上帝之风，吹到了我们的诞生地……

哎！令我失望得不敢多想。

小时候傻乎乎地认为，祖先是不是担心可以传承的东西遗失，而把它埋藏在茅草屋里间的某个角落。记得，曾顺着翻出新土的老鼠洞，探寻过家族的"文化遗产"和无以传承的"心酸史"。一无所获的遗憾，证明了自己的异想天开。

我清楚地知道"我是谁"，也笃定地知道"我到哪里去"，却浑然不知道"我从哪里来"。

如此，看似哲学的问题，始终困扰着我。"我从哪里来"的答案，我特别想知道，可是……

于是，我通过不同方式去寻找答案，类似于主持人崔永元的口述历史方式。我问了很多人，关于我的家族和我的家，探寻"我从哪里来"。

这棵"星星树"见证了我们村发展的历史，也见证了村落繁衍的历史。

当时，我们的村落是由三四排坐北朝南的"错落无致"的茅草屋组成。

站在南面向北望去，会看到袅袅炊烟，会有可爱的孩子、小狗在破门窗前无序地、无忧无虑地来回奔跑着……

站在北面向南望去，会看到一座座土黄色的没有窗户的茅草屋"趴"在河滩上（村后有一条不宽的河），像一只只巨大的蛤蟆，在荒草中死一般的一动不动……如果在暖和的清晨，从这个方向望去，时而会隐约看见，妇女在屋后稀稀拉拉芦苇围成的简陋茅厕中"方便"时的那白花花的身影，也会偶尔看到裸睡的男人赤条条地冲到屋后，在墙脚肆意地、急促地"嘘嘘"……

这个文明失落、文化缺失、历史不详的村落，却苍白地、顽强地大约延续了至少 150 年。

我们的村落，其实是一个大户地主家族的兴衰史，也是中国近代社会、政治变迁的历史……其他族姓的人家，都是外来务工的移民，移民家族组成的村落无任何文化可留下，因而无法找寻到村落文化基因传承的蛛丝马迹。这也是农村文化贫瘠、荒芜的印证吧。

大约在 20 世纪的 90 年代，"星星树"被挖了，不是政府强制拆迁。而是主人的主动"挖伐"，为什么呢？因为"星星树"的主人与村邻有纠纷，无法申诉的"不公"，迫使举家迁离，为的是现实中的"地界①"。

在乡下，很多纠纷是由"地界"引起的。儿时，曾看到拳头硬的一方，"地界"造假的飞扬跋扈，仗的不仅是拳头，听说还有靠山。

"星星树"的文化"符号"就这样被撕裂，村落文化的寄托

---

① 地界，指责任田、宅基或园子的边界标志。

也因此而遗憾地远去……

对"星星树"的记忆愈发模糊，已被无情的岁月敲打得支离破碎……可怕的是，也有可能终结。

"星星树"是仰望浩瀚天空看星星、看月亮，充满着梦幻回忆的载体。树下面，有很多儿时美丽或胆怯的传说。她记录着我对家乡的心里印迹。

夏天，人们都会围着"星星树"乘凉，彼此诉说着家长里短，及不着边际的"抬杠"胡侃。

晚上，尤其雨后的晚上，我们会取下门板搭个简易床，在树下夜宿。树冠可以遮住露水，不至于"打脸"。

我躺在破旧的蚊帐里，仰望着深蓝的星空，想象着天外的空灵世界。听着众人的聊天、学习二胡的练习曲、拍打蚊子的蒲扇声，享受着"嘈杂"中的宁静。

漫长的夜，静静地流淌，徜徉在静谧的天地间，我的思绪情不自禁地逃离了夜的束缚。

二胡练曲，是每天必有的"节目"。练曲者是隔壁的堂兄。他无师自通、自学成才，是自己摸索出来的。从当初的"拉锯"到悦耳的旋律，学习的时间并不长，基本是雨后农闲，或晚上练习。在这方面，他有过人天赋。

二胡练曲，需要用快板伴节奏。他一般用脚踩快板，自我伴奏。快板类似于节拍器，是他自制的。

练曲时，我围其左右羡慕不已。他看出了我的心思，于是告诉我，是多少拍的节奏。让我为其伴奏。

刚开始，我的节奏总是和他不合拍。后来，稍微好了点，勉强能跟上他的流畅节奏。

我的伴奏，由于堂哥遭遇意外，被遗憾地中断了。

每次回到家乡，总想找到让我魂牵梦绕的"星星树"下的感觉。时常，会情不自禁地向"星星树"的原始驻地左望了望、右望了望，呆呆地望了望，思索地望了望……

似乎，只有风在"呼呼"地诉说着百感交集。

似乎，莫名地听到了不太合节拍的快板声音及往日的"喧嚣"。

正如，作家格非在《望春风》里描述的意境。

24. 盖新房

盖新房，即建新房。

20 世纪 90 年代初，我家建了新一代瓦房。

墙体是用钢钎凿得很平的长方形石头砌成的，有了玻璃窗、走廊和水泥地平……这样的改善，是父母勤俭持家的结果。

建新房是农民的大事，建门朝南的主屋更是重中之重。

然而，儿子越多建新房子的压力就越大，因为，儿子婚后要分出去独立生活，房子不在好坏，可怜的父母总要给儿子提供个窝。

我的父母压力很大，因为有三个儿子。

家乡风俗，无需为女儿准备房子。当然，女儿一般也无继承财产的权利，儿子继承，儿子就应该为父母养老承担责任，养儿防老是约定俗成的规矩。当时，农村的老人无任何养老保障。

事实上，女儿在父母养老方面的付出，往往不比儿子少，甚至更多。情感上的抚慰，在有的家庭里，女儿更贴心，更周到。

房子的改善是父母的主要压力，某种意义上，他们的生活就是房子的奋斗史。

我们的学习和成长，是父母改变家庭命运的动力。房子的改善，跟我们的不断长大，也有很大关系。

祖父母，把一起合住的茅草屋，作为叔父的婚房。作为长子的父亲，在叔父结婚前，必须自立门户，房子需自己解决。

父母经历了建三间茅草西（边）屋、烧饭用的过道屋①、门朝南的单间茅草屋及瓦房等过程。这几次建的房，都是土墙。土墙也有两类。

一类是用泥巴加碎草和成的很黏稠的膏状黏土垒成的。一次只能垒30厘米左右高，等上几天基本干了，才能再垒。一次不能垒得太高，高了会坍塌。垒了几次后，在墙体还没有完全干透之前，需铲平两侧多余的泥巴，并用棍子捶严实。

另一类是用土砖砌成的。土砖不是砖，是事先制好的墙体材料。在天气特别晴朗时，一般是干燥少雨的春季，在打谷场上囤积一些黄色泥土，加入碎草，整平土堆表面并挖出稍凹陷坑，挑水灌透泥土，多人光着脚进去踩拌，并不停地反复翻着，拌匀、拌黏泥土。然后，用长、宽、高分别约为40、30、15厘米的框型模具，摆在平整的地面上，把黏土一坨一坨地挖进去，不能太多也不能太少，用手按实，沿模具上边沿刮平，垂直向上取出模具，一块"嫩"的土砖就制好了。在春风、阳光的吹晒下，干到七成左右，掀起土砖铲掉四周毛边，立好晒干，成品的土砖就做好了。土砖制作需要的人手特别多，一般全家出动，而且很累，只能分批做。

大约40年前，父母把那门朝南的单间茅草屋翻建为两间的土墙瓦房时，在房墙的根部终于出现了一溜石块。那时，土墙的外表面会一溜、一溜的整体地披上稻草，这样，墙体就不怕被雨水"淋酥"了。顶上也有瓦片覆盖了，这是"跨时代"的修缮。

条件好的家庭，喜欢有个院子，一般是四合院。

---

① 过道屋，类似于四合院最前面的房子，前后墙对称位置有同尺寸的门，可以穿行而过，该门相当于院子的大门。

我们家的老宅不可能围成四合院。因为，宅基地东西走向的宽度太窄，只有建两间房子的宽度。如果要围成四合院，至少要有可以建三间朝南房子的宽度。

　　在很长、很长的时间内，我们家"口"形的院子一直没有形成。"口"部的东边没法建房子，也不太方便砌围墙。

　　那时，妈妈在过道屋里烧饭，非常麻烦。

　　因为，靠在门口的烧火炉膛，过道的风比较大，每次要多花好几根火柴，才可以点着炉膛的柴火。在寒冷的冬天更难受，刺骨的西北风吹进炉膛，要点着柴火实在太难。

　　在冬天来临之前，如果父亲早一点在过道屋北门上，安装芦苇编扎的门，冲进灶膛的风就会少点，生火做饭自然稍微容易点。

　　初冬，父亲还没来得及装上芦苇门。

　　有一天，母亲在过道屋炉膛前，边烧火边在灶台前忙着做午饭。当发现烧火的黄豆秸不够时，就塞好炉膛，急忙到外面草垛边扯些柴火。

　　非常无情的灾祸来了，母亲回屋时，火苗已冲到过道屋的顶部，干裂的麦草顶，被烈火烧得哔哔叭叭作响……

　　"失火了，快来救火！快来救火！"母亲拼命地呼喊着。

　　瞬间，过道屋被烧掉了大部分。真是屋漏偏逢连阴雨，可谓雪上加霜。

　　火灾、孩子的不测等意外情况的发生，让极其伤心、无奈的父母，只能寄托于房屋的风水。

　　夜幕下，一位腿部残疾的老者骑着毛驴来到我家，拿着长长的电筒，对着墙角，左照右照……

　　父母选择相信老者。因为，老者是远近闻名的风水先生，而且是我们家的远房亲戚。

　　于是，拆掉了过道屋的残垣，重新盖了稍小点的过道屋，适度调整了屋子的走向。

在不太好闭合的"口"形老宅院落的东面，和邻居商量垒起了共用的土围墙，如此形成了完整的院子，意为"圆口"——和顺吉祥。

在农村，有几个儿子就要有几份宅基。儿子婚后不久，原则上得去新宅居住。新宅一般由父母建。

随着儿子的长大，父母向大队（村）多次申请新宅基，终于，在老宅的正前方，获批一块比老宅宽几倍的新宅基地。

新宅基地，来之不易。

为此，父母跑"断"了腿。一方面，村里宅基地紧张，另一方面，新宅基地的方位上还没有住户，相当于新批了一排，难度可想而知。这跟父母的能力与人缘有一定关系。

新宅基地原是一块低平的农田。在上面建房子，需要垫高基础，既可以防涝，也可以显得高，房子气派。

垫高宅基，没有其他材料，只有泥巴。

哪里来？在附近的废沟渠或河滩上挖，只能向深处挖，不允许"铺开"挖，即反对浪费田地。

需要土方很多，只能请男青壮年"打请工①"帮着挖，用独轮车推运，夯实。

那时，"打请工"的方式体现的是互帮互助，真是"一家有事，八家支援"，干活的气氛非常好，积极协作，不偷懒，争先恐后。

初春乍寒，我们家请了 10 多位青壮年垫宅基，挖泥、运泥、平整足足用了两天，好比修建水利工程一样隆重。

他们甩掉棉，袄汗流浃背、热火朝天的大干情景，一直在我

①　打请工，指请人帮忙做事，按风俗无需付任何报酬，只要提供工作餐。出工的，多数是亲朋好友。

的记忆里感动着。

挖着，挖着……

我们请来的"知青"，突然，哎哟一声！众人目光聚了过去，怎么啦？

父亲扔下铁锹，立即跑向"知青"，扶着他慢慢走上岸，坐在地上。

啊！鲜血已渗出鞋帮，还在外溢。脱下鞋，发现他的脚被芦苇根芊戳出了一个大口子。

"你赶快用力按紧伤口，我去找药。"父亲焦急地对他说着，立即跑开了……

好大一会儿，父亲气喘吁吁地拿来一小瓶煤油、一小包乌贼骨磨成的粉及一小块纱布。"快，快！先包一下。医生在田里干活，马上来。很疼吧？"父亲急切地问。

父亲边说边在他伤口上涂上煤油，撒上乌贼骨粉，小心翼翼地进行了包扎。然后，催着他到我们家歇一歇，不要再干活了！

他说："没事的，等会我可以干的！""不行，肯定不行！"父亲很坚持。拗不过父亲，只得一瘸一拐地走向我们家。

趁父亲不注意，他端着铁锹，一只脚着力，斜着身子，认真平整着新运来的泥土。

父亲边阻止边感叹地说着："多好的'城里娃'啊，跟着我们一起遭罪！"

在这个宅基上，父母先后建了两次朝南向的主屋（堂屋）。先是新建两间土墙瓦房，条件改善后，升级翻建成朝南三间堂屋，石墙瓦房，房内第一次用白白的石灰粉刷。

建石头结构的瓦房，需要有一定技术能力及经验的施工队伍建造。

为了省点费用，我们采用"包工不包料"的施工方式。完全备好材料后，由施工队负责建造，通过工时支付报酬，同时，提供工作餐。

为建这房子，仅采购（备）石料一项，就耗费了父亲一年左右的时间。墙体上方正的石块都是从乡里的山坳里挑选来的。当时，石块出售是按拖拉机的装斗数计价的，装满就是一车的价钱，一般不管装的石块质量怎样。

选到方正的好石块是需要时机的，父亲经常雇上一两个人及拖拉机，在采石场开山（雷管炸完）后，进场选材，一车一车往家里运。每车载不了几块，因为，拖拉机的载重只有两吨左右。

一个春寒料峭的周末，我们家又雇人忙碌地运石块。

中午，卸完了石块，在等吃饭。

"快来，快来，大爷晕倒了！"一个拖拉机手突然喊，大家箭步围了过去。妈妈边跑边急促地问："谁啊？哪个？"

我看着"大爷"被扶坐了起来，粗大的手指掐着他的鼻子下部，应该是什么穴位，不一会儿苏醒过来了。

"快，坐着，歇息，歇息！"众人说。这时，妈妈才挤到里面，看到父亲累成那样！一下子愣住了。

"你愣着干什么？赶快，冲点糖水，给他喝喝。"一位老者对妈妈说。

妈妈转身，蹿出人群……

好大一会，额头上挂满汗珠的妈妈才端着糖水过来。

老者扯着嗓门，对着妈妈责怪地喊了一句："怎么才回来？"

妈妈把糖水递给父亲，窘迫地回复老者说："家里没有糖，去邻居家拿的，耽误了。"

建房的材料中，有的是原始材料，还需要再加工。如，房顶上木头梁、桁条与椽子，都需要木匠现场进行修直制作；抹内墙的生石灰，需要浸泡，加麻丝，搅匀；横跨桁条的细芦苇，需要人工捆扎成一根根芦苇棒，如此，支撑强度大，屋面的瓦片才会平整不塌陷。

再加工的活，也是"请工"帮忙的，没有任何报酬。

捆扎芦苇棒是技术活，一般请女同志扎，她们耐心细致。我们家请了三个女孩，帮忙干这个活。

她们尽管是小青年，早已是拥有一身技能的地道农民了。农活、针线活样样得心应手，请她们帮忙，父母也放心。

她们紧赶慢赶，三天的活两天就干完了。妈妈拉着她们的手，千谢万谢！妈妈，真不知道说什么是好。

三个女孩，正该上学的年纪，本来可以和我一样在上学，由于经济条件，重男轻女思想等原因，只能"面对黄土，背朝天"，一辈子延续着，像我父母一样的农耕生活。

那时，外出打工的机会非常的少，只能"囚困"于农村的那"一亩三分地"，逃不出时代的悲剧、农民的烙印及文化匮乏的愚昧。

后来，她们中的一个女孩，由于小家庭的不起眼摩擦，一时认知"短路"，而永远地离开了大家，离开了我们，令人扼腕痛惜！

我们家建的石头瓦房，是当时村里最好的堂屋之一，也是父母省吃俭用，踏实持家的见证，更是父母用尽全部积累且债台高筑浇铸的最好"作品"。

作家阎连科在《我的父辈》中写道："农村理想的婚姻，似乎是建立在房子的基础之上。似乎谁家有好的房舍，谁家儿女就有可能具备理想婚姻的基础。房子是一个农民家庭富足的标志和象征，甚至，在一方村落里，好的房屋，也是一个社会地位的象征。"

良苦用心的父母，和其他农民一样明白这个道理，倾其所有建了三间堂屋，为我们两个小兄弟准备婚房。

父母计划着，我们成家的时候可以相安无事地各住东西两端的房间，中间的一间为共用的"客厅"。

维持一段时间后，大一点的兄弟需分居到新宅基地上建房生活。正式分家时，每个兄弟可以各得一间半或按价值平分。

父亲多次表达，好不容易才建成这样"不太好分家"的三间房，实在无力再建一宅房了。妈妈常说："房子只能先挤一挤，实在没钱了，你们上学还要借钱呢"。听到这话，我心里特别愧疚。

建好房后，父母又千方百计地凑了木头，请木匠按农村风俗制作了两张喜床①。万事俱备，只欠东风。期待儿媳早日上门！真是可怜天下父母心，含辛茹苦的父母，心中每时每刻都装着孩子且无私地极力付出。

后来，我很幸运，考学离开了家乡。

父母竭尽全力为我准备的一间半"高档"婚房，成为永远的感动！为我准备的喜床，成为永远的惊喜！

---

① 喜床，即结婚用的床，漆成大红色。

25. 文化人

　　印象中，我们村没有文化程度高的人，除了几个"文革"时期的高中生。其实，他们达不到高中程度。那时，忙于"串联""批斗""游行"，哪有工夫学习啊？更何况学校基本停课了。

　　当时，村里还有一位"文革"后毕业的高中生。他在本地知名的高中上过学。高考两次落榜，就心灰意冷地不再参加高考了，回家务农。

　　他的知识与才华没有显现出来，也从来没有主动展示过。比如，为村邻写点什么，哪怕帮不识字的人家写信啊，或为村里学校代课等。

　　他可能有知识，能力不知道有没有？总之，干农活的样子，是不敢恭维的。

　　他痴迷读书。可以确认不是书呆子，但个性独特。

　　没事的时候，我都会去他家玩，尤其雨季的节假日，整天泡在他家。

　　他父亲常年不在家，听说在不远的城里工作，好像是第一批回城的"知青"。

　　城乡"分割"严重的时期，回城的"知青"想把妻子、孩子全部带去，几乎不可能。即使带到城里，户口依然是农村的，也很难安排谋生的工作，当然，也没有城镇居民的福利。

很长时期内，户籍管理规定，孩子的户口是随其母亲的，即母亲的户口性质决定着孩子的户口性质。

他的家人为人和善，待人平实。

这，不是我喜欢去他家玩的原因，真正原因是他有很多书。

他总是侧躺在床上看书，累了，就换个姿势。

那时，农村的卧房，一般和"客厅"是连着的。跨过堂屋的土垒门槛就会看到他，在床上享受着书中的奥秘与"寂寞"。

像我这样的"小屁孩"去他家玩，其实，他是不欢迎的，总是面无表情爱理不理的。他的表现和其家庭氛围有点格格不入。

也许，有代沟。也许，无所谓。

我不怕被冷漠，尽量不要打扰到他……有时，安静的一坐就是半天，传来妈妈喊我回家吃饭的声音，才依依不舍地离开。

刚开始，不敢和他说话，更不敢碰床上、角落里乱哄哄放着的各式各样书。

后来，不胆怯了，可能感觉他并无恶意。他偶尔会心不在焉地问我一些不着边际的话。

暑假中，接连的阴雨并没有压下炎热。我就跑到他家，享受读书带来的清凉。

其实，我朝思暮想有机会可以读到他的书。

农村，无书可读。更何况，在低年级的我。

有一天，他突然慢条斯理地跟我说："想看书啊？给你一本，但你要答应，不要再翻我的书，也不能打扰或影响到我。"

我立马爽脆地说："好的，好的，我保证！"

他若有所思的用手背横刮一下鼻子后，顺便从靠墙的床角处，摸出一本厚厚的书，扔给我。

我如获至宝，惊喜地问："这是什么书，这么'厚'？"

"小说，长篇小说。"他头也没抬，紧紧盯着自己的阅读书页，陶醉在心灵旅行的情景中，慢吞吞地说。

我左右翻了几遍，都没有找到书名，疑惑地问："大哥！小说，叫什么名啊?"

"你，你别翻了，翻不到名字的。小说封面早掉了。"他低着头回复着我的提问。

"你知道名字吗?"我追问。他说："当然，我看了很多遍了。"

"那叫什么名字啊？告诉我吧!"祈求地问着。

他依然头也不抬，不耐烦地回我一句："你真是的，它叫《闽海浊浪》，讲战争的。"

"谢谢！谢谢大哥!"我高兴地对着他说，抱着书，跑了回家。

一边认真地看，一边慢慢地把每一页梳理平整。事实上，这本书不是特别的厚，只是揉皱了，旧了，就"鼓囊"起来了。

理好后，放在枕头下的席子下面，压平顺。

趁妈妈做针线活，糊鞋底的机会，用面粉糨糊和硬纸片，把小说装上了一个结实的封面。

那本小说，是我接触的第一本正式的文学作品。

我时读时新，爱不释手。

即使被老鼠咬掉大部分，已经读不了了，还是没舍得扔。那是一份记忆，也是读书人的一份情感。

很多年，一直放在纸箱深处珍藏着……

直到有一年回家，父亲告诉我："你那几个纸箱书，房子漏雨淋湿了，我已经把它晒干了。你最好把它带走，家里老鼠多，说不定哪天又被啃了。"

我小心翼翼地翻开纸箱，整理带回来的"书香"记忆，怎么翻也没有翻到那本小说。最后，发现了小说封面的"残骸"，该死的老鼠咬断了我的特殊记忆。

那位高中生很少与人交流。他总是在看书，偶尔，也会帮家里干点农活。

印象中，他青年时，短暂地交往过女朋友。我在不远处看到过他的女朋友。当时风俗，每年的正月初二，村里有女朋友的小伙都会去女朋友家，接女朋友回来做客。

后来，他全家去了城里。

如今，已近老年的他，还没有结婚。在不知"丁克①"是什么意思的时代，他选择了做"单身"，连做"丁克"的机会都不给自己。

这在当时，不管是农村还是城市都是不能被理解的，更不能被接受的，是彻头彻尾的另类。

这位文化人，我读不懂。

另一位，我连读他的机会都没有。他是谁呢？他出生在新中国成立前的地主家庭。

他是和我父辈一个年代的。他有一位和他年纪相仿的"妈妈"，是其父亲在旧社会娶的"二房"。

据说，我们村的大部分土地原来是他家族的。

他没有学历，可能上过私塾。但是，那精美绝伦的书法及绘画方面的才能，应该不是私塾里能完全学到的。跟他的天赋、勤学苦练是绝对分不开的。

他造诣精深的书法、绘画作品远近闻名，获奖无数，是当之无愧的农民书画家。

他经常去文化馆、博物馆等专业场所参加高级别的交流展览，但始终没有成为体制内的艺术创作人。

展览回来，只能退回原位，依旧辛苦劳作于田地之间。时常，戴上农民不太常见的大墨镜，掩盖着心中的委屈与失落。

---

① 丁克（DINK），20 世纪 50 年代起源于欧美，在 80 年代传入亚洲的生活型态词，由英文 DINK 音译而来，亦为丁克族，或丁克家庭。即夫妻能生育但选择不生育，或主观上认同这种生活价值观的，可以称为丁克。

高超的艺术实力，打破不了城乡体制的桎梏，摆脱不了"草根"的遗憾。

如果在合适的人事制度环境下，他或许可以成为大学的书画教授或专职的艺术工作者，也有可能成为学术地位很高的书画大师。

从记事起，就对他书写的春联充满好奇及神秘。

在村民结婚闹洞房时，经常看到他写的楷、隶、篆、行、草等不同字体的书法及绘画作品作为装饰，被办喜事的主人庄重地贴在重要位置。我不禁震撼与敬佩。

那时，村里的结婚人家，一般会请他绘写几幅作品装饰洞房或堂屋正间（客厅）。

曾想，我们家什么时候能请到他写几幅作品，该多好啊！

哪怕，春联也行，特别期待。不知什么原因，我们家从来没贴过他写的春联。

家乡的春联，按风俗都是在除夕午饭及祭祖后才贴。

春联，通常是提前几天写好的，都是拿着红纸请人代写。如果会写的人有事，排不上或来不及，还会到外村请人写。那时，没有钱买春联。

年底，父亲要么忙，要么不想求人，就差我们去找人代写。

作为孩子，哪敢去求不苟言笑的书画家写春联啊？只能就近找能写毛笔字的人凑合着写。只要是喜庆的红底黑字就行，总之农民又不懂春联好坏。记得，村邻把春联"底朝上"完全贴倒了都浑然不知。

每年除夕前，妈妈都要为春联的事"焦心"。

后来，我自己试着写春联，尽管写得像"蟹爬"似的，惨不忍睹。一方面可以解妈妈的燃眉之急，另一方面看到书画家的漂亮毛笔字，让我一直有想学的强烈冲动。

起初，主要是为自家写春联。后来，村里邻居知道我可以写春联，就蜂拥过来找我写，可能觉得孩子好请。

年前几天，我应接不暇，但乐在其中。心想不能写得太差，因此不敢懈怠每一副春联的书写。虽然认真专注，心无旁骛，但总感觉字写得总是不尽如人意。

为写好春联，一有空隙时间就练习毛笔字。曾扎扎实实地苦练了两个暑假。主攻颜体，春联有练笔的痕迹，偶尔是工整的颜体，偶尔尝试隶书和行书。

那时，练习没有字帖，要么借，要么"偷师"。向村里的农民书画家偷学，但是很难偷学到，根本无法接近。

假期无农活时，经常向书画家靠近，走到他家院子门口时，往往胆怯地不敢敲门……

有时候，在门口徘徊，纠结着无勇气跨进去。心想自己太懦弱，其实，不是懦弱是代沟。

正在门口犹豫不决时，巧的是，他家人正好出来喂猪或倒垃圾，尴尬地碰上了，会被问及："有事吗？""没事，没事。"边若无其事地回话，边跑开。有时，遇到他家热情一点的人，会冲着跑开的我喊："你跑什么啊？"惊慌失措下，被顺水推舟请进去"做客"了。

心不在焉地和他家孩子瞎玩着，没有见到书画家走动。于是，纳闷地想："他人呢？"窥探不到书画家的任何信息，疑惑不解。

继而，好奇地向同伴打听，得到的"情报"是："他在呀！"顺手指指堂屋西房墙上一个不起眼的小门。家乡风俗，一般不会在堂屋东西两头的墙上开门。

莫非，他在里面……我欣喜，像发现了"新大陆"一样，捂着嘴，睁大眼睛。当然，不敢贸然敲门进去。

然后，迫不及待地离开了。其实，我根本不是离开。

出门后，钻到了他家堂屋后面的草丛中，顺着后墙到了西墙，发现依着西墙建有一个带玻璃天窗顶的斜坡小屋，堂屋后墙同面有一个糊着塑料纸的窗户。我透过不太透明的窗户，大开了眼界，小屋墙上挂满了字画，中间放着一张长长的案台，他正在案前挥毫泼墨，遒劲的书法跃然纸上……

我屏住呼吸，大眼圆睁，盯住他的手势，盯住他的运笔，但窗户上的塑料纸遮住了视线，无法看清楚，看起来很吃力。

于是，不道德地动起了"歪脑筋"，用手指轻轻地在窗户上抠出了一个小洞，心里窃喜，可以偷学了。

此后，我经常光顾那个"学习小洞"。有时，淋着小雨，还在为梦坚守……

我的书法爱好，起于写春联的应急，"练成"于为村民写好春联的动力。

每年春节前，乐此不疲地为村民写春联，即使手冻肿了，自感幸哉，乐哉！也留下了学生时代的特殊记忆。

26. 梦中的大车

凋敝的农村，哪有梦？也不敢奢望有梦。

车的梦，更是天方夜谭！那么，大车是怎么回事呢？

当时，家乡没有任何机械化的交通及农用工具。

农业生产都是小农模式，非常低效。没有规模化生产方式，至少在家乡是如此"原始"。农业生产，只能靠肩扛、抬挑。生产用的大车，算是可以提高效率。

梦中的大车，即生产队的四轮木头车，主要是用来运麦秸、大豆秆等作物到打谷场，通常需要几头牛拉。

这种大车是全木制的，连轮子都是，后边的两个轮子很大，直径可能有 1.5 米，前面两个轮子稍小点。轮子，是由木板拼起来的，用铆钉链接，轮子的中间部分比较厚，两面对称的隆起。轮子表面和木板表面交错钉着铁条，起固定作用。轮子四周着地的顶部也钉着铁条，以防磨损。中间有一个内壁嵌着铁圈用来穿车轴的大孔，当然，轴也是木头的，只是孔内的部分包裹着铁皮，起到耐磨与"润滑"作用。

车的架子是长方形的，边框比较厚实，横挡较细，表面整齐钉上细木条，架子总长约 5 米，宽约 3 米。在轮毂处用木头做成支架罩住轮子，前部固定着两根木棍伸出 3 米左右，是用来套牛的辕。

在辕的内侧，一般可以并行套上两头拉车牛。如果大车装的庄稼太重，两根辕的外侧分别再套上一头牛，四头牛是并行的，牵牛的农民，可以使四头牛同时用力。至多套上四头牛，不能套太多了，因为路面宽度不够。

如果大车深陷在路边或泥泞里，群牛会使劲地挣上几个回合，若还无法拖离，有的跪在地上，竭尽全力地向前挣扎，有的耍起脾气，趴那儿不动，任由鞭子抽打就是不出力，除非大车已经动起来可以正常行驶了。

滥竽充数对齐心协力拉车，百害而无一利。深陷的时候，有的牛是靠不住的，要么换牛，要么临时多套几头牛，要么人海战术。

大车装满庄稼像个小山，儿时总是跟着跑，跟着玩耍。

最开心的，就是大车陷在哪里了，这样可以看热闹，可以看到牛的不同性格，有的没有集体主义，有的积极协作、共渡难关，也可以看到农民的艰辛，还可以听到生产队长的嘶喊。

如果大车翻了，翻沟里了，损失了，农民就会被扣工分。大车是我追随的"庞然大物"，也是儿时的记忆，深深刻上了时代的烙印。

牛，除了要拉车，还要犁地、耙地、耩地①等。在后面扶着耕犁的把手，或踩着长长的耙框时，农民的手里除了攥着缰绳，还会拖着约有 3 米长的鞭子，时而有节奏的吆喝，时而扬起长鞭甩向牛屁股，发出清脆的声响，传得很远……鞭子，一般不冲着牛屁股打去，除非它偷懒得不像话，或影响其他牛出力（通常两头牛一起拉犁或耙）。犁地或耙地时，农民的吆喝、扬鞭都是类

---

① 耩，用牛或人在耧的前方牵引（拉），后方有人扶把，可以同时完成开沟和下种子或肥料（粒状）两项工作。耧是一种播种用的农具，发明于 1731 年，以两脚三脚为普遍。

似于"号声"的常规动作。

其实，牛是农民的好"兄弟"。它们吃的是草，出的是汗水，救的是可怜的农民。

当时，由于生产队买不起更多的牛，牛就会不够用。要么应急到其他队里借，要么"人牛混搭"共同拉车，共同劳作。

"包产到户"前一两年，生产队条件有所改善，通过"勒紧腰带"少分粮食，节约开支，买了一台12匹手扶拖拉机的机头。

在机头后面装上耙地机或犁地的犁刀（机），可以代替牛耕作。但是由于地多，仅有的拖拉机只是人力的有限补充。

后来，又买了一个拖拉机的拖斗，这样就可以代替木头大车运庄稼了，还可以做超出大车功能的事情。比如，长距离运输，载的数量多了，速度快了。

效率提高不少，农民自然少辛苦那么一点点。

但是，增收问题没有解决，"大锅饭"困局没有打破，农民依然吃不饱、穿不暖。

"包产到户"的春雷，"炸"开了低效的集体，激发了农民、农村、农业的生机。

我们村原来的生产队不复存在了。以家族或情投意合的默契，自愿地拆分，组合为四个小组（不同于生产队的小组）。

拖拉机，也被拆分了，成为小组的"共有资产"，四个小组分别分得机头、拖斗、耙地机、犁地的犁刀（机）等。

但是，农村多年集体劳作的习惯以及部分农业生产需要协作才能完成，如小麦、水稻脱粒等。"包产到户"后几年，农户、农民很难适应单干的农作模式。脱粒流水作业的工序多，脱粒机高速旋转，节奏很快，因此，需要协作的人手就多，是家家犯难的农事。

有一家，脱粒时人手不够，需要瞻前顾后，因此酿成了惨剧。给脱粒机喂稻秆的农民，左手臂被绞断了。去了卫生院简单包扎一下就完事，根本没有去大医院寻求缝接断臂。拎着断臂回家后，顾不上疼痛，按乡下风俗在土墙上凿出一条长口子，把断臂嵌埋到墙里了。老人告知，待断臂农民"百年"时，抠出一起安葬。这是，何等的凄楚。

合作干农活时，不光人手通常不够，而且被拆分的机械，也需要临时组合。

生产队拆分后，大车再无用武之地，成为历史。大车的木料成了炉膛里生火做饭的柴火，只能在草垛旁，寻觅到大车的一丝踪迹。

只有小组之间的有效组合，拖拉机才能发挥作用，各家只能排队等待组合，完成自家的农活。

需要拖拉机做事的家庭，都会提着一桶柴油在等待。因为，拖拉机干完农活后，该农户需要为拖拉机加满油，每家用后都会加满，即各用各家的油，很公平，但很麻烦。现实中，只能无奈地采取这样的"共享拖拉机"模式，当时，没有家庭能单独买得起成套的农业机械。

拖拉机的机手，通常也是共享的。共享的家庭需要为被共享的家庭提供"等时"的劳务。有的家庭自己会开，就不用共享。不会开的，只能共享。会开的，其实是没有经过正规训练，都是通过观察学会的，更谈不上"持照"上岗了，基本都是"三脚猫"功夫。

当时，驾驶拖拉机也闹出不少"事故笑话"。

上中学时，周末或偶尔请假回家开拖拉机，耙水稻田，转圈打场碾压麦秆等（父亲年纪太大，家里没人会开）。

在耙水稻田时，方向难以把握，不能坐在（拖拉机）耙机的方向座上驾驶，只能扶着拖拉机的双把跟着跑，把控着方向。遇到很软的地方，由于机头很重，方向座上又没有可以平衡的重量，没太多力气的我就压不住双把，因此，稍有不慎，机头就会杵到泥浆里，双把翘得很高，根本够不着拉离合器，扳油门熄火，这时轮子不停地向前刨着（在水稻田作业时，要把拖拉机的橡胶轮子换成抓地力极强的铁刺轮），杵到水的柴油机动力飞轮带出的泥浆，由于离心力的作用飞得很高很高……

紧张无措时，平整稻田边角的父亲跑了过来，一起扳平拖拉机双把，一起压着，小心翼翼地跨过泥坑。

机头的柴油机，如果被泥浆闷得熄火，那就麻烦了。因为，我力气不大，再加上对柴油机的手摇发动有点畏惧。开拖拉机时，多数是技术好的成年人帮我发动后，再独自开到田里劳作的。如果意外熄火，只能请路过的，或田里的拖拉机熟手帮忙……

想起，仍觉得窘迫而尴尬。

开拖拉机转圈打场，碾压麦秆，也是技术活。

六月中旬的烈日，把打谷场上平铺的麦秆晒得滚烫。碾压第一遍时，麦秆漫过拖拉机的轮子很难开，后面方向轮时常被塞死，只能反复掀起，撕拽清理……

拖拉机打场，即在宽阔的场上转圈，从场的一角开始，一边向外扩展，其对称的边向内收缩，转圈的半径基本不变。完全碾压几遍后，就停下一阵子，用草叉把麦秆翻过来、抖松散晒脆后再碾压。

这时，金灿灿的麦秆迎着烈日，反射着光亮，好像一根根发烫的"金条"。三个轮子的拖拉机跑在上面异常的滑，速度稍快点，外侧轮子时常悬空。驾驶经验不足的我，吓得一身冷汗，立即放松油门，让拖拉机平稳下来。如果翻车，将会酿成车毁人亡的事故，因为，拖拉机后面拖着两个表面带着棱沟的几百斤重的石头碾子，在快速地滚动着……

如果放大碾压半径，也可平稳拖拉机，但不能随意放大半径，否则会碾压不均匀。不过，在收尾，或打谷场面积比较小的时候，转圈半径都需要有所缩小，不然无法完全地碾压到位。因此，必须控制好合理的碾压半径，更要控制好速度及节奏，有一种在钢丝上跳舞的感觉，心惊胆战。

有一次，拖拉机外侧轮子飘起，我在慌乱中减速和放大碾压半径同时进行，也许速度减得不到位，也许半径放得大了点，拖拉机直接冲向场边的草垛，幸好草垛矮小，直接"穿透"，而降速了，控稳了拖拉机，后面的石头碾子"咣当"一声撞在驾驶座下的转向轮上，有惊无险。

如果拖拉机冲向场边的大草垛，一头插进草垛，滚烫的烟囱可能点着干裂的草垛而爆燃，其动能被草垛瞬间吸收，就会立即停下，而石头碾子惯性很大，撞向后座的力量就更大，后果将不堪设想。

如果场边恰巧有人？太可怕了，真的不能有"如果"。

印象中，村里曾发生过石头碾子的转动"轴橛子"脱落，甩出去的碾子伤到人的事故。

大车是农村生产方式的载体，是农村集体缓解低效生产方式的时代产物。拖拉机主要部件的"组间合作"，是"大车模式"的升级，也是农业集体劳作模式向小农包产劳作模式过渡，即生产条件局限的不适与无奈的协作……

这些，都只能在梦中回味。

27. 烦人的水稻

水稻种植的工序很多，每道工序都很麻烦。

当时，很纳闷，这么麻烦为什么还要种水稻？同季节的，不能多种点别的吗？比如大豆、夏玉米等。也许是上级要求，或许是传统，还是其他什么原因，不得而知。

春寒料峭的初春，要育稻芽，就是保持稻种有合适的湿度和温度，类似于培育豆芽。

大集体时，用土垒了一个没有正式顶的房子，顶用塑料薄膜蒙上，没有窗户只有透气孔，这是孕育稻种出芽的温房。

"包产到户"后，各家孵育自家的稻芽，由于量不大，用的就是培育豆芽的工具。

如果天气回暖慢，稻种出芽也比较慢，会影响到稻芽落种秧板田的时间。

秧板田即平整好的土地，被等分成一条一条的带状田，漫灌上水，浸泡几天，放掉部分水，只保留带状田分界小沟里的水，沾水压实并刮平带状田，均匀撒上农家肥（冬天里，铺开冻酥、捶碎、过筛，拣选出均匀的粒状）或工厂生产的磷肥，再完全压实，就可以择机落种稻芽了。

当然，如果稻种的湿度适宜而温度高了点，稻芽就会疯长，芽茎和根须长得太长是不行的，落种的成活率就会降低。如果湿度和温度控制失误（过低或过高），稻种就会成为"死胎"，基本不出芽或出芽率很低，那就成生产事故了，落种的节奏也会大受影响。如此，育种员（农民）心理压力会很大，担心年底被扣粮食。

"包产到户"后，不是每家都有育豆芽的能力和经验。头几年，育坏了稻种秧芽，时有发生。稻种不出芽，如果不是育坏了的，而是种子站或商家的稻种问题，那就可恨了，农民又怎能验证呢？无奈的农民，只能以粗暴的方式发泄。为此，吵架、打架的家庭常有。

看来，农业不光靠天吃饭，有时真得靠人吃饭，靠商家的良心吃饭。育坏了，弱小的家庭只能含泪另寻补救。

培育好的稻芽，要在规定的时间内，落种稻板田，保持一定的肥分和水位，一个半月左右，就长得像韭菜一样，可以拔出摆（涮）净根部多余的泥，捆扎成小把后，挑到有水的稻田即可插秧了。

拔稻秧，是比较累的活，对于小学生来说，就是梦魇。

但是，这个活，孩子是可以干的，我们必须为父母分担。插秧季节的上学前后，都会帮父母干点类似的农活。

拔稻秧，一般弯着腰，或蹲在水面上，或坐在小板凳上。坐一会儿，小板凳陷到泥里，漫过水，屁股就湿了。上学前，如果屁股湿了，换裤子是来不及的，家比学校还远呢。怎么办？不去上学。因为，屁股是湿的，难为情。尽管拔稻秧很累，还得选择继续干活。于是，在上学看不到什么希望的情况下，屁股湿了，就成了逃学的心安理得的借口了。

孩子刚开始干这活的时候，在水里好玩，兴奋得不感到累。弯着腰双手同时交错着拔，可快了。然而，撑不上多久，就瘫坐在小板凳上了，只能有气无力地用单手拔，懒洋洋地摆（涮）净淤泥后，顺手递给父母捆扎，因为年纪太小，还不会捆扎。

拔稻秧，时间稍长，手会磨出血疱，手和脚会被水浸泡得像橘子皮一样，皱巴巴的，手皮基本没有知觉，紧握时，才有触感。

在水里泡久了，手脚泡僵，这并不可怕。可怕的是，腿部的异常感觉，像针刺得一样，忍着，顺着痛感寻找痛源。

天啦！腿流血了，流下很长一条血迹，在浑浊泥水的表面上划出一道泾渭分明的"血口子"。血流源头，看到一条短而粗的类似蚯蚓的"软虫子"趴在腿上，稍细的一头扎在肉里，钻心地痛，血不断地渗出……

"妈呀！这是什么东西？"我尖叫起来了。

一只大手飞了过来，立即拽掉"软虫子"，顺手狠狠地扯断了可恶的它，粗大的手指紧紧地按压在伤口上。心疼地问："没事吧？一会儿就不痛了，按一会儿就好了！"妈妈告诉我："那虫子，叫蚂蟥。长在水里，会叮人吸血。"这是我首次知道那个虫子的名字，也不幸地尝到了它的狠毒。

此后，只要下水，就害怕可恶蚂蟥的"亲吻"，或其他怪物的叮咬……

稻秧的生长周期与小麦成熟及收割时间基本同步。小麦收割后，翻土、灌水、平整后，就可以插秧。同样，没有机械化工具，全得靠人工。

插秧时，几道工序同时进行。因为，稻田的水干了，就不好插秧，需要和时间赛跑，人手都显得不足，家家起早贪黑，争分夺秒地干着，拼着……

不像大集体时那么的"窝工"，那么的效率低下。

虽然大集体的人手可以统筹，但战线拉得太长，10 天的活会被磨成了 20 天，甚至更长。被耗得精疲力竭的农民，回报与付出根本不成比例。为什么那么慢？憨厚的农民钻制度空子，偷懒了？烦琐的管理，影响了效率？还是，养了闲人拉低了平均收益，没有了积极性？原因，可能多方面的。

"包产到户"后，季节性的农活都是被提前抢干完的。农民的积极性被政策完全激发出来了，从而促进了农业效率，农村发展跃上了新台阶。

插秧季节，连片的"白花花"的水稻田，像一幅巨大的画布。

勤劳的农民，有的拔稻秧、有的挑稻秧、有的耙水田、有的撒肥、有的平整、有的插秧，他们在画布上辛勤地打着底色、穿针引线、彩绘着……

忙得井然有序，热火朝天！

每家都有自己的节奏，田里匆忙的人们，像织布机上跳动的梭子，不同"肤色"或服装颜色，像不同的线梭，快节奏地穿越着、跳跃着，任劳任怨地履行着他们的使命。

插秧季节，稻田里至少增加了两三倍的劳力，他们使出浑身解数，争先恐后地忙碌着。

为赶上插秧的进度，每家会请许多亲属帮忙赶工。主要担心稻田水位的下降，干涸了，就无法正常插秧。如果需要人工补水，会更辛苦。

深绿的稻板田及换上嫩绿新装的稻田，从深绿到嫩绿的过渡像一抹巨大的彩绸飘过，是那么自然，那么充满希望。

没插秧的"白色"稻田，像一块留白。不，不是留白，是待绘图的画布。

这"白色"条块，有的会在一夜之间穿上绿装，有的会被搁置好几天，像个"白色天窗"有待"蚕食"般的慢慢补上……也像一面镜子，照出了"自私自利"的人间冷暖，还照出了主人年老体衰的无奈硬撑。

我们家经常是"白色天窗"的守候者。一方面，稻田比较多，另一方面，兄弟姐妹"断档"，我们还在上学，接不上。老弱的父母，不得不艰难地守着责任田。

60多岁的母亲，还在坚守。她弯着腰在稻田的"白色天窗"里一丝不苟地有节奏地"一弯""一弯"插秧的情景，时常映入我的眼帘，一直感动着。

在城里，与母亲年龄相仿的工人，早就退休了。农民天然的不及工人受到社会尊重。如此年纪的农村妇女，还在苦苦地支撑着……这，可能是农民难以改变的命运吧！

黄昏中，母亲像一只折翼的"孤雁"，借着残喘的霞光，在拼命地找寻，可以让她歇息的港湾。

回校时，我在村道上，望着稻田里辛劳的母亲，心生"罪恶感"。不禁问自己，去学校干吗？

于是，迅速地跑回自家田头，扔下书包，脱了鞋，跳进稻田。在妈妈插秧起点的另一头，沿着母亲的路线，麻利地插起秧来……

快"交头"时，暮色中的妈妈很诧异："你刚才不是插完几趟，上学去了吗？怎么，怎么又回来了？"我说："哦，我忘了，周一学校有考点，要用教室，上课冲了，后天才可以上课。"

"小鬼！你骗我？"她疑惑地追问。"明天起早赶到学校上课，今天早点回家吧。"边催我，边收工。"不急，不急，明天不用上学的。"抹黑插着秧，底气不足地回应着妈妈。

妈妈补充说："后天，插秧的'救兵'就来了。"

我未语。

寂静的稻田里，只听见插秧的手腕有节奏触击水面的声音与青蛙的鸣叫声在混响着……成行的水稻，在我们手下冲破了"黑暗"向远方延伸，伸向未来。

等"救兵"来了，我才去上学。

姐家"救兵"来时，一般在插秧"高潮"之后，因为，她家也有同样的"抢种"。

后来，为了缓解稻田"白色天窗"的窘境，姐姐会先帮父母抢几天插秧进度，再忙自家的。

水稻的生长，很娇惯。有时不能缺水，有时水不能太多，有时还不能有水……

水稻的虫害比较多，要喷好几次农药，如果施药不及时，过了防虫期，会有可怕的稻飞虱，轻则减产，重则倒伏、无收。

当然，如果肥料跟得上，虫害治理得好，水稻产量是可观的。这，可能就是不怕麻烦，而种植水稻的缘故吧。

有时，水稻的麻烦是人为造成的。

每次收割水稻，最恐惧的是一块面积较大的"孤岛"稻田。因为三边是别人的稻田，另一边有路，可恶的是路和我家稻田隔着两条较深的水沟。

这样的"孤田"，不止我们一家分到。当时非常憎恨且不解，责任田分割时，村干部是怎么考虑的？难道是酒喝大了，乱分？事实上，他们没有"以农民为中心"的服务理念，只要在田头留出一条路，再分割就行了，就这么简单，就没人为民做主。

我非常害怕收割这块"孤田"，但父亲总是选择我节假日时收割，或索性让我向学校请假，帮忙收割。

父亲，会提前在"孤田"靠路一面的两条"天堑"水沟上，涉水搭几根木棍，作为过路的桥，只够单人谨慎通过。

一刀，一刀地割下的水稻，需要先捆成小把，再用绳子捆拢在一起，扛过桥，装上平板车。

扛几趟后，脖子就会被刺刺的稻穗和稻秆，拉出一道道浅浅的口子……很痛，只能忍着。

久了，就肿了，麻木了，好像也不感觉疼了。过后，摸也不敢摸，一触就钻心地疼……

初冬，家乡很冷，收割水稻，冻得束手束脚。为了抢收，父母起早贪黑，冷上加冷。

摸黑扛运稻秆时，泥滑的湿鞋，踩在木棍桥上，颤巍巍的，一点谱也没有。父亲曾连稻秆一起摔到水里，湿透了半截身，还得坚持装满车，才能顺道换衣服。

我看着可怜的父亲，更冷了。每次，就坚持多扛些，多分担些，也为父亲回家换衣服，赢得一点时间。

木棍桥，难走，母亲和我都跌倒落水过……

收割后，不管是滚笼，还是碾压脱粒，都需要多人协作才能完成，哪来的人？这时，小农经济的劣势，似乎又显现了。

水稻的一生，就这么烦人。

也是，农之烦人。

28. 新闻的痛

　　暑假快结束时，一个炎热的午后，家里突然闯进了几个带着"工具"的不速之客，气势汹汹地质问我："谁？谁叫你，在报纸上写我们家事的？""啊，什么？"我紧张地回应道。

　　"你，你赶快给个说法！不然，我们对你不客气。"情绪激动地攘向我。

　　"哦，想起来了，是不是在日报上的那篇小消息啊？那是暑期在报社社会实践时，写的社会新闻。有问题吗？"我问他们。

　　"怎么没有问题？我们家不是那样的。"他们反问。"那老人的情况和后果，是不是那样？"我反问。

　　"是，又怎么样？"他们瞪着眼，怒气冲冲地指着我，喷出了几个字。

　　"是，就对了，我错在哪？"我故作冷静地说。

　　"总之，你就是不能写我们家的事！""那好，如果我有过错，我可以道歉。写这稿子，我没有过错，如果给你们带来困扰，我表示歉意！""歉意，有什么用？歉意，有屁用啊？"对方嚣张地怒吼。

　　他们来者不善，剑拔弩张。

　　这时，家门口已经聚集了不少看热闹的村民。

人群中，有人议论："大学生，惹祸了。"村民好像听不懂我们的争辩，也许是想看我出丑的"笑话"。

一直僵持着……

这时，父母跑回了家，一边用手刮着额头上的汗水，一边拨开人群，径直把他们中最凶的人，拉到一边沟通着，安抚着。

过了一会儿，父母"吆喝"着："大家散了吧，没什么事，没什么事！"

父母平息了"找麻烦"的他们。

这件事，一直在我心里。总是，有一种莫名的压力和无奈，一定程度影响着对"新闻事件"的认知和价值判断。

大学以来，或多或少和新闻打着交道，业余干着相关的工作。经历过消息、通讯撰写，新闻拍摄，文稿校对，版面编辑，执行主编等角色转换。

我写文字时，特别是新闻稿件，对每一个字句的使用都极其严谨、极其苛刻，试图用最简练的语言去表达事实、表达内容，用最精准的视角去延展内容之外的内容，逐句逐字反复打磨，使其成为独一无二的艺术。

学理工的我，对文字却情有独钟，总以工匠思维，价值引领，谨小慎微地对待着自己的文字。

但在提笔之前，害怕文字的笨拙、行笔的干巴，词不达意而内涵流失；害怕文字没有风骨，无法真正表达想要表达的内心和价值；害怕文字的入木三分，误伤围观者；害怕文字的优柔寡断，缺乏力道、温度和情怀；害怕文字的铁肩道义，被断章取义及过度解读……

在纠结与彷徨中，我尽最大可能诠释着社会担当、价值取向及压力承载中的文字精准。对文字的要求，近乎吹毛求疵，简直是在鸡蛋里"挑骨头"，一直忠实践行着文字洁癖的"嗜好"。这是，对极致思维和文字责任的坚守，也是对文字书写即将失传的补缺和文化载体弱化的抗争。

　　其实，我主观上是不想写文字的，但又总是鬼使神差地写那么一点东西……

　　偶尔，有不写不明的感觉；或有不吐不快的困惑；或时过境迁，有无法写好的失落与遗憾；或如果不写，有责任未尽的负罪感。

　　说不清，道不明，不知为什么……

　　随心，写了不少文字，包括起初的稚嫩文字。

　　这么多年的历练，对新闻、短评等文字的嗅觉灵敏性、事实性、社会性、时效性、本质性、价值引领性等方面都有了良知及情怀彰显的独到见解。

　　但是，提升新闻、评论对社会"啄木鸟式"的监督作用，似乎无能为力？

　　这类文字功能的退化，可能需要文字工作者等方面的共同坚守、觉醒来重塑与变革。

29. 冰雪乐趣

冰雪，是每个孩子，趋之若鹜的玩乐项目。在玩乐匮乏的时代，对孩童而言，是弥足珍贵的。

那时，家乡的冬天特别冷。河里通常结有 20 厘米左右厚的冰，鹅毛大雪，基本覆盖整个数九寒天。

大雪中，冬眠的动物不觉得外面的寒冷，跟它无关。但是，其他动物就无法养活自己了，总是想方设法出来觅食。如此，会招来横祸，被追打或落入陷阱被抓，真是"鸟为食亡"！也许，是人类的不仁与不义，为餐桌上的瞬时美味而"害命"。

那时，农村基本没人管这些"鸟事"及野生动物的猎杀。况且，如今这些事，在农村又有多少人真正在管呢？

由于环境及生态的恶化，它们的生存空间被严重侵占，农村"原生态"的鸟类和野生动物基本销声匿迹了。那些公益组织和动物保护协会，做的事就是保护或减缓相应野生动物不至于濒危，甚至灭绝。

庆幸的是，现在管了，但是似乎收效不大。

儿时，对小动物的不友好，主要由于"把玩"和美味诱惑导致的。有时，为了乐趣还乐此不疲地充当猎人的"跟屁虫"。

农村野生动物的严重减少，严格地讲，跟我们"玩票式"的猎杀应该没有多大关系。

设套，逮鸟，我们小孩是主犯，主要跟大孩子学的，当然，都是效仿成人的。

每逢雪过天晴。

在打谷场上，我和小伙伴会找一块背风、无雪或少雪的空地，且便于观察的有利地形。在大雪覆盖的冬季，鸟类会在这样的空地上觅食，因为打谷时，有散落的谷粒。

我们用小木棍撑起一个挑农肥用的柳筐，在筐下的地面上，放点谷物作为诱饵，再在小木棍的近地面端，系一根长长的细绳。我们牵着细绳另一端，在草垛后隐蔽起来，直勾勾地盯着筐下，小鸟前来觅食的动态。

当小鸟进入筐下，专心觅食时，我们就猛拉绳子，反应快的，或没太专心觅食的鸟，会连跑带飞地从筐边溜出去，反应慢的、专心觅食的、运气差的会成为"筐中之鸟"，可怜地落入我们布下的"天网"。

每次落筐，我们都兴奋地飞奔过去……

围着筐，透过缝隙观察，有没有落网的。

多数是失望的，看来小鸟也不是"吃素"的。

特别饿的、太专心觅食的小鸟，有时会倒霉地成为"被俘者"。我们一边按着筐，一边寻思着，如何抓住小鸟？让它真正成为我们的"囊中之物"。

小伙伴七嘴八舌："从筐下沿伸进手，去抓。"我疑惑地说："你可信吗？膀子那么短，够得着吗？""你手臂长，你来啊？"我的脸涨得通红，顺手搓了搓冒汗的鼻子，刮下了寒风侵蚀的鼻涕，撸起棉袄肥大的袖管……

寒风中，伸进了冰冷的筐中，筐内紧张的气氛，更加紧张了。几只惊魂未定的小鸟，像热锅上的蚂蚁，急得横冲直撞……要么，扯下了几根毛，要么，连毛都抓不住！抓着，抓着，手冻僵了，仍然使劲地抓……

突然，小伙伴叫了起来："小鸟跑了，跑了。"

我回过神来："啊，什么也没抓到？"

我猛地抽出手，站了起来，瞪着小伙伴："还叫，叫你守住筐的四周的，怎么让它们溜掉了？"

小伙伴没有理睬，却盯着我："你，你的手？"话音未落，我的视线立刻回到手上，手臂上出现了几道血口子。可能是被小鸟的爪子挠的，也有可能是被筐边划破的。冻僵了，一点儿感觉不到疼，于是，迅速撸下袖子说："不管这个，没事的。"我拉着小伙伴，又撑起筐，躲回草垛继续蹲守。

边蹲守，边小声商量对策，如何抓？

小伙伴说："在筐下边缘处，挖个够手臂伸进去的小洞，伸进去抓，小鸟就无处可逃了。""你想得倒好。土都冻成冰疙瘩了，挖得动吗？"我反问道。

那我们怎么办？怎么办啊？要么，把筐内小鸟搞累，累了，反应就慢了，可能好抓些。我们狡猾地对视了一下，继续目不转睛地盯着筐下动静……

就这样，一个下午，运气好时能收获几只命苦的小鸟，多数是麻雀，比我们的命还苦的麻雀，就会成为"残忍"的美味。

有时，会罩到一种头比较大的鸟，不晓得是什么鸟？只好放掉。况且，我们不知道这个大鸟能不能吃？

有时，会罩到喜鹊，听说，它是预知祸福的鸟，不能碰的，更不能吃的，因此，只能祈祷几下，放生了……

雪后，逮鸟，不光此方式。

雪后无处藏身，有的鸟会趴在树丫上过夜，也许，它们有晚上趴树丫的习惯。

逮树丫上的鸟，需要技术。我们"小屁孩"逮不着，只是蹑手蹑脚的"跟玩猎人"。

树丫上的鸟，黑暗中很警觉，怎么逮？

大点的小伙子，用四节或六节二号电池的手电筒，装上大点瓦数的灯泡（2.5瓦），把电筒旋到直射光束模式，直直地照着鸟儿的眼睛，鸟儿两眼抹黑，待在那儿，傻在那儿，纹丝不动。

他们拿起弹弓或气枪，对准可怜的鸟儿……

"饿急了"的我们，逮鸟充饥，是不是太残忍了？但又有什么办法呢？回想起来，是内疚的，不人道的。

大雪覆盖，广袤农村，还有一种动物也无处遁形。

雪后，尤其几天后，经常看到一群猎人，扛着土制长管的"喷砂"枪，带着几条猎狗，在田里、河滩上，寻找野兔的踪迹，主要是根据野兔的爪印来判断……

看到他们，我会兴致勃勃地跑着追过去，跟着看热闹，体会追野兔的乐趣。

逮住了，我跟着一起兴奋。但只能眼巴巴地看着，连摸一下都不可能。

尽管这样，还是乐在其中。

有一次，忘乎所以地不知跟跑了多久。黄昏已"染暗"西边的天，才想起该回家了。

立即停下跟随的脚步，猎人根本没有觉察到我的"掉队"，孤单地伫立在雪地中，望着远去的猎人，显得无助与胆怯。

胆怯的，不知回家的路——迷路了。

雪后，乡下的路都被抹平了。而且，农村又无任何路标可辨，于是，走投无路了。

镇定着，转念一想："总得，赶紧回家。不然父母会担心的！夜晚要是回不去，会被活活冻死的。"

边想又不敢想，像疯了一样，朝着有树的方向跑去，沿着两行树向前延伸的条状区域飞奔，不知方向地飞奔……白雪刺花了眼，在夜色中，更加分不清哪里有路。只有飞奔，才能抑制内心的恐惧……

顾不上抹去的泪水及鼻涕，顺着风飞了出去，在月光的映衬下晶莹剔透……但并不漂亮，它只是迷途的"遗憾"！

不知跑了多久，四肢乏力，满头大汗。

定神一看，微弱的灯光，应该是村庄，看到了希望，小腿又有劲了，继续拼命地向前奔去……

到了村庄附近，发现很陌生。唉！不是我们的村庄，像泄了气的皮球，捂着嘴，边哭着，边无精打采、漫无目的走着。

身后，传来咳嗽声，越来越近……

既害怕，又惊喜。害怕是坏人，惊喜可以问路。

"哪家小孩？这么晚？不冷啊?!"后面的人粗声粗气地喊。

我收住哭泣，没敢吱声。

他追上来，又关心地问："这么晚，不怕吗？怎么一个人？哪庄的?"

我抬头看着长者，胡子拉碴，憨厚地叼着烟。心里嘀咕着："他应该不是坏人?"

于是，和盘托出我的"糗事"。

长者听后，责怪说："你这孩子，喜欢玩雪，把家都玩'丢'了。遇到坏人，你就完啦。"

我突然打了一个寒战，却有一股暖流充满全身，一只粗大的手紧紧牵握着冻僵了的小手，郑重地说："我带你回家！我刚好去你们村走亲戚。"

离家不远时，听见母亲焦急地呼唤着我的乳名："回家吃晚饭喽！快回家吃晚饭！小鬼！'死'哪去了，这么晚？"

母亲正在门前心急如焚地喊着，张望着……

我径直冲向妈妈的怀抱。

妈妈边责骂边脱去我湿透了的且结满冰碴的鞋和棉裤。她看着快冻僵了的我，骂得更凶了。

"赶快，赶快钻进被窝焐着。"妈妈训斥说。

　　倚在床头墙壁的我（土垒床在厨房间里），透过父亲在土制的火盆里生火烘烤棉裤及棉鞋忽明忽暗的火光，模糊地看着母亲在灶台前帮我盛饭的情景，我的眼睛更加模糊了……

30. 交公粮

交公粮，是农村交农业税的方式之一。

在 20 世纪 80 年代的家乡农村，主要用粮食抵交农业税。粮食交到公社（乡）粮站，不是白交的，国家会给收购价的。公粮款，会被村里扣去相关税款。

交公粮，是法定义务，而且必须交足规定种类的粮食。

当时，农村还有不少规费，如教育附加费、水利附加费等。而规费的缴纳，可以交钱，也可以用粮食抵交。像我们没现金来源的家庭，只能用粮食抵交。

不管是交公粮，还是规费交粮，农民都不太愿意。一来，公粮的统一收购价低，低于市场价；二来，吃都吃不饱的农民，实在舍不得粮食。

尽管，小岗村农民冒着"天下之大不韪"探索"包产到户"，有着示范效应——"交足国家的，留下都是自己的"。但憨厚的农民，还是想不通，为什么要低价把粮食交给"公家"。

改革开放、"包产到户"等新政，在生产队（村）召开的全村"广场大会"上，村领导扯着方言，嘶喊着进行了传达。同时，会议要求公粮必须一两不少地交足。

在村里宽阔的土质广场上，农民席地而坐。有的一个接着一个抽着烟斗、有的搓着绳子、有的纳着鞋底、有的缝补衣物……任由村领导的嘶喊，他们各做各事，不嘈杂，不乱，连交头接耳的议论都没有，都在"聚精会神"地听着大会……

只有，我们这些天真无邪的小孩，在无忧无虑的穿插跑动着，这也算给死寂的农村，增添了一丝活力与希望。

其实，这种会议，对不怎么识字的农民是毫无作用的。因为，他们看的是"实惠"。

"包产到户"时，农民干劲十足，当年收成就翻番，基本能吃饱了。这种全村的大会就少了，甚至消失了。至多，只是在村头的喇叭里例行公事的喊喊。后来，喊也没有了，可能换了种传达方式。

清晰记得，在秋季的打谷场上玩耍时，听到大人们的喜悦对话，大家议论道："今年肯定又丰收了，稻穗都重实实的。"一位年轻人接话说："邓爷爷，将让我们过上好日子了！"历史证明，这位年轻人不是开玩笑，他是"预言家"。

当时，不管丰收不丰收，农民愿意不愿意，理解还是不理解，其意见只能保留。公粮，必须得交。

这就催生了，交公粮的很多"趣闻"。

交公粮的季节，通往乡里的土路上，车水马龙。但基本不是机动车，是载满公粮的平板车，多数是一家老小吃力地拉着……

小时候，经常在父母的平板车边上扣根绳子，装模作样地帮父母拉车去交公粮。

当时，感受到的氛围是平淡的、简单的、没有欲望的，也不知道未来会是什么样的。

当然，也会看到农民的艰辛、小聪明和互帮互助的一面，还会看到无情的一面，即收粮员的蛮横及粮贩子的"合谋"。

农民辛苦忙了春秋两季，收成比大集体时好了不少。但是，守着仅有的"一亩三分地"，所有经济支出都得依靠着责任田的那点收益。孩子上学、房屋修建、婚丧嫁娶、头痛发热、柴米油盐等，都是一个个需要填补的"窟窿"。

孩子多的家庭，交完公粮后，吃的粮食就紧张了。因为，责任田分配后出生的，或超生的孩子是没有责任田的。原因是，责任田不是每年都动态调整，而是很多年才调整一次。

印象中，家乡"包产到户"30多年，责任田才总体调整两次。为什么不以人口的变动而动态调整责任田的分配呢？

这就导致，家乡20岁左右的孩子都没有土地，如果只靠父母的责任田供养，会是举步维艰。

土地，是农民的权益，也是生存之本。

在某种意义上，农民会把粮食看成命根子。

因此，有的农民是抵触交公粮的，但又不能不交。于是，有的农民就用拖延的方式"抗拒"。

村干部多次提醒，心存侥幸的农民，还是一拖再拖。

不耐烦的村干部，就带上一帮人每家每户直接强筹。或者，命令几天后，把满额公粮交到粮站。

周末的上午，我和父母在田里除草，扛着锄头回家做午饭的途中，远远地望到家门口挤了很多人，门前还停着一辆拖拉机。

一路小跑，急忙地赶到家，一看，不得了，惊讶地发现堂屋的大门被撬开了。

我们立即冲过围观的人群，端着锄头气愤地冲进屋内，看见几个人用蛇皮袋正在小麦囤子①里扒小麦。

"你们，谁啊？赶快给我停下。"父亲用锄头边使劲捣戳着扒粮食人撅起的屁股，边冲着他们怒吼着。

他们转过身来，正想扑向我们……

---

① 囤子，指四周用芦苇编织的宽约30厘米的长条"截子"，进行螺旋上升，一层一层围挡成圆柱形的粮仓。粮仓高度与"截子"长度成正相关。"截子"类似于席子片。

"不要急，不要动手，我们又不是强盗。"门框中的中年人急忙说。

"不是强盗，怎么撬我们家门，怎么偷扒粮食？不是强盗？是什么？"我们气急败坏地责问道。

中年人补充说："我们是村里收公粮的。"

"村里能这么干？直接抢啊，凭什么？"我们异口同声反驳。

中年人终于挤到我们的面前，对着父亲说："大爷，村里也要完成公粮任务啊。"

父亲定睛一看，对中年人说："你是不是村长，不，是代理村长，你作为村长能这样胡来吗？你们赶快停下来。"

我们帮腔道："赶快停下来，赶快停下来，不然，跟强盗没区别，是违法的。"

村长面露难色说："那，你家何时交公粮啊？"

父亲补充道："我跟小组长早已说过了，前几天下雨，路还没干透，平板车太重，老两口拉不动，凑孩子周末放假帮一起拉。今天，土路差不多晒硬了，打算明天去交的，你们今天就来抢了？唉！"

村长听后，脸色更加难看，带着一帮人一摇一晃地走了。

看着感同身受的围观者，看着扒粮食人远去的背影……已读高中的我，久久无语，只能无语。

那时，耍小聪明的农民，为了完成公粮任务，还做了不少不可理喻的事情。

在交公粮的现场，粮站收粮员在验收粮食等级时，通常解开口袋，抓一把放在嘴里嗑一下判断水分如何，看一下杂质情况。

交公粮的口袋太多，不可能每个都解开。于是，用约 50 厘米长的槽状金属钎，槽口向上在口袋上戳一下，抽出判断粮食等级。基本是抽检，发现不对劲，就每个口袋都检验。

检完了，会给出整批粮食的等级。

时常听到，"为什么？为什么给我这么低的等级？"农民涨红着脸和收粮员论理。

农民能不急吗？低的等级，就意味着价钱低。

农民扯开嗓门嚷道："我的粮食，口袋里上下都一样，没有弄虚作假，凭什么定这么低的等级？不交了，拖回去。"

边嚷嚷，边无奈地把口袋从磅秤上搬了下来，从已排长队的最前端，退到边上。

其实，农民对细节很较真的，尽管价格相差很小，总额也没影响多少，但是，就是不服。因为，他认为自己没有弄虚作假糊弄粮站，被错怪了。

他没地方可申诉讲理，只能消极地、艰难地退出交粮队伍，等等再看。

然后，嘴里不停地嘟囔着，眼睛紧紧盯着别人粮食等级的判定情况……

农民是了解农民的，他知道有的家庭耍小聪明——装公粮时作弊，即在口袋的下部和上部都装好的粮食，中部掺进差的粮食，或在口袋下部的两个角里掺进差的粮食。更有甚者，在粮食里掺进碎泥土充重。而且，把装好的粮食的口袋，排放在收粮员容易检到的区域。

站在边上的他，突然叫了起来："他的粮食，为什么只检两个口袋？戳检出来的粮食是不如我家的，为什么定的等级比我家粮食高？肯定有问题。"

他边叫，边掀掀收粮员的遮阳草帽，收粮员不耐烦地斜着眼睛对他说："你想干吗啊？粮食等级，也不是你定怎样，就怎样的？"

他感觉无法奈何收粮员。

顺着跳板，直接冲向高高的粮仓。农民都在紧锣密鼓地扛起自家过磅后的粮食，爬上跳板，倒进仓内。他在仓顶盯着他怀疑的那家粮食入仓时的情况，他看见那家倾倒粮食时，总是撒得很开，而且不在一处倒。

他如获至宝地冲了下来，手里紧紧攥着那家的粮食："你看，你看，他家就这样的粮食，你给那么高等级，怎么回事嘛？"他冲着收粮员声嘶力竭地喊着。

收粮员飞扬跋扈地扯下草帽冲着他叫："你，你怎么证明，你抓的就是那家的粮食？"

他更急了，反诘说："那家，要么是你亲戚，要么就是粮贩子，你得了好处？"

那时，粮贩子利用粮站有熟人，走村串户，明目张胆收购质次的粮食，以次充好出售给粮站，从中牟利。

收粮员把磅砣猛猛地磕在磅秤的横梁上，"哐当"一声。大家目光都汇聚到他和收粮员那边。

收粮员指着他说："你，你想干什么？"

"没想，干啥……"他满头大汗，结结巴巴地接话。

"你，你到底想干什么？"

"你给我好一点等级，我保证我家粮食比那家好，我来交公粮的，哪敢和你干啊？"

在事实面前，加上他的不依不饶，收粮员没有再强硬。只是漫不经心地说："在，在后面排队吧。"

他不情愿地发着牢骚："为啥？还要再排队？"

收粮员未予理睬。

交公粮的季节，通往乡粮站的道路上川流不息，多数是原始的人力板车、牛车、驴车……偶尔，会见到一两台拖拉机，有的是拖拉机和平板车"混搭"的。粮站门口排着长长的车队，收检磅秤前，整齐地码着粮食口袋，场地上人头攒动，忙忙碌碌……

他们忙得热火朝天，衣襟浸满汗水，脸被烈日烤得通红，油光发亮。

中午时分，他们被晒得无精打采，耷拉着脑袋，在无奈、寂寥中等待着……因为，收粮员中午是休息的，需要停收一段时间。绝大多数农民舍不得买东西吃，基本是饥肠辘辘，等着下午交粮。

当时想，收粮员为什么不能中午轮班休息，或者不休息，而不要让农民焦急等待。如果突遭下雨，无处藏身的农民就惨了，为什么就体会不到农民的难处呢？

当时，常有几代人的大家庭同时出现在交公粮的现场，他们有的很温暖，你帮我，我帮你，让长辈少干点，体会长辈甘苦；有的"儿子家庭"躲得远远的，不会主动帮"父辈家庭"；有的更冷漠，"儿子家庭"买了西瓜和乡邻分享，吃得津津有味，谈笑风生，而不远处快"烤焦"的年迈父母，干涩的眼神只能从儿子一家人的身上失望地移开……

31. 猪的命运

猪，憨态可掬，尤其宠物猪，农村哪有宠物猪，只有"向死而生"的肉猪。

猪的贡献很大，命运却很悲催。

有的，是人为造成的，却没有猪可以申诉的地儿……

那时，农村养猪，吃的都是剩饭菜。可是，人都吃不饱的时期，哪有多少剩饭菜？其实，是用刷锅水、糠（小麦皮、稻谷壳或庄稼秸秆加工的）或山芋等混合成的杂物喂养的。

那时，经常被父母催着去挖野菜、打猪草。吃不完的猪草，还可晒干，加工成草糠。

营养不足的猪，长得特别慢。瘦骨嶙峋，跟主人差不多的"体型"。

一个家庭，一年勉强能养成一头猪。谈不上成，到春节前，不管猪长成什么样，有多重，不管情愿还是不情愿，其命运最终都是成为人们餐桌上的年货。

一个家庭，没能力养多头猪。更何况，当时的农村，是不容许搞规模"副业"的。

生产队时期，家庭利用剩饭菜，业余时间养的猪，只能卖给公社的供销社，如果偷偷卖给民间屠户属于"违规"，会被处罚的。

儿时，跟着父母去卖猪，留下不少印象深刻的趣事。

父母，有时让我跟着跑，有时让我和猪一起在平板车上，猪是躺着被绑着的，我是坐着的。

清晰记得，父母躬身拉车的情景。那时，年龄小，不然父母不会让我闲着的。

通往供销社的乡间，农业水利的需要，有纵横的水道，要跨过水道免不掉依靠渡船或桥。

由于农村的颓废，渡船不像船，桥梁不像桥，因此，常常险象环生。

临近春节的一个上午，在邻村生产队的牛屋里，被火苗和浓烟熏得咳个不停……迷糊中，被紧紧地搂着。

睁开眼的瞬间，看着妈妈正泛着泪光紧张地看着我，然后，更加心疼地用力搂了又搂。

"醒了！醒了！孩子醒了！"大伙齐呼。

原来，父母拉的平板车经过一座用木棍搭成的简易桥时，车轮卡到木棍缝里，失去平衡，车、猪、父亲和我全部翻到水里了……

幸好冰不厚，如果摔在厚冰上，冲击可能更严重。

幸好水不深，在母亲慌张的呼救声中，众人七手八脚地把我们救了上来。

纯朴的农民，没想那么多，及时救人……不然，后果不堪设想。

我呛了水，终于被"烤活"了。母亲，背上裹着村民棉衣的我，急匆匆往家里赶。

猪，当然没卖成。猪，因此多活了一天。

第二天，父母又拖着猪，去供销社卖。排了很长时间的队，终于轮到我们了。

"猪检员"上下打量后，用长长的剪刀在猪肚皮的毛上，快速地剪了三道长杠，三道短杠，即三等三级，很低的等级，也意味着很低的价格。

父母异口同声地疑问道："为什么这么低？起码检个二等吧？"

他面无表情地说："只能这个等级，它一点肉都没有，好像生病了？"

"你看，能不能帮忙检高一点的等级，这个猪昨天掉河里呛了一下，只是样子有点不太好看；绝对没有生病，真的。"父母哀求道。

"没办法，只能这样。""猪检员"挥舞着手中的剪刀冷冷地说。

我们无可奈何。只能饿着肚皮，拖着饿着肚皮的猪，顶着寒风没精打采地向家的方向挪去……

父亲一边拉车，一边气喘吁吁地责怪妈妈："猪，怎么又不卖了？"

母亲不甘示弱地冲着父亲说："那么低的等级，太欺负人了，我们有毛病啊？卖啊？"

可怜的猪，就这样因祸得福地多过了一个安详的春节。

几年后，"生产队——公社制"没了。猪，进行统一收购的规定随之瓦解。猪的市场，好像也"解冻"了。

民间的屠夫或猪贩子，可以堂而皇之地收购生猪了。

农户也可以宰卖自家的猪。肉可以卖给村邻，节俭的自己吃剩下的"猪杂①"。

自家宰猪主要是为多卖点钱，的确要比卖生猪实惠点。

印象中，家里也请屠夫宰过猪，通常在春节前。

---

① 猪杂，指猪的五脏六腑、耳朵、蹄子、头、尾等，即猪零碎。

在备年货前，父母挨家挨户地打招呼，暂时不要买猪肉，到时，来我们家称猪肉。

因为父母不识字，通常带上我或大一点的孩子帮他们记录，加总后，觉得一头猪差不多够卖，就不统计了。

当然，会留点余量。答应的村民，可能不来称；没答应的，可能来称；答应的数量，还可能变化；另外，会有"慕名"而来的。

一般先不用付钱，适当的时候父母会上门收。况且，有的家庭暂也没钱可付，但彼此相互信任。

如此，猪肉"生意"会供不应求。

有时候，家里宰了一头猪，什么都被称走了。卖得连头和蹄子都没剩下，嘴馋的我们时而抓狂，时而埋怨。

那时，一年吃不到几次肉。即便在大的节日，也没有什么好肉吃，要么是大肥肉，要么是猪零碎，要么是猪油炸后"两吃"……

听说家里要宰猪，欢欣雀跃几天，高兴地相告小伙伴。由于嘴馋的动力，也主动帮父母忙里忙外。

屠夫，通常在傍晚时分，带着工具到我们家开始忙活。

此前，要让猪少吃一两顿。

屠户一群人到猪圈把猪五花大绑。然后，抬到高处用长长的工具，捅它的脖子，鲜血如注般迸出……

下面，盆中鲜红的液体就是"传说"中的美味——猪血。

如此暴力，吓得我们孩子捂着眼睛，不敢看。

天啦，太残忍了！

猪也太可怜了。临"走"前，连个饱肚子都没有吃到。为什么不能"无痛"宰杀呢？当时，也许没此项技术。

后来，听说发达国家就是"无痛"宰杀的，还人性化地让它们听着音乐，快乐地"走"……这样，餐桌上的猪肉就更美味。

生在落后年代的猪，其命运更悲催、更可怜。这，也许就是猪的命运。

猪"走"后……

首先，用很多热水，在宽大的椭圆形盆里浸烫猪的毛皮。

屠夫，用弧形的刮刀，反复刮着猪皮。随着刮刀沙沙的声音，猪已经被折腾成光溜溜的"裸猪"了。

黑乎乎的猪，变成了白晃晃的白猪。而且，圆滚滚的，表面一点"皱纹"都没有，因为，为了可以刮尽猪毛，在烫之前，屠夫顺着猪腿的内皮，向全身吹进了很多气。

然后，听到各种刀、棒的声音，在昏暗的煤油灯下，惶惑的交错着，时弱、时强、时脆、时闷……

弱小的我，其实帮不上什么大忙。

于是，蜷缩在茅屋灰兮兮的墙角，一直不争气地打着哈欠，时不时揉了揉眼皮已"打架"的双眼，想看清什么，但又不敢凑近看。

夜深了，眼睛睁不开，一直模糊着，父母催着去睡觉，就是不愿意，试图打起精神坚持着，尽全力睁大双眼，盯着，生怕错过什么。

迷迷糊糊中，突然听到："好了，全部搞定。"

惺忪的眼睛，环顾四周。哇！整个屋子，就是一个"肉铺"。

温暖的朝阳，射进东向的大门，照到屋子里，照在"猪"的身上，却没有一丝丝的温暖，是那么冷冰冰的，不禁令人寒战。

其实，猪是个宝，尤其对于贫穷的农民来说。

农民，为多谋取那么一点点"宝"，却财迷心窍的不地道，让猪承受本不该承受的痛苦。

蹊跷的事，还是大跌眼镜地发生了。

运河对岸的猪贩子，经常到我们村收猪。通过转卖或屠宰，赚取差价。

猪贩子收猪是有规律的。一般天蒙蒙亮时，会过来收。赶早，基于猪是空腹，收到的猪"肉价比"就高，比较划算。

摸透规律的村民，怎么舍得让猪空腹离开呢？重量少了，不就少卖钱了吗？

于是，打算次日卖猪的农户，就绞尽脑汁地让猪多吃点，吃多点，违背"生物钟"大大提前猪的早餐时间，午夜就上早餐。

用比猪便宜且重的"东西"加进去菜叶、油、盐炒熟，然后，加入粉状饲料搅拌，挖空心思地调配成猪没有吃过的"美味大餐"。

睡梦中的猪，被棍子戳醒，被从未吃过的香喷喷佳肴，诱惑得不能自己，一头扎进猪食槽内，一口气吃个精光，主人添加，又吃个精光，主人又添……

猪主人殷勤引诱，憨厚的猪吃很多粉状（饲料），即干货，主要目的是快速增加体重。

这时，猪蒙在鼓里，根本不知道接下来有什么陷阱。

吃得不能再吃后，直挺挺地躺在圈内，呼呼大睡。

猪主人喜滋滋地在等着，次日清晨猪贩子的到来。

如果，如期而至，猪主人就得逞了。

有时，就那么不巧。等到中午，还没见到猪贩子的影子。

猪主人有些急了。

于是，托人打听，猪贩子为啥不来？传回来的话："刚下过大雨，泥巴路不好走，今天可能不收了。"

深夜喂猪的农户，一直担心着……

午后，猪贩子顶着雨后纯净的烈日，涉水渡过运河，来收猪。

深夜喂猪的农户，喜出望外。主动地围着猪贩子交谈，有猪要卖。

然后，猪主人和猪贩子一同到猪圈门前，"喽，喽"的大声唤着，用棍（捅）戳着，朝里侧卧的猪就是置之不理、一动不动……

猪主人的脸铁青，铁青的。

猪主人立即跳进猪圈，一摸猪鼻子，吓得瘫坐在猪圈里……

众人说："怎么啦？怎么啦？"

猪主人惊慌失措地说："猪，没气了——死了。"

"啊……"

猪主人不假思索地跳出猪圈，缠着猪贩子，乞求："把我的猪收了吧！它还热乎着呢。刚死，不是生病的，真的，不骗你。生病，也不会这么快，早上还好好的呢。"

"那怎么死的？"猪贩子反问。

猪主人涨红着脸，久久说不出话来。

原来，猪主人的猪是深夜"早餐"吃得太多了。

吃后，它只睡了一小会儿，寝食难安一直疯狂叫着，撑得难以忍受。

猪主人听到叫唤，以为是口干了，就不断给它水喝。喝着，喝着……安静地睡了。

一睡，就睡过去了，活活撑死了。

猪主人夫妻俩很懊悔，也很心疼。不是心疼猪，而是心疼钱。

于是，他们恶语相向，他指着她骂："叫，叫你不要喂那些砂子，乱七八糟的东西，撑死了，这下好了。真是有病！"她也不甘示弱，怒怼着："就你'好人'，只会'马后炮'。"

无能的他，顺手把她摔倒在泥巴地里……

猪贩子在村里转悠着，收购了几头猪。其中一头，肚子很大，格外扎眼。

接着，猪贩子赶着猪，一起渡河回去了。

不一会儿，湿漉漉的猪贩子回到一户卖猪人家的门口，恶狠狠地大骂："妈的，你的猪，渡个运河呛几口水，上岸不久就死了。你们给我出来，说个清楚。是不是偷偷喂砂子等干货啦？快点出来，赔我损失，不然，不会饶过你们的！"

卖猪的人，冲了出来："你，你别冤枉人，谁说我们喂砂子啦？你看见的呀？"

"你们猪贩子，就是好人？深更半夜摸到我们村，下迷药'药'猪，专门干坏事，占便宜，低价收购晕乎乎的'病死猪'。难道你们不缺德吗？"

他们愤怒地指着对方，骂着，推搡着，不断升级……

由于，人不做人事，而做"猪事"。猪的命运，被糟践得更加悲惨，更加多舛。

猪之不幸，亦乃人之不幸！

心雨四　未名情愫

32. 露天电影

　　电影，对于 20 世纪 80 年代"原始"贫穷的农村是陌生的，稀奇的。

　　那时，农村基本没什么文化活动，偶尔可以听听小戏（上门讨生计的卖唱）、说书，看看耍猴子。春节时，有舞麒麟的"节目"。重大节日的晚上，村里有时会放露天电影。

　　在村的打谷场上，我第一次看了电影，名字可能是《瓦尔特保卫萨拉热窝》。隐约记得，是在竹竿撑起的电影幕布的反面看的。因为，正面被成年人挤得水泄不通，在人堆里，小孩基本看不到什么，只能在反面，在寒冷的夜色，透过人的缝隙，快乐地窥视着电影的精彩。

　　那时，下乡进村的电影都是弘扬主旋律的红色电影，很符合朴实农民的文化品位。

　　闭塞的农村，尽管文化是贫瘠的、落后的，而人与人之间却是温暖的、朴素的、贴近的、融洽的……

　　电影，对于大多数没文化的农村人，只是看个热闹。

　　人们有的提着小板凳、有的牵着孩子、有的抱着孩子，各家老小成群结队，在高低不平、磕磕绊绊的黑漆漆的土路上，借着烟斗闪烁出的影影绰绰亮光跑动着、跳跃着……带着归途的喜悦，欢声笑语议论着电影的情节，他们被主人公的"闪闪红心"深深吸引……

在农村，看电影像一场集体聚会，更像一场简单的"夜生活"，没有五光十色的霓虹灯、没有零食、没有车辆，"什么"都没有……连放电影的电源，都是放映员自带的。

看电影，也有一些浪漫的"意外"发生。

在那个青年男女比较羞涩的年代，基本没有情感自由，都是在父母目光的"注视"下进行的。尤其农村青年，他们的婚姻尽管不完全是父母包办的，却没啥自主权。事先，至少需要父母完全同意，方可"好上"。他们几乎没有恋爱过程。

确定关系一年半载后，会按农村风俗举办仪式。不过，也有闹掰，没修成正果的。

夜幕下的电影，为压抑的青年男女，提供释放的机会。对性格叛逆或外向的青年，更是千载难逢。

电影场附近的草垛边、沟坡上、大树下……是青年男女聚集的好地儿，他们无心看电影，也许在寻找内心的"自己"。

有时，会看到几个男女成群地在嘻嘻哈哈闲聊着、打闹着，也会看到成对的两人在对话……

朦胧的月光下，尽管无法分清是谁家的孩子，他们还是拘谨自律的"互不干扰"，像两根靠得比较近的树干，在吐露着彼此的衷肠、诉说着风月与寂寞。

也许是时代的氛围，也许是家庭的保守，也许是彼此的陌生，决定着他们的不自在。

20世纪80年代前后，农村青年的穿着是清一色的"藏青"，很单调，根本不知道外面，及未来会是什么样的五彩斑斓。

小伙子前卫地穿上花格衬衫、喇叭裤及留着长发等现象，都会被看作不入流，会被父母斥骂，被老师训教改正。

在露天电影场交朋友的年轻人，基本都是胆大的，"不按常理出牌"想冲破世俗的。

当然，也有为此付出一定代价的。

村上有个女孩，在看露天电影时，认识一个心仪的男孩。

每次村里放电影，她都很积极，而且喜欢一个人在黑暗中出没，总在电影场来回寻找，找寻心中的他。

那年代，只有靠找、靠眼睛发现。虽然可以口口相传进行联络，但她的事只能"地下"秘密进行。一是怕别人发现，世俗抵触，二是害羞，没有外向到让自己那么自如自在。

后来，还是被别人发现了。

很不幸，很快地传到她父母那里。思想传统、保守的父母，气急败坏……

一方面，把她看起来，全天候跟踪她，不让她脱离视线；另一方面，紧锣密鼓地给她物色婆家。

几经周折，女孩的一个远房亲戚，进入她父母的法眼，男孩相貌平平，根本配不上相貌姣好的她。

农村的亲事，相貌和门当户对是必须考虑的。如果门当户对和父母的面子占先，考虑相貌可能会少点。青年人的感情，基本不是父母考虑的选项。甚至，有的"缺德"媒人、鲁莽父母认为，两个年轻人只要"过个夜"，什么都可以了……这些，原始无良的思想，不知害了多少美好姻缘。

那个性格开朗、漂亮干练的女孩，在出嫁前，几天滴水不进，以绝食逼迫父母让步。

怎么可能？

按那时农村风俗，父母一旦给孩子定亲，一般无法反悔的。尽管没有相应法律约束，农村却有农村的规矩。况且，父母也要面子。

出嫁当天，她在房间的地面上滚着哭，哭得死去活来。出嫁的大红花衣，被泪水和泥土弄得一塌糊涂。

傍晚时分，迎亲的队伍，仍无法启程。

贺喜的亲朋及村邻，为之动容，好心人抹着眼泪不停地劝女孩的父母——开弓没有回头箭。她父母，尤其是父亲不为所动，跺着脚，焦急地哭喊着。有的人，主要是亲戚，满是同情，不厌其烦地劝女孩识大体，早点"起嫁"。

哭着，喊着，僵持着，僵持着……

渐渐地，夜幕降临。

最后，她狠心的父亲，下令把女孩抬进了迎亲拖拉机的挂斗里。

女孩绝望的哭喊，无人应答，也无法应答，被无情地淹没在拖拉机的轰鸣声中……

后来，很多很多年，女孩都不回娘家。留下了多方的不愉快及遗憾。

有的，在电影场有意中人的女孩，特别勇敢地冲破传统思想束缚。经过和父母不对等的协商后，直接借机私奔了。留下的是，父母的追悔、痛苦及村民异样的目光。

这，到底有没有完美的结果呢？

露天电影场上，两情相悦，结果一般都不会很好。

那时，如果一方"一根筋"的激烈追求，或许带来误会，甚至引发家族之间矛盾。

在电影场出手的男青年，都是比较活泼、外向的，穿着也相对时髦。

他们在黑暗中，通常用推搡女青年，或其他可以引起注意的举动，进行试探式的"打情骂俏"。

遇到领情的，或外向一点的女青年，可以大方地一笑了之，或瞎聊几句。

遇到不食"人间烟火"的，就会"呼救式"地大叫。如果女青年已经被别的男青年盯上了，就会引起别的青年"醋性大发式"的误会。

由此，"救美式"和"吃醋式"的冲突时有发生，甚至演化成斗殴，或家族之间的争斗。可悲的是，家族之间还会长期积怨。

男青年，主动追求会被误会，男追女，天然的比较难。

女青年，主动追求，好像会顺一点。

不过，很少成为佳话，多数被棒打鸳鸯。有的，成了永远没有交集的两个人，只是电影场上一厢情愿的美好邂逅。

有一个女孩，不知在哪场电影上，注意到了一个眉目清秀的男孩。

每逢村里放电影时，她总是很早就到了，翘首以盼他的出现。找不到的时候，还会到邻村的电影场上找。

黑暗中，真的碰到他，她又不多说话，只是时不时地扯拽几下，伴随着嘿嘿的笑声，消失在黑暗的人群中……

后来，没有后来了。

那个女孩，再也没有在电影场上，看到那个男孩。那个男孩，随着改革的春风离开了乡村。

电影的记忆，是美好的。当然，不光是露天电影。

暑假中，连绵不断的大雨，像巨大的笼子，无形地罩着泥泞上的村庄，人们被困得寸步难行。

听着烦人的雨声，贫瘠的农村及村民更加百无聊赖……

一个午后，我坐在低矮的门框下，借着大雨反射的亮光，漫无目地翻阅着学习过的课本。

突然，暗了下来。以为又乌云密布，更大的暴风雨将要来了。

不，感觉错了，是一个硕大的身影。

他是邻居的邻居，比我大一些的男孩，穿着毛茸茸的蓑笠堵在面前，顺着蓑笠的茅草不停地滴水，把破旧的课本都淋湿了。

"你干什么？"我不耐烦地说。

"我们去看电影吧？"他低声说。

疑惑地问："到哪儿看电影啊？又不是晚上？"

他"猫下"身子，对着我耳朵说："去，去县城看。"

"啊，去县城看？下大雨，这么远，怎么去？我也没钱，又找不到地方啊？"我回应他。

"没事，我能找到，我有一点钱。我们把自行车扛到渡口，过河就可以上公路了，我载你去。"他神秘地说。

我瞅了瞅，锅屋里父母的动静。然后，沿着墙根溜走了……

我们一人扛着自行车，一人提着套着塑料袋的鞋。在雨中，光着脚歪歪斜斜地艰难前行。好几里的泥泞路，把我们折腾得满头大汗，根本分不清是雨水还是汗水，顺着脸颊不停地往下流。

终于，到了公路。

在沟边，快速地洗了脚、穿上鞋，飞上了破旧的自行车。

他如约帮我买了票。依稀记得，票价是四毛钱。

我不好意思地跟他说："只能让你买票了，我真的没钱。"

他轻松地回我："没事的，我爸爸前几天刚寄来一点工资。"

他的兄弟姐妹及其母亲都是农民，唯独他的父亲是城里人。因为他父亲原来是下放到我们村的知青，后来回城了。于是，就有了一定的工资收入。

他父亲婆了个农村老婆，生的孩子天然是农民。按当时规定，其父亲退休时，可以有一个孩子顶替到他父亲岗位上工作，成为城里人。当时的户籍制度，严苛得有点不近人情。

我低着头，没有接他的话，内心充满感激，这是我第一次在电影院看电影。

清楚记得，那天的电影是武打故事片，名字叫《忍无可忍》。其情节是主人公实在忍受不了欺凌和不公，最终，绝地反击，获得应有的胜利与尊严。

其实，人生的每一次坎儿，特别是逆境时，都需要"忍无可忍"的坚守和抗争。只有历经"苦行僧式"的煎熬和洗礼，方能赢得飞翔的空间和自由。

33. 摸黑踩泥为看剧

20 世纪 80 年代农村，基本没有电视可看。

国内电视剧也非常单一，没有什么选择。即便港台流行连续剧、歌曲……在尝试中慢慢地放开，落后、闭塞的农村，却很难接触到。

况且，在物质非常匮乏的家乡农村，电视机也买不起啊！连半导体的收音机都买不起，哪怕是很小的收音机，那时是越大越贵。

当时，改革开放的号角刚刚吹响，万物复苏需要足够时间，才能解冻消融，而非一日之暖。

思想、发展、文化及实践等方面桎梏得太久。包括与"港澳台"的交融。只有文化基因迈向融合，才能自然而然地激发出同根同源的共鸣。

宝岛台湾与大陆"隔绝"多年，但文化的同脉，人文的夙愿，两岸交流等方面的活动，在可以展开的领域，已慢慢展开了。

一个午后，小学边上的村庄被围得水泄不通，里三层外三层全是人。

我也不由自主地随着人流涌向中心点，当时年纪尚小，根本不知道是什么热闹，以为是唱戏，以为是打架，或以为是家庭悲剧……

一边想，一边拼命地往里钻。

边钻，边听到老人在议论："回来了，终于回来了！几十年了，太老了，终于可以回来了！如果再没有机会回来，可能就永远回不来了哦！都认不出来了，好像是一个外乡人！"

我听得一头雾水，不知他们在说什么？

有的老人继续接话说："几十年了，一定很想家，尽管台湾的生活条件比大陆好一些。"

有的说："我都不认识他了，估计他也不会认识我了，我们小时候，还光着屁股一起玩得呢！他离开家乡的时候，太小了，也就十几岁吧，就走了。记得，还和另外几个小伙伴一起离开的，另外的，至今生死不明。这次，他如果不冲破压力回家探亲，我们也不知道，他是生，还是死！"

老人们异口同声："我们挤进去和他说说话吧？"

"算了吧，我们分隔时间已太久，都太老了，彼此可能想不出小时候的记忆，我们留点时间给他家人吧！尤其，他那位苦思冥想的'痴呆'老母亲。"有的老人不无遗憾地叹息着并回应道。

"听说，他耳朵已经不好了，可能是年轻时被炮火熏的，和他说话很费力，都要对着耳朵说。"叼着烟斗的老人补充道。

听着，听着……

我始终没能挤进去。

过了一会儿，人群的中心向外散开。

这时，我从人缝中远远地看到一位高高的"老者"。

众人意犹未尽地说："啊！这么快，这么快，就走啦！"

人群的中心，围着他而移动……一直延续移动到宽大的土路上。

那里，守候着一部军绿色帆布顶的吉普小汽车。

人们纯朴的眼神，稀奇地、不舍地盯着小汽车扬起的尘土……

久久不肯散去，相互议论着，七嘴八舌地说："这次回来，肯定给家里很多钱，或带了很多好东西。"但没有人看到，只是好奇，或是羡慕，或是八卦一下而已。

我津津有味听得入神的时候，被急促的学校铃声，硬生生地拽了出来。

拼命地，奔向课堂。

"老者"魂牵梦绕的思母之情及勇敢决定，促成了这次潸然泪下的再相遇。

对于当事人来说，也许就是最后一次，这是遗憾中的美好，遗憾的历史无法改变，但美好的未来也许可期。

随后，台湾的"费翔风""邓丽君风"吹进了大陆的大街小巷，农村广袤的田野上，也会有年轻农民可以哼出他们的流行味道。

游子香港，当时还在英国的"租期"内，体制机制与内地完全不同，和台湾的情态也有差别。

然而，香港电视连续剧在内地却不胫而走，冲破了内地思想观念的束缚，唤起了对根植于中华文化电视剧流行的认同。如《霍元甲》《陈真》《再向虎山行》《射雕英雄传》等都深受欢迎。

破旧的街头，会看到香港电影、电视剧龙飞凤舞的海报；尘土飞扬的摊铺前，摆着的喇叭里时常传出费翔的《故乡的云》、邓丽君的《往事只能回味》等流行歌曲的美妙旋律……

让农村人，特别是农村青年人抓狂的是，这些文化盛宴好像与农民无缘。看来只能是日出而作，日落而息的命运，晚上除了干不完的家务农活，注定是寂寞的、无聊的、无奈的。

农村的青年小伙，可不甘于命运的安排。

晚上，总是找乐子。于是，长途跋涉摸黑去看香港版的电视连续剧。大雨也阻当不了"追剧"的兴致，因此，踏着泥泞出行是"家常便饭"。剧剧精彩，印象很深。《霍元甲》的情节，更能抓住孩子们的心。

那时，我是小屁孩。晚上，走远路去他村看电视剧，大小伙根本不肯带。

每逢有电视剧上演的晚上，很想早点吃好晚饭。

于是，在父母干农活没回家之前，就煮好稀饭，切好咸菜，等着母亲揉面做饼。有时，左等右等，等不到母亲，就喝点稀饭或干脆不吃，提前候在要去看电视剧的大小伙的家门口。

当时，我们村没有通电，更没有家庭有电视机。

晚上，我们需要走很远夜路，经过几个村，厚着脸皮才能看到不太完整的剧情。因为，我们无法确切知道节目上演的时段，有时，还会跑个空。

更令人心寒的是，有的家庭根本不让我们进去看。

透过门缝，可以窥见黑白电视的局部画面，屋内电视的声音把我们的心都撕碎了。我们只能无奈地向下一个可以包容"不速看客"的家庭进发。

一群孩子，拼命地跑向下一个目标。

雨天，我们更加惨兮兮的。基本都是光着脚，身上裹着塑料纸，十分不利落地尾随在大小伙的后面，跑着，追着，力求跟上。摔跤、划破、掉队等尴尬事经常发生。

最害怕的是，掉队而且落单了，因为，漆黑的夜晚，我们恐惧迷路。因此，不管发生怎样的意外，都得忍着，不吱声，立刻打起精神，意志坚定地咬紧前面的队伍。

如此折腾，剧情能看全才怪呢！

其实，有电视机的家庭，多数还是蛮可怜我们的。

能买得起电视机的家庭，基本都不是纯农民，至少有一个成员有微薄的固定收入，如在城里上班，哪怕是临时工。然而，教师家庭的经济条件再好，都不太会有电视机，因为担心影响孩子学习。

后来，在有连续剧的夜晚，热心的家庭会在门口的打谷场上，放张桌子，摆上电视机，调好频道，让我们外来客有足够的空间欣赏。

但是，遇到雨天，电视机当然不能放在外面，只能放在堂屋（朝南主屋）正对门的大桌上。

这样，屋里可以容纳的人很少，更多的人只能在门外看。电视剧看完，衣服都被淋湿了，裹着塑料纸并没有什么大用，况且，塑料纸也有破洞啊。裹得太严实，会热得难受。看电视时，还必须时不时地用一只脚底带着泥巴搓着另一条小腿，因为，该死的蚊子正啃得欢呢。

如此看剧，虽然寄人篱下，但还是充满期待地走过了几年天真快乐的孩童时光。

令人欣喜的是，我们村延续千年的油灯扔掉了，取而代之的是白炽灯。

我们村，也通电了。

我们，可能有电视看了。

大约一年后，果然听说，小学边上有台湾亲戚关系的那家，有一台很大的黑白电视机。

我们兴冲冲地贸然奔向他家。

电视好大，图像清晰，没有跳来跳去"刺花式"的细条纹。看起来，很是享受。

一边看，一边议论着剧情。《射雕英雄传》的大制作被大电视演绎得淋漓尽致。郭靖与黄蓉的唯美形象，更加立体、更加动人，其纯真的爱情更是深入人心，"跃然屏上"，古灵精怪的翁美玲饰演的黄蓉，不知俘获了多少少男少女的心。

农村青年被撩起的心，在当时的开放度下，只能"羞答答的玫瑰，静悄悄地开"。连贴张主人公的贴纸，都不太好意思公开。

一边看，一边感叹。大的电视机播的节目就是好看。

后来，村干部家有了一台彩色电视机。他家离我们家比较近。

电视机，从黑白到彩色的"鸟枪换炮"，我们这些"追剧人"喜出望外，趋之若鹜。

开始时，那家对我们的涌去，态度有点冷淡，有点暧昧，似乎"不亲民"，可能把自己当干部了。当然，不能责备别人，这，毕竟是"八小时"之外的事，不是吗？

最后，听了"民意"，开门释放，让我们进去看彩电，门外却拖着很长的"尾巴"。看客只能站着、侧着身子探出半个脑袋，费劲地陶醉在剧情的精彩中，连与剧情一起欢乐的空间都没有，因为大笑的膨胀表情，似乎让自己的头部更加拥挤。

这样，能看到彩电已经感激不尽了。

我们不敢奢望能舒舒服服地看，也不祈求他家的彩电能放在打谷场上让大家看。室外有露水，会影响电视机的使用寿命。毕竟，彩电还是新的。

如此"窘迫"地看剧，站的位置也很紧张。有一次，我迟到了一点，连半个头都钻不进去，只能在门外，随着剧情的声音，时而踮起脚尖向屋里张望着。

这时，门内传出一个柔和的声音："爷①，你到里边来吧！"

我不知所措，还没看清楚谁在喊？看剧心切的我，未作迟疑，就迫不及待地在墙角上刮去沾在鞋边黏糊糊的泥巴，侧身使劲地钻进屋内。

一个长条凳上，挤坐了几个成年人，其中一头，空出了大约可以搭半个屁股的空间。

站在旁边的女孩，没怎么看我，只是示意，让我坐下。

---

① 爷，方言"叔"的意思。

忽闪且昏暗的电视光亮下，没看清，她是谁。

散场了，她也不见了！

从那以后，我去看剧一般会有个座位，也真切地收获了一份永久的感动。

后来，随着离家读书学习任务的加重，假期和周末需要帮父母干家务或农活，也就没有时间看剧，更没有心情"追剧"了。

34. 信由心生

初一的时候，大约写了一个学期的日记。老师说，写日记可以提高作文写作能力。

日记中，基本是上课、考试、解题、锄地、割草、收割、村邻矛盾、命运改变等苍白素材。狭隘的视野，空洞的社会感知，思维被禁锢在有限的认知中，日记索然无味，因此搁笔。

也许缺乏细致观察社会人情冷暖的能力，也许是学习、生活的窘迫，无暇顾及，无趣而为之。

不是借口，的确心境了无。

尝试和日记中的角色、社会及"理想国"进行交流式的对话，让局促在狭小角落里的自己，丰富着内心的"简单"。

"简单"给了我观察世界独特的视角及成长的动力，而我注定要用行动去探索成长的路径，去证明梦想不是一场缥缈的空无。

"简单"一直在我身上流淌，始终和内心情怀、社会认知、价值成长等要素进行聚合反应，试图汇聚成一道光，装点不同时空转换的载体，照亮着理想坚守与现实修行，不断激发着心智、能力及思想的日臻成熟。

书信是"简单"的物化载体，就像敞亮心境的涓涓溪水，印证着成长的艰辛足迹。

初中的一次月考后，收到了人生中的第一封信。这封信一直压在箱底，后来翻阅过，没有什么特别内容，就是问些学习的点滴。

写信的人，既熟悉又陌生，同村的很熟，但很少说话。

就这样，鸿雁传书近10年，谈学习、谈压力、谈困惑，偶尔谈谈未来命运。

这信，印象深刻，难以磨灭！

有的信，为之兴奋，也为之愧疚。

在紧张备战大考之际，整天题海拼杀，试题资料需求量很大。很难买到合适的复习资料，大多数都依靠老师刻板、油印。

有时，会到书店，找寻复习资料。不过，高考7门"主科"复习资料的费用支出，在连饭都吃不太饱的家庭里，还是有点奢望。

班上，家里有教师背景的同学，复习资料比较多，互借是常有的事。资料多数是破旧的，有的练习册已经被做了很多遍，只能把题目抄下来，进行学习验算。即便如此麻烦，我也乐此不疲。

这些，旧的学习"秘籍"主要以理科科目为主，因为文科资料有时效性，会过时的。

我的同桌，是一个教育世家的孩子，他的父亲是农村教师，他有五个哥哥，四个是师范类学校毕业的，还有一个是师范大学本科在校生。

他的复习资料，自然很多。

有一次，他反复翻阅着一本"古老"的英语词组学习手册。类似封面的还有化学、物理等科目。

他每次考试，尤其化学、英语科目，总能切中要害，精准答题。

向他讨教，总是躲躲藏藏的，只是轻描淡写地传授一下结果，过程与细节避而不谈，诀窍在他自己的逻辑里，我弄不太懂。

　　于是，想拥有如此复习手册。

　　"复习手册哪买的?"我试探地问。"别人的，这么旧，可以买吗?"反问我。

　　"那谁的? 我也想向他借。"接着问他。"你没机会借的，我哥的，他在上师范大学!"自信地对着我说。

　　"太厉害了，你哥哥是大学生啊!"他接着说:"怎么啦? 你以为是农民啊?"

　　接着，自言自语地说:"我还有四个哥哥师范已毕业，都在城里做老师呢。"

　　我的话咽了下去，低下头，无言以对。

　　那以后，我习惯蹭同桌的复习手册等资料。他心情好时，尤其考得比我好很多时，在不太构成很大威胁的情况下，学习手册会对我开放一两个晚自习。

　　他的学习手册，真的不错。老师没讲到的，它讲了，老师讲到的，它总结得更系统、更容易理解。

　　朝思暮想，拥有一套这样的学习手册，多好啊!

　　怎么办呢?

　　在同桌的学习手册上发现，该书是省城教育出版社出的，在破碎的封三上，好不容易找到了地址。

　　于是，冒昧地给出版社写信求助。

　　记得，信写得很长，非常认真，用心地诉说着没配套学习资料的焦虑，无处可买的困惑，请求出版社寄一套相关学习手册，适当的时候一定寄付费用。

　　信，情真意切，穷苦好学跃然纸上。

　　等待的时间，很漫长。

课间，邮递员的到访，触动了我对出版社的格外尊敬。他们寄给我好几本复习资料，除了我想要的学习手册的最新版本，还送了相关科目的练习册。

在同学注视的目光下，我一边抚摸着，一边小心翼翼地把新的"复习宝典"摆放到桌肚里。然后，还在桌肚里摸了又摸，稀罕得不得了。

寄书的包装里，出版社老师还附上一封信。

信，简洁明了——祝你学习进步！注意劳逸结合！看到此，双眼不禁模糊。

信，只字未提费用之事。

很感动，肃然起敬！

学习的忙碌，没有多想复习资料费用。以为没提费用，就不要费用了。

当时，把自己以为的，就以为是。是有了复习资料，就不急了？还是，不想信守诺言的内心在作祟呢？

直至，考上学校，也没有主动去邮寄过费用。

后来，时常想起，一直愧疚！

有的信，是为表达内心的歉意，但未能寄出。

上学时，经济条件一直非常差。

大学时，更是如此。因为父母的年纪更大了，只能靠几亩田的收入，基本没有其他经济来源。

大学期间，有一次学校要交什么费用，实在没钱了，曾向同级老乡借了 100 元钱。在学生的认知中，数额不小。

经了很长时间的省吃俭用，才给还上。

快毕业时，老乡托同学提醒我几次——还钱。而我坚持已经还上了。

为此，非常难为情，好像做错了什么。

真是的，校友帮了我，却留下这样的误会。

可惜，命运弄人。囊中羞涩的我，实在没钱"再还"一次。

当时，帮我的校友对我很失望。而受校友之托，向我传话的同学，选择相信双方，也很遗憾。

曾扪心自问："是时间久忘了还了，还是还了忘了？"自责无济于事，答案无从而得。

很多年过去了，这事还是如鲠在喉。

刚工作时工资低，而继续学习的投入又不小，我的经济状况并没有一丝好转。

有一次，回家过年的路费等开销不够，就向和我同一年进公司的同事借几百元钱，同事一本正经地跟我说："你写个借条来。"在他看来，再正常不过了。

可是，我的心顿时凉了。因为，在家乡的认知里，彼此信任才借钱的。不需什么借条的，更何况几百元的数目也不大。

经济宽松时，有人向我借钱。一般什么手续都不要，除非对方主动办手续。有时，基于信任坚持无需手续，事实证明信任是准的。

不太信任的人，也会向我借钱。只能预判其偿还能力，不"打脸"的少借点，即使少点，也有石沉大海的。即便有完备手续，就是"躲猫猫"不还的。你能奈何？

不管有无手续，有无契约，既然承诺了，诚信是第一位的。

我一直恪守，不管处在什么环境中，即使在纷繁复杂的商业环境中，也是如此。

但是，大学借钱的事情，一直让我无法释怀，有一种深深的负罪感。

几年前，为此写了一封信。不是想向校友解释什么，主要意思是愧疚！感谢他在困难之际帮了我。

打听下来，很遗憾，没有找到可以邮寄的地址。

时事变迁，最能把心迹说透的信，无奈"弃用"了。想当面跟他说说，问了一些同学，并没有得知他的具体下落。

这，只能搁置在心里。

有的信，真的是信了。

毕业那年，是国家试行毕业生"双选"就业政策的第二年。

放弃学校推荐（分配），主动接受"双选"——自主择业。在我们学校比较时髦，可能每个人都想去自己想去的地区，从事有兴趣的工作。

我也想去心仪的地区，找寻着实现自己梦想的栖息地。

当然，不是登门求职，那样，成本太高啦。

这时，求职信就派上了大用场。

我的目标清晰，向东南连片的三个城市，投了几份求职信。

有一家单位，看中了我，第一个回了信，通知我去面试，就这么定了。

那时，进一个发达城市比较难，不是名校毕业的，可能更难。有一项费用好像叫"城市增容费"，如果单位觉得求职者不错，会帮交上这个费用。如果单位不交，想入职的，就得自己交上该费用。印象中，我没有交这笔费用。

求职信，就是单位信任的载体。条件限制，求职信无法做得漂亮，但既要严谨，又要正式。

当时，自己没有电脑，外面的文印店也不多。

我的求职信及简历，是校门口附近一家工程公司的文员帮我制作打印的。至今，还记得她的帮忙，耳际也会萦绕着她的北方口音。

毕业后，下一级的校友写信，请我帮忙，为其找工作。

我也回信了，帮其张罗了工作。

校友的"双向"就业协议也签了，单位所在城市的人事主管部门在协议书上也盖了鉴证章——同意接收。

遗憾的是，该校友没有到单位报到，也没有回复任何原因。

我的信任，是不是"白瞎"？

有的校友，多次来往书信后，让我很信任。似乎应了拉卡拉公司的创始人所说："大学交的朋友百分之百靠谱。"其邀我合作创业，凭一份项目计划书（信件），就傻乎乎地信了。

那次，我血本无归。

商场打拼多年后，回忆起当年那份粗制滥造、夸大其词的项目计划书。

我怎么就信了？是谁不靠谱呢？

没经验，还是什么原因？其实都不是，就是信任对方，觉得不会是个坑。

事实呢？天，才知道。

有的信，似缘，非缘。

座位，前排的她。

我一直知道她的存在，但除了一起上课，没有任何交集，更没有交往，哪怕是书信也没有。

当时，考上大学是非常渺茫的。农村孩子可能性更小，犹如癞蛤蟆想吃天鹅肉，不管怎样，我们还得和农民命运死磕到底！在拼命挤"独木桥"的过程中，哪有时间感悟周遭的"风吹草动"？

有幸，我们都挤进了象牙塔，去了各自的学校。

大学的学习氛围、目标、定位和以往都不一样。有的人松下来了，有的人应付了事，有的人浑浑噩噩连"钟都不想撞"，有的人认真钻研、高目标学习，有的人在全面学习的过程中明确要什么、不要什么。

我基本属于最后一类，冲着目标和命运煎熬死扛。世代农民的苍白，什么都得靠自己努力，都得靠自己的韧劲与坚守。

所以，学习、生活、能力锻炼的压力及紧张程度，和备战高考时相差无几。通过自我加压的拼搏，试图抵消自己的一些不安全感，也为未来命运增加砝码，哪怕一丁点儿。

在适应大学生活的过程中，前途未卜的情况下，拿起纸和笔，在空荡荡的阶梯教室一隅，烤着"秋老虎"照进来的火辣光线，擦拭着额头的汗水，静静地跟座位前曾经的她，诉说着学习的不适、青涩的迷茫及前途的压力。

这样的"生活"信件，不紧不慢地来回传递着——"学生时代，每周快乐的收信、读信、写信、回信的过程……那是，懵懂无知时，对未来的希望……"

这一切，是填补成长空白的温馨，随着毕业季的来临，被无情地彻底打碎。

毕业了，工作了。信，也断了！

似缘，非缘的美好，化成了"泱泱众生云，梦晏一片海"的远远凝望，在温暖柔和的夕阳下默默地感伤。

有的信，伴随成长。

家族里，我是第一个通过"啃书"改变命运的。因此，对晚辈读书的期望很大。

继而，也少不了收到晚辈汇报学习、成长情况的书信。

这些信，很稚嫩、很纯粹像一汪清泉，需要掬起引导与呵护。现在读来，更像学生向老师的"思想汇报"。

庆幸，能成为晚辈成长路上同频共振的引路人。尽管也彷徨过、失望过、遗憾过……他们，还是让我充满着成长的期待。

刚参加工作时，工作、学习、感情都存在很大不确定性。穷困外乡进城的我，由于风土人情、人际关系、价值取向、生活基础等方面的迥异，时不时迷茫缠身，处在"崩溃"边缘，经常感到无力、徘徊及无奈，种种不适，重重压力接踵而至。

鲁豫在《偶遇》中指出："无论是谁，我们都曾经或正在经历各自的人生至暗时刻，那是一条漫长、黝黑、阴冷、令人绝望的隧道。"其实，每个人在自己的生命中，都曾有过孤独寒冬和孕育成长的过程。当时,我可能又一次处在这样的至暗时刻,初入社会的焦虑需要倾诉、压力需要释放及自我修复,但更需要"高人"点拨。

于是,我经常给省城的远房堂姐夫写信,请求他的指点。他是省城下放到我们乡其他村的知青,多才多艺。小时候,经常仰望着星空,听着他讲那动人的故事。

书信,是我听堂姐夫教诲,指点迷津的媒介。

感谢书信,更感谢姐夫。他让我及时走出了心理的囚禁。

信,记录着成长的心路历程,也有《同桌的你》《致青春》《那些年》的青涩、美妙、悸动与意气风发。

心雨五　流离乡情

35. 说书的消失

乡村是文化的承载者，也是传承者。

乡村的文化本是多元的，丰富的。但是，却在流离中蜕变、消退，甚至消失。

著名文化学者冯骥才的重要工作之一，就是拯救乡村的文化村落、历史名居。

但是，好像没有包括民间风俗、乡村"非物质文化遗产"的保护。也许，个人力量有限。这些都需要保护与传承，他们是乡村的魂。

家乡，有"说书戏场"的文化活动。不是固定场次，只是偶尔举办。

说书，在民间流传很多年，是文化的活化石，在农村尤为盛行，至少在我的家乡，在我的童年记忆里如此。

在月朗星稀的夜晚，大集体的打谷场上，村民，有的席地而坐，有的躺在蛇皮布上，有的睡在破凉席上，有的趴在草垛上，有的仰望星空，有的轻声议论着……

在皎洁的月光下，他们共同的事情，就是聚精会神地聆听，说书先生抑扬顿挫、激情澎湃地说着《杨家将》中"杨六郎探母"的精彩情节。

说书先生和着鼓槌落在小鼓点上清脆的"变奏"节拍，口若悬河、妙语连珠……

佘太君、杨六郎等人物栩栩如生、鲜活丰满，随着锣锤敲下分隔符的声音，传得很远、很远。

说书的声音与夜晚的雨露交融，富含营养、沁人心脾，进入听众的心坎里，落入干涸的大地上，山河得以汲取，花木得以滋养……

那时，我非常敬佩说书先生。他是怎么记住那么多词的？演出全场没有稿子，没有灯光，即使有稿子，也根本看不见啊？

其实，他们在说书的演绎过程中，完完全全信手拈来、烂熟于心、自如洒脱。

说书先生是匠人，在非常小的时候，就要拜师学艺。

按照"道"与"行"规，艺不精是不能出师"下山"自立门户的，更不能招收学徒。

因此，我们听到和见到的说书先生，都是经过千锤百炼、层层考核、德艺双馨的艺术匠人。

说书先生的戏场，对于年长的人非常有吸引力，他们一场不落，场场入心，特别喜欢挤在前面。

我父亲，也不例外。

由于某种情结，父亲很崇拜说书先生。村里，有的戏场，就是由于父亲的缘故而上演的。

一个清明节前夕，大集体偌大的牛棚里，挤满了来自四面八方的陌生男人，估计有100多位，他们有着共同的特征，都背着小鼓，提着小锣。

父亲张罗着从集镇上租了很多被子，铺在牛棚高低不平的地面上。他们席地而坐，相互谈论着……

随着棚外吆喝的喊声，男人们都冲了出去。

他们齐心协力地把牛车上的巨大条状石块卸了下来，小心翼翼地放平放稳。孩童的我，看出了一点端倪，是一块墓碑。

道劲有力的主碑文，密密麻麻的落款，深深地镌刻在崭新的碑石上，碑文的鲜红透露出庄重和历史的沉淀，也折射出文化的传承……

　　"这是谁的墓碑？这么多人，为谁立碑！"我禁不住问父亲。

　　他说："你曾祖父的一个兄弟，是说书先生，是艺人。当时，收了很多徒弟，第一代徒弟多数已过世，在的，也非常老了，这些'同门'徒儿、徒孙们，明天要为你说书的'堂太爷'立碑，纪念他老人家的指教。"

　　哦，我摸着小脑袋，继续看着热闹。

　　忙着，忙着，夜幕降临。

　　牛棚里，挑起多盏煤油马灯，灯火通明，在商量着第二天立碑仪式的具体细节。

　　突然，牛棚里的灯，暗了下来。

　　众人都移步到门前的打谷场上，几位说书先生一字儿排开，架好鼓，端坐好，一起落槌，一起起槌，节奏整齐划一，此起彼落地演绎着"重奏"……

　　说书先生，说得汗流浃背，酣畅淋漓。

　　七里八邻的百姓，听得丝丝入扣，酣爽在情节中，陶醉在说书人描述的情景里。

　　那个特殊的夜晚，上演了一场说书的盛宴。一拨又一拨的群口说书先生轮番上阵。虽然都是"太爷"一脉相承的艺术匠人，却呈现出了演绎创新的艺术品位以及个性鲜明、精妙绝伦的感染力。

　　那夜，是说书的风云际会，也许是没落的"狂欢"。

　　尽管立碑了，挽留不了说书先生的消失，也阻挡不了说书艺术的消亡。

　　好像，一言戳中。

　　乡村文化的荒芜，似乎已无力回天。

到底，靠什么来振兴，靠什么来传承……

"为了忘却的纪念"的形式或载体应该有吧？总不该消失得无影无踪吧？

消亡，也许是时代更迭使然？

"大集体"消失后，说书先生也很难见到了。打谷场上规模大、人气高的沸腾戏场，只是书迷们虚无的酸楚及遗憾的回忆。

说书先生的戏场，被社会的发展进步，无线技术的应用，搬到了半导体收音机里了。

那时，家喻户晓、妇孺皆知的两位说书先生，一位是刘兰芳，一位是单田芳。

"广场版"的说书戏场消逝了，收音机里出现了说书戏场。

在收音机播评书《杨家将》的中午时分，街头会飘出刘兰芳那富有激情、富有磁性的声音。也会看到市场上、店面前、地摊边三五成群地围在一起表情凝重、"纹丝不动"地听着评书（说书）的人们。

问题来了，农村哪有收音机啊？

还好，农村里并不是清一色的农民，有的是"似农非农"身份，尽管只有那么一点点"非农基因"，哪怕是短暂的，也会让绝望悲怜的农村人，有了一丝丝希望的可能。

这位"非典型"农民，是村里伤残退伍军人。他是吃国家补贴的农民，比纯的农民经济条件好多了。

他家有台熊猫牌收音机。

收音机就像巨大的磁铁，形成了偌大的磁场。把四面八方的书迷都吸引过去了，为的是《杨家将》，为的是刘兰芳的精彩评书，为的是心情愉悦及充实……

他们以收音机为圆心，围了一圈又一圈，越往内核中心越紧实。大家都探着脑袋、侧着脸、伸着耳朵，恨不得把耳朵扯下来，放在收音机的喇叭部位，害怕听不到、听不清，唯恐漏掉任何一个字节，哪怕是刘兰芳那富有个性的尾音都容不得错过。

这是农民对说书的执着与痴迷，还是对农村文化流失或消亡的一种挣扎？还是无聊农民对内心波澜的自我救赎？

后来，我也有了一台同款的熊猫收音机。无钱特地买它，而是姐姐的嫁妆，被我要回来的。

有了它，除了学习，不再孤独。干农活时，形影不离。

当时，收音机是收不到几个台的，音质时好是坏。不知是质量太差，是技术太弱，还是信号原因。

令人不敢相信的是，有时会突然听到境外"敌对势力"的刺耳声音。碰到此，立即心惊胆战地关掉收音机，决然地把它扔到一边，感觉"中毒"了。

收音机听《杨家将》是主要作用。

运气好时，还会听到港台的流行歌曲，但总是听不清，杂音太大。于是，把收音机堵在耳朵上听，没有改善，就反复调换收音机的体位（方向），还是无济于事。只能，粗暴地拍打或摇晃它，声音忽强忽弱，还是不怎么行……

"收音机里说书的人，离我们太远了。唱歌的人离我们更远，听得清才怪呢，你别折腾它了！"大腹便便的伤残军人经验老道地调侃。

收音机，当仁不让成为农村新的"说书先生"。

即便如此，乡村传统的民间、民族等特色文化，该传承的还需要以不同方式传承。否则，若干年后，有些乡村、有些"族落"也许只剩下荒芜的土地，到时，人们将只能一声叹息了！

其实，农村消失的，远远不止说书的风土文化。乡村文化内容、载体的没落、退化及消失趋势，可能已经成为一种无法阻挡、无法挽回的现象。

值得深思，值得反思。

也许，更需要知行合一。不是吗？

36. 玩什么

小时候。

没什么可玩的。

哪来的玩具啊？

自制弹弓、自制火石枪、自制"摔纸牌"、自制铁环、自制陀螺、自制风筝、自制哨子、自制鸟窝、自制滑冰板、自制独轮车、自制玩的工具等。

独轮车，是用两根 1.5 米左右的结实木棍，通常是家乡常见的槐树木。把它们用铁丝与细木横挡固定成梯形，握手端宽约 100 厘米，装轮子端宽约 20 厘米。在装轮子端的横挡上，套上直径约 30 厘米的废轴承。

如此，多功能的独轮车就做好了。可以让小伙伴坐在横挡上，互相推着玩，还可以在横挡上绑上粮食袋子，推着去加工点加工。虽然独轮车轮子小无法推得快且比较费力，但总可以避免肩扛的辛苦。

那么，为什么不用大的独轮车推呢？因为，年龄小，身高不够，提不到合适高度，车的腿会刮到地面，影响推行。

独轮车，既是玩具又是工具。

那时候，就喜欢捣腾车。

父亲的破自行车，会被我拆了又装，装了又拆。当然，不是闲情逸致的拆装游戏，而是为了修理。

开始几次，要用大力气的环节，就得父亲帮忙；后来，熟能生巧，扒外胎、补内胎等就得心应手了，实乃寓修于玩。

还有，为了学手艺，还当起了木匠的体验"玩家"。

小时候，喜欢默默地站在邻居的木工制作现场，偷偷地学，思量着自己如何搞。邻居是自学成才，会做各式各样的家具，很羡慕。

稍微长大些，挖空心思收集木料，找来工具，动手制作椅子，经历很长时间，终于做出了一张像模像样的小椅子。它是我唯一的木工作品，在家里放了很多年，承载了儿时的木匠梦。

鱼叉、鱼夹等工具类的玩具，都是自己制作。

那时，夏天上下学，会带上鱼叉叉鱼，或叉青蛙（当时，不知受保护）。

晚上，会和小伙伴手持电筒，沿着河边照亮浅水处——夹鱼。其实，不是和鱼过不去，就是嘴馋，还喜欢得手时的兴奋童趣。

还有，玩不用花钱的游戏，如跳"格子"、跳绳、滚硬币、打水仗、躲猫猫，等等。

有的玩具，制作过程很复杂，需要向大孩子耐心地学，自私的大孩子还防备着呢，只能偷学哦。需要力气活的时候，只能求助大孩子帮忙，没有制作工具时，只好绞尽脑汁地想办法。

比如，火石枪的制作过程，就比较困难。

首先，需要找到一根60厘米左右的直径约3毫米的铁丝，弯成手枪形状的架子，尾收在"枪管"处，即是一根约25厘米的直直"枪管"。

然后，把废旧的自行车链条，放在偷取来的煤油中浸泡。链条是一节连着一节的，节俗称为母扣，节与节之间是通过外侧两个"倒8"形钢片用铆钉连着的，铆钉轴处是链条的关节。链条链接非常严密牢固，需要用坚硬的冲钉，顶出铆钉获得母扣，确实难。

好奇心和想玩的冲动，迫使自己想方设法，把"吃奶"的力气都用出来攫取母扣，一般需要20节左右，一天也弄不到几个。母扣端部分别有一个孔，一个是串在"枪管"铁丝上的，一个和其他母扣孔相互对准后形成近20厘米的孔道，这就是火石枪的弹道孔。靠近枪头最后母扣的弹道孔，需要用自行车辐条螺母铆牢铆实。

最后，用和枪架一样粗的20厘米左右的铁丝，一头弯成拉手，一头磨成塔圆状的头，作为枪栓。用铁丝弯成钩状的扳机，套在枪把上部竖起的铁丝头上。找来橡皮筋，或自行车内胎沿断面剪成的圈状皮筋，用一根皮筋套牢所有母扣，予以固定使其成为整体畅通的弹道；几个皮筋合股，一头固定在枪头，一头套牢插在弹道枪栓的拉手端。

这样，火石枪就大功告成了。

只要后拉枪栓，把拉手端套在枪把竖起的铁丝头上，接着向一侧扳开枪头第一个被堵住的母扣，枪头向下装上类似于火柴头的火石，整齐所有弹道母扣。

火石枪就相当于上膛了。随时，可以发枪。

不过，不要担心，没有杀伤力的。

开枪时，伴随枪头冒出的青烟，还会听到一声清脆的声音，如果火石装得多，声音会大一点，青烟中还带有火星喷出。

每次开枪，孩子们好奇的眼神，羡慕得难以移开。

不管怎样，基本没有花钱买过玩具。当时，在吃饱饭都是问题的情况下，纵使孩子强烈期待，买玩具也是不可能的。

当然，有的玩具是工厂生产的，如扑克牌，气球等，自己根本无法自制，只能买，不是现金，而是用废旧的可回收的废品

"垃圾"换取。

攒废品，如胶鞋底、废塑料纸等，也不容易。哪有胶鞋？哪有底？我们穿的，基本是麻绳纳的废布底的鞋，偶尔，才会买双军绿色的浅帮解放鞋。

当时，对于农村青少年而言，特别企望的回力牌运动鞋，是高档的奢侈品。

如此，可回收的废胶鞋底，自然少了。同样，废塑料纸也一纸难求。

为了梦寐以求的扑克牌，只能到处拾捡可回收的废品。在工业落后、商品匮乏的年代里，农村可回收的废品"垃圾"极其的少。

终于，攒够了。提着一大串废品，鼓足勇气追着卖货郎①，置换扑克牌。

满脸皱纹的瘦老头——卖货郎，握住筐，停下挑子及手中招揽生意的大拨浪鼓，夹杂着浓重的北方口音说："这，怎么够呢？扑克牌要3毛钱，才可以买到的。"

"老爷爷，帮帮忙，我的废品很重的，够的，真的。"我央求道。

"不行的，不行的，换不到，换不到。"他透过筐罩的网格，看着琳琅满目的小商品对我说。同时，用深邃的余光斜斜地瞄着我失望的窘样。"要么，你再去找一只胶鞋底。"

我把一串废品递给了他，一溜烟地跑开了。

过了好久，耷拉着脑袋回来了，继续缠着卖货郎。爷爷长，爷爷短地叫着。

他可能被我缠得烦了，或出于同情。

突然，跟我说："好吧，今天扑克牌先给你，记住，我下次来时，

---

① 卖货郎，指挑着杂货担子，或推着独轮车，走村串巷从事小买卖的人。

补一只胶鞋底给我。"

我高兴地使劲点着头。

揣着来之不易的扑克牌，冲回家中。

翻出母亲做鞋底的白布，照着扑克牌盒子，剪出盒子的包装皮，用糊鞋底的稀饭糨糊，认真、细致地把扑克牌盒子上糊了一层布膜，每个角，每个边，都包严实。

立在阳光下，注视着，生怕它飞了。

好长时间，糨糊才晒干。

于是，非常牢固，可以更好地保护着那副爱不释手的扑克牌了。

那副扑克牌，我玩了很久、很久。玩得皱巴巴、软不拉叽的，还舍不得扔，整整齐齐地压实，装好。它承载了我无法磨灭的童年记忆，是我第一副扑克牌。

另一个，工业品玩具——气球，来得有点特别。

气球是我童年最难得的玩具之一。气球的来源，主要有两个。

一个来源，是捡废品到游弋在村间巷尾的卖货郎那里换。

另一个来源，可以从省城铁矿工作的退伍军人那里得到。他每次回村探亲，都会带回很多"气球"。

这个"气球"很特别。至今都不知道，到底哪来的那么多"气球"？永远是个谜。

据说，是退伍军人下井采矿的劳动用品。他下井作业时，善意省下来的，以便给家乡孩子们当玩具。

这个玩具，每次都需要等上半年或一年的。他探亲的周期很长，可能工作走不开，也许路费太贵。

即使，他探亲回来，村里的孩子也不一定能人人一个"气球"。

他每次回来，孩子们都蜂拥而至。唯恐去晚了，就要不到了。

孩子们手持"气球"在村里欢欣雀跃，酷似庆祝节日的欢腾。他们都很珍惜着、爱惜着，欣赏着自己玩出的花样。

偶尔会听到"啪"的一声。孩子都围了过来，有的"气球"爆了。遗憾之余，捡起碎片，蒙在嘴上，猛吸口气，碎片就凹陷到嘴里，立即抿严，迅速拧紧嘴角边的气球片，捏牢，从嘴里拉出，一个微型气球就做好了。

捏在手里，举得很高，迎着风、欢快地逍遥自在地跑在大"气球"的后面……

过了一短时间，村里的孩子们就会眼巴巴地期待着退伍军人的归期。

依稀记得，他高高的个子，单肩上背着口袋，大步流星，匆匆地向忙碌的家人走去，在田间夕阳的勾勒下，微驼的背，显得格外清晰。

他口袋中，就有良苦用心为我们捎回的"气球"！

其实，这"气球"，不是气球。

那是什么呢？

李奥导演的电影《硬汉奶爸》中古灵精怪的然然，就用他爸爸的"套套"吹了两个气球，扣在小背包上玩，让人啼笑皆非。

其实，那位退伍军人的"气球"，就是新的"套套"。

他的特别礼物，给村里的孩子们带来了特别的回忆和无限的乐趣！

令人痛心的是……

20世纪80年代初，在一个春寒料峭的季节里，一辆省城的面包车，根据退伍军人的家庭住址摸到了我们村，把大叔家剩下的4口人全部接走了，3个孩子中，最大的只有13岁，还是小学生呢！

据说，一直给孩子送"气球"礼物的爱心大叔，非常不幸地遭遇了井下生产事故。

大叔的噩耗传来，乡亲们为之惋惜。

孩子们，就此也失去了远方的期待，割断了难以舍去的念想。

另类的"气球"断了线，无情地飘向了不着边际的远方……

心若在，气球若在。

大叔家的孤儿寡母，艰辛地在省城维持着生计。

好在，大叔的单位为 13 岁的孩子安排了工作，类似于顶职。顶职是计划经济时代的产物，就是父母退休时，一个子女可以进入父母所在单位工作。其实，大叔的孩子是照顾性的工作安排，不符合顶职条件。

大叔妻子的坚强付出，逐渐驱散了大叔家悲凉的阴霾……时间，成了他们孩子艰难成长的助力与见证。

当时，农村孩子没什么可玩。成年人也没什么可玩。

除了，没日没夜的农活，基本没什么节假日。

阴雨天期间，妇女们可以做点针线活。大老爷们多数游手好闲，搓麻将、玩"纸牌"即"小来来"——赌博，有的还染上酗酒的恶习。

那时，没有地方可以打工，对外面的世界充满无知，生活境况显得无趣、无聊、无奈。

男人们都能喝上两口，他们多数勤劳、纯朴、上进、持家。

有的，却逢酒必喝，一喝必醉，没机会喝，创造机会喝。

就算一个人，没有菜、没有气氛也要喝上几杯。有时，一天喝两三顿，甚者，一顿喝两三个地方（酒席）。

如此，喝下去，不耽误事才怪。最可恶的，还惹事。

老婆唠叨，影响到男人喝酒的兴致，女人就会成为酒鬼拳下的靶子。

更令人唾弃的是，有的酒鬼打完老婆，还会去欺负别人的老婆。其实，不叫欺负，应该叫滋扰，就是胡乱地耍着酒疯，对着她们骂骂咧咧，甚至，动手动脚。

当然，遇到钉子，这个酒鬼会招来一顿暴打。

爱心大叔的老婆，离开家乡之前，经常是酒鬼装疯滋扰的对象，大叔在省城也无能为力。好在，恨酒鬼的人很多，每次都会有好心人把酒鬼推倒，摔入庄稼地……

有的酒鬼，酗酒如命还染指赌博。闯下祸害后，受法律惩治接连"进去"几次，仍屡教不改。导致妻离子散，家产荡尽，穷困潦倒，最后，命丧"酒泉"，咎由自取。

这是，农村文化"堕落"的社会环境导致？还是自身的缺陷？是没什么可玩造成的？还是"瞎玩"酿成的苦果？

37. 抓鱼

儿时，平常沾不到鱼腥味，即基本吃不到鱼。

那怎么办？下水里抓呗！

抓鱼①，是一种捕鱼的方式，即用斗子舀去水沟或水塘中的水，对见底的小鱼小虾一网打尽，连幼崽都不留，似乎有点不人道。生活食品非常匮乏，我们只能"涸泽而渔"。

农村孩子，打小就喜欢水，也喜欢抓鱼。

在水边玩大的孩子，大多都会游泳，只不过是"狗刨式"的游泳方式，掉水里一般淹不死。

那时，夏天的中午通常泡在水里，主要在运河的浅水处或在鱼塘里嬉戏。

年龄小时，还不能独立游泳，只能跟着大孩子一起混，我们经常趴在鱼塘的浅水区嬉水避暑。

不大的鱼塘，被孩子们的各式游法搅得"天翻地覆"，像黄河的水一样浑浊不清。

这时，"鲶鱼效应"出现了，受不了浑浊水质的鱼，时不时飞出水面，呼吸新鲜氧气。

---

① 抓鱼，即抽（舀）干池塘或水沟的水进行捕鱼。

大孩子们，会兴高采烈地贴着水面上空抓鱼。

在近岸戏水的小屁孩，看到水面上穿梭飞着的鱼拍手称快。同时，羡慕大孩子们可以抓到鱼。

突然，我们头顶或面前也飞起了鱼，吓得我们扑腾起水而模糊了双眼。感觉都是比较大的鱼，有的飞到了岸边又跳滚到水中，有的直接飞到了岸边的草丛中……

发现个办法——"守株待兔"式抓鱼。于是，我连滚带爬地上了岸，在岸边草丛中蹲守，等着鱼飞上岸来。

果不其然，接二连三地飞上了几条。鱼比较大，我力气小，根本按不住，又跳回水中了。

搏击了一会儿，终于按住了一条很长的鱼，用力一直按住，用尽浑身解数地按住……同时，若无其事地看着他们游泳，看着鱼儿无可奈何地飞着。

在我手下的鱼，挣扎好长时间后，终于不动了，试着松开手，真的无力再反抗了，缺水让它失去了活力。

好大的鱼，却死于一个小孩的"残忍"之手。于是，把它拖到岸边的玉米地，埋在泥土里。

然后，回到鱼塘，继续避暑。

这时，水更浑了，飞出水面的鱼，更多了……

"你们小鬼，翻天了，看把鱼塘搅成什么样子。鱼都被你们搅得无法安身，会呛死的。你们赶快上来，不然我去找你们父母。"我们听到了吼叫般的呵斥。

"快，快，生产队长来了"！

我们急忙冲上岸，光着屁股冲进了玉米地……有的，连衣服都没来得及拿。

生产队长不依不饶冲着玉米地喊："你们快出来，我看见你们了，知道你们是哪家的了。如果不出来，我马上去找你们的大人"。

一阵喊叫后，吓出了胆小的以及比我更小的小孩。

他们基本供出了"大闹"鱼塘的"罪魁祸首"。

下午上工前，生产队长挨家上门告状——孩子闹鱼塘之事，同时，检查孩子有没有把抓到的鱼拿回家。

我们，吓得不敢回家。

太阳落山时分，我终于回家了，被收工回来的母亲劈头盖脸地臭骂了一顿。

边骂，边说："生产队长来找我们了，他很恼火。不管是抓到还是没有抓到鱼，只要是参与搅鱼塘的孩子家庭，都要扣半天工分①。"

听后，我立刻扯上一个破口袋冲出了锅屋，冲向鱼塘边的那片玉米地……

许久，跟跟跄跄、大汗淋漓地拖着一个沾满泥土的口袋回来了，有气无力地把它甩在地面上。

"这是什么?"妈妈疑惑地问。她又接着问："是鱼?"

"您怎么知道?"我惊讶地问道。

"磨破的口袋，鱼皮都露出来了，你这傻瓜。"

"你中午抓的?"我低头不语。

"这孩子?"我说："中午，没把它放回鱼塘干死了。其他大孩子抓得更多，他们也没放回去。"

"唉……"

"拿个盆到里屋去。"妈妈边说，边拿着菜刀走向里屋，还念叨着："总归，半天工分被扣掉了。我把它清理一下，红烧给你们解馋"。

这鱼是工分买的，是我抓的，还是我"偷"的? 想起，有趣。

---

① 工分，即计划经济时期，生产队集体劳动的计酬方式。

关于鱼，有趣的不只这些。

随着年龄增长，我可以下水沟抓鱼了。

抓鱼需要搭伙，需要协作，一个人一般很难完成，因为既要挖围堰，又要用柳编的斗子双人对拉舀水。如果一个人用盆舀水，那就太慢了，一整天也很难舀完一节水沟的水，待第二天再去接着舀水，水就会生出来，水位会和原来差不多，显然前功尽弃。

一般没有人愿意与年纪尚小的我搭伙。姐姐是我的人选，其实她也不是太愿意。

暑假后半段的一天，姐姐被我缠得没办法，决定和我一起去抓鱼，我们带着锹、水斗、盆、网片……奔向已观察很久，而且判定会有鱼的稻田边的水沟。

这些水沟，虽然比较长，但两端的顶头是闭口的。

我们在距离水沟顶端十几米处筑起围堰。筑围堰比较难，因为，还没有完全到水稻的枯水期，水沟的水比较深；水深筑围堰当然难。筑好围堰后，和姐姐对拉水斗"舀抽"水沟中的水，由于面积比较大，水位下降十分缓慢。

累了，歇歇，再舀，再歇歇……

快见底时，围堰方向突然冲向我们一股水浪，站在水中的我们瞬时感觉到有些不妙。

"完了，完了。"姐姐喊道。

"怎么啦？怎么啦？"

"围堰漏水了。"

我们扔下水斗，快速地冲向围堰，发现被水压挤出了一个口子，姐姐连忙跳进水中抵住围堰，防止溃堰。

我们需要挖点紧实的泥巴立即加固围堰。最好是长满茅草的泥巴，但这种泥巴很难挖，根本挖不动。用了九牛二虎之力，终于抵御了围堰的危机。

如铅的双手，再次拾起拉水斗的绳子时，显得那么无力，那么沉重。

　　拉着，拉着——水位在慢慢下降。

　　我感觉手指丫火辣辣的，疼痛难忍，于是停了下来。看到磨出的水疱破了，沾上水后钻心地痛。

　　水沟终于见底了，小鱼在紧张地窜来窜去。我下到沟底，打算顺着水流插上网片，防止小鱼虾被我们的水斗舀走。

　　网片还没插稳，水草中突然蹿出了几条蛇。吓得我毛骨悚然，慌张地爬上岸，恐惧中没有看清有几条蛇，是什么类型的，更不知是不是毒蛇？

　　我天生怕蛇。因为，小时候，在草垛旁、茅草屋里、菜园中、田头、上学路上……经常看到蛇，每次都吓得魂不守舍。还看见过，蛇残忍吃青蛙的凶狠，瘆得不敢直视。听说过，夏夜乘凉露宿的人们，清晨醒来，被单上盘着蛇。也看见过，家里的墙角处，刚蜕下的长长的白亮亮的蛇皮。

　　我们落荒而逃，失落地望着沟底的小鱼横冲直撞地钻来钻去，内心空荡荡的。咬牙切齿地骂着蛇："坏家伙，你来干吗？"

　　讨厌的蛇，救了小鱼，却毁掉了我们的抓鱼计划。

　　迎着西下的阳光，饥肠辘辘的我们带着疲惫与扫兴，漫不经心地向家的方向挪去。

　　那时，稻田边的水沟是农村抓鱼趋之若鹜的好地方。秋天枯水期是最佳的抓鱼期，因为水位较夏天低了很多，而且到了秋天，鱼也会长大一些。

　　中学暑假，我经常抓鱼。常和三四个比我大几岁的小伙子搭伙抓鱼。他们会主动约我，因为他们知道我肯干、能吃苦。为改善生活，我们都非常愿意抓鱼。

　　我们通常早上出门，傍晚才回来。尽管离家不远，一般不回家吃中饭，只啃点馒头、黄瓜等充饥。

因为吃饭耽搁的时间里，节沟里会生出很多水，舀水就会做不少无用功。另外，还担心我们筑好的围堰，会被损人不利己的"好事者"或"眼红者"扒掉。

筋疲力尽一天下来，每人会分得一小堆杂鱼。抓到的鱼，根本不用称，只是大小搭配，用手匀成几摊就行。然后，再抓阄决定各摊鱼的归属。

如果分到大一点的同一品种的鱼，而且可以养活到第二天的，会被妈妈拿到小集市上卖。杂鱼就红烧，让我们美餐一顿。数量比较多的小鱼虾，会被晒成鱼干，日后解馋。

秋季开学前几天，运气好的时候，会抓到一些鱼。家里也会存下不少小鱼干，母亲偶尔用来炖大白菜。大白菜烩小鱼的滋味时常"蔓延"到冬天。

稻田边的水沟有鱼，村民都知道。如果没到枯水期（水位高）舀水抓鱼，太吃力，不划算。大伙都虎视眈眈地盯着枯水期的到来，也寻思着下手的机会，极力争夺鱼资源。

有时，两伙人同一天到同一水沟舀水抓鱼。双方互不相让，都不愿意换一条沟去抓，这就麻烦了。

最终，一伙人在沟的一头围堰舀水抓鱼。另一伙人在沟的另一端围堰舀水抓鱼。

最麻烦的是，两伙人不断地向中间"推进"，到中间时，剩下最后一节水沟，哪一伙应该有资格抓？

不幸的是，双方会为此吵起来、骂起来，甚至打起来……

有一次，为了争夺最后一节水沟抓鱼的机会？骂骂咧咧地争吵着，一方说："我们先来抓鱼，开始后你们才来。你们从水沟的另一端围堰舀水本来就是'抢'，就是欺负人。为什么不去其他水沟抓？应该是谁的进度快，谁多抓几节水沟，根本没有中间平分这一说。"另一方说："水沟也不是你们家的，我们为什么不能来抓？在这里抓不行吗？整个水沟应该中间平分。按进度分怎么行呢?"

双方争夺得不可开交,互不相让,拳棒相加,头破血流。

最终,对簿公堂——各打五十大板,没有赢家。

后来,抓鱼的纷争演绎成了家族的怨恨。

法律层面很难评判,农村百姓之间形成的"村俗"及谁是谁非。这可能跟农村的文明程度、资源稀缺以及"赋闲"无趣有关吧?

沟通可能是解决类似问题的路径之一,或者无需解决,时代发展与变迁就是良药。

遗憾的是,发展也带来了"负效应",带来了不少无解的问题。当时"水清亦有鱼",上下学特别兴奋——稻田又灌溉了,渠沟边不光可以戏水,还可以用手掬起一捧"清泉"解渴呢……而现在或早些年,家乡稻田边的水沟——"沟还是那个沟",除了水稻生长的灌溉期,其他时段基本没有水了,即使有一小汪"塘",也酷似砚台上的墨水,周边的河道还时常弥漫着怪味。

这水质,还会有鱼吗?

抓鱼的机会,还有吗?

记得,小时候最喜欢夏天下大雨,不单冲淡了炎热带来了一时清凉,而且可以抓鱼。小沟的流水处、小桥的渗水处、漫过路面的淌水处、河汊的交汇处、田埂的排水处……都是抓鱼的好地方。

雨中,披着破旧"雨具"的小伙伴,有的在鱼可能逆流而上的浅水处抓鱼,运气好的时候,也会收获几条"野味";有的在流水处插上网兜,等待被水势冲下的"自投罗网"者;有的带上自制的钓鱼工具,挖上诱饵(蚯蚓),在河塘的清水处,在蚊叮的干扰中耐心垂钓;有的和其父亲等成年人一起抓鱼。通常,带上小的挑网①，或用绳子扳拉起水的大的挑网等渔具。

有一次，我和堂兄两人到河沟"抬网"抓鱼（即抬着网片横穿河沟蹚水起网，如此反复），一个中午下来，没有抓到几条鱼，因为人在水中来回走动，会惊动到鱼，"抬网"较慢，它们就逃窜了。而动作慢的小龙虾，倒是被我们捕了很多，可能有四五十斤。

那时，不知张牙舞爪的那"玩意儿"好吃。于是，被妈妈都拿去卖了，非常便宜。此前，好像没有小龙虾，它是突然生出来的新"物种"。它繁殖很快，河沟里慢慢多了起来。

现在，家乡的河沟里，由于污染，这"玩意儿"基本没有了。养殖的小龙虾，已成了现代人"昂贵"的美味。

雨中，纯朴抓鱼的景象，早已没了。不光是夏天可以抓鱼，初冬有一种特别的抓鱼方式记忆深刻，就是一群中年男人穿着用旧的汽车内胎胶粘成的连体衣（鞋也是不透水的橡胶材质，且连着衣服）在手腕及脖子处紧贴皮肤——密封，在腹部处用密封锁紧密收口。这样，进入冷冷的河中摸鱼。他们先用棒子捶击水面，然后，在近岸的水中抓摸……

如今，家乡哪有如此令人悸动的回忆啊！

---

① 挑网，是指用四根约1.5米的细竹竿撑起的约1平方米的网片，在网片里固定着鱼饵放在水中，用粗竹竿挑起细竹竿上端扎聚的位置，网片起水即可抓鱼。绳子扳拉起水的大的挑网，比这大很多倍，形状与原理相似。

38. 夏游乐趣

村头的运河，是夏天消暑的"泳池"。它留下了我小时候无尽的快乐与心动的记忆。

运河是主干河流，很宽，很深。我学会游泳的瞬间就发生在"深水"区，当时还"手舞足蹈"地呛水了呢。

运河里有帆船，有机动的桨船，有用动力船头拖着多艘船只的船队，稀疏来往着。

运河的两边是芦苇荡，芦苇的根部趴有螺蛳，我经常带着盆钻进芦苇荡摸螺蛳。

当然，在运河里也可以扒到螺蛳和蚬子什么的。扎猛子功力不行的我曾经扒过，很难扒到。因为，需要拿着盆子扎很深的猛子钻到河底，水压导致扎不下去。即使扎下去，不仅耳朵难受，而且无法换气，在河底停留时间只能很短，于是无法如愿扒到"好吃的"。

我只好进入芦苇荡寻觅。芦苇荡的水很清，也很凉。静得能听到风擦过芦苇梢发出的沙沙声音。水鸟突然起飞或掠过都会把我吓出一身冷汗。

内心很害怕，总是担心阴森森的水里有什么东西会咬人，甚至胡思乱想会有"水怪"。

怎么办呢？为了美味的螺蛳，只能在害怕中坚守。

其实，也不一定。如果不是名正言顺地摸螺蛳，妈妈绝不会让我泡在水里那么长时间。

在芦苇荡里，不光烈日晒不着，还可以和小伙伴一起抓鸟，芦苇特别密集或岸边有杂树的地方会有鸟窝。

我们一般抓不到鸟。运气好时，可以抓到鸟蛋，还可以抓到雏鸟。

当时，有一种腿细长，嘴巴也细长，一身白色羽毛的水鸟，不知叫什么名字，家乡话叫"小哇"。

它的嘴巴，会啄人。

有一次，我蹲守了很久，判定周围没有什么情况，慢慢地向鸟窝移近，刚刚直起腿，抬起手，慢慢伸向鸟窝……

那白色的鸟，不知从哪儿俯冲而下，嘴巴戳向手背，我本能地一缩，哪来得及？手背一阵火辣辣的刺痛。

我吓得，赶快逃离鸟窝。

在芦苇荡里，还可以在缠绕的藤蔓上找到可口的"果实"，至今不知道该藤蔓植物叫什么名字。其实，不是果实，只是一个三角体的"包囊"，嫩的时候微甜可食，深秋干枯裂开，飘出毛絮与种子。

那时候的夏天，村里男女老少，都会到运河里游泳（洗澡）避暑。

正午炎热的劲头稍过，成年人或稍大一点的少年都会上岸干农活。

当然，也有尴尬得"上不去"的时候，为什么呢？

男子汉和小孩，基本都是光屁屁裸游的。其实，有的小孩，平时也是一丝不挂到处玩耍的，因为，图凉快。

在水里游泳，相互看不见光屁屁，不觉得害羞，相安无事。

男子汉想上岸时，如果岸边有妇女，那就麻烦了——难为情，没法上岸。

有的人，搞恶作剧——会把男子汉的衣服藏起来。如此，他只能求人帮忙找，不然是上不了岸的。

上不了岸，只能"窝"在水中，等待时机。

还有不想上岸的，主要是孩子，他们是没玩够，或还嫌热，或躲避农活，还是什么？可能都有吧。

为了躲注射防疫针，我曾经就赖在水里不上岸。

在岸边，妈妈急得跺着脚边唠叨、边喊着骂。淘气的我一直不应答。

孩子们在水里泡着，时间久了，手脚都泛白起皱。无聊时，就找点事做，互相打水仗，接力横渡运河，岸边堆泥人，各种自娱自乐。

还有，惹事的。

游到运河中间——货船的前方，扒"吃水"深的重载船，空船船帮高，比较难扒。

扒上去，干吗？

没啥事，就是赤裸裸地伫立在船头——亮相，你说无聊不？一般从船前部的侧面扒上去，后部离掌舵的主人太近，而且螺旋桨在后面，比较危险。

主动亮相的，有时是一两个男孩，有时是一群。

船主人一般不太嫌烦，只是骂骂咧咧地挥舞着船篙示意孩子们跳下水。

碰到态度不友好的船老大，会用废弃的小东西砸向扒船的男孩。不甘示弱的他们，就"报复式"地把船上花盆之类的小东西扔下水，然后，麻利地应声扎进河里。

他们扒上船顺着走了一段距离，会主动跳下水，以同样的方式，再扒回来。

遇到，船队。伺机扒船的孩子忒高兴。因为慢，好扒。而且，后面没有机械的桨——相对安全。

有的孩子，扒到船上一时糊涂偷东西，比如拖鞋什么的。如果被船主人抓到，运气不好会挨揍。

我属于文明的"扒船者"。仅好玩而已。胆子天生小，很少扒。

还有一件捣蛋的事——偷瓜。能游过对岸的孩子，基本都干过这种事。

对岸是一片瓜地。瓜地的后面紧挨着买卖出行方便的国道。瓜地里种有西瓜、香瓜、青瓜等。

游泳时，总会有调皮的大孩子说："我们去偷瓜，谁敢一起去?"

"瓜地，有人看瓜的，就在草棚下。如果被抓住，怎么办啊?"

有胆大的孩子，先游到对岸，在岸滩上把自己抹上一身黑泥浆——伪装。

匍匐爬进瓜地，无法判断哪个是熟的。于是，摸摸这个，摸摸那个。不敢磨叽太久，不管三七二十一每人抱了一个，冲向河里。

到岸后，砸开分享。西瓜半生不熟，香瓜是苦的，是常有的事。

鬼怪的孩子就向大人取经——啥样子是熟的?

后来，得手的，都比较可口。

我没偷过西瓜——太大抱不动。印象中，混在孩子堆里，"摘"过香瓜。

有时，潜入瓜地的几个孩子，会被追得落荒而逃。看瓜的人，还心有不甘地对着入水的我们，怒骂几句。

几年后，对岸的瓜地，改种别的了。可能担心我们骚扰，种到别的地块去啦。别的地块，泥巴路怎么出行?

不知咋的，对岸已经没有可偷的瓜了。

运河边可以游泳的芦苇"缺口"不是特地预留的。由于，每年都有很多人在同一处游泳，那里的芦苇、水草基本长不出了，就被踩踏出了一片"纯净"的天然水域。

运河承载着运输的功能，我们游泳的区域即芦苇"缺口"，也慢慢地演变成运输的"码头"了。

我们村子非常偏，因为东边和后边都是河，刚好驻扎在两河交叉的拐角里。

雨季，赶集或加工粮食什么的，非常困难。因为周边是泥泞路，根本无法出行。

游泳的"码头"，就成了"通途"。

河上没有渡船，怎么过去呢？我们就用大卡车的旧内胎充满气，内孔放一个大盆当着"渡船"，"漂移"过去。

村民通常把自行车或载的东西放在上面，脱掉衣服，推着轮胎游过去。如果去卖蔬菜等东西——太重，一次运不完，需要来回接运几趟。

如果不会游泳的人需要过河，那就得非常谨慎。估计重量后，判断一下轮胎的浮力能不能承受得起？如果觉得可以，就让其盘坐在轮胎中间的盆里，由两个水性好的男子汉左右各一护送过河。过河时，要向远处观望，确保没有运输的船只过来，万一大浪打过来就非常危险。曾经，发生过类似意外，幸好落水者死死抱住轮胎。

不是每家都备有轮胎，有时需要向乡邻借。因此，过一次河通常需要几个会游泳的人出动。

过河加工粮食时，出动的人会更多。

如果一个人赶集，相对简单。没人的时候脱掉衣服，有人的时候留着遮丑的裤头，然后，把衣服拿在手里，举过头顶立着踩水游过去，就可以轻松上了公路。

可以游泳的运河，在内心深处留下的远不止这些！是感动，是体悟，是逍遥，是乐趣！

河边长大的我，对夏天有梦一样的记忆。

夏天是郁郁葱葱、五彩斑斓的，是有故事的。烈日下举着破旧的竹扫帚追扑颜色各异的蜻蜓，遇到全黑的、全红的……兴奋的欢呼声响彻打谷场。举着顶端固定着面筋①的长长竹竿，在此起彼伏的蝉鸣声中，找寻粘抓树上知了的最佳角度，一个被逮着了，应着叫声的戛然而止，整个树上的知了会短暂的鸦雀无声，一会儿后，似乎"报复式"的狂叫……这些，都为夏天的故事增添了精彩的脚本。

总之，夏天承载得太多，太多……

---

① 面筋，不是食用的，是指用小麦面粉加水和成团，在水中反复捏洗，洗去面粉的浆汁，剩下的就是面筋，其在炎日照射下黏性非常强。儿时，主要用来粘知了。

39. 浓香年味

年味，是文化的传承。

乡土年味，承载着很多风土人情的非文字记忆。

年味具有浓郁的地方特色，不同地域孕育了各异的年味，丰富了"年味全书"的内涵。

翻开家乡的一页，五味杂陈在记忆中萦绕。

童年虽艰苦，吃不饱，穿不暖，但是快乐，傻天真，无忧虑。

对年味的期待，重于对任何的期待。新年刚过，就期待下一个新年的到来。

因为可以吃肉，可以穿新衣服，可以有几毛的压岁钱，也可以看到一些富有年味的乡土文艺表演，还可以感受年俗在村里传承的热闹。

儿时，平常基本吃不到肉、鱼、蛋什么的。只有在大的节日或来亲戚时才可得以解馋。就连吃个鸡蛋都不容易，每逢端午节会吃到一两个鸡蛋或咸鸭蛋。记得，端午节早上妈妈从稀饭锅里捞出煮熟的蛋递给孩子，我们边在手中反复倒腾冷却，边跑向学校，上课时也会时不时地摸摸书包中的蛋，通常焐到放学才舍得剥开慢慢品味。

有时，邻居家来亲戚，也可沾上光，吃点荤的。朴实的民风使然，来亲戚吃肉等荤菜的家庭，一般会端一小碗给邻居的孩子，哪怕是剩菜。

那时，大人们尤其男人习惯端着碗串门吃饭，一边走、一边吃、一边聊，饭上的菜没了，哪家有就夹哪家的菜。这在快要过年，没急着的事要做时，串门吃饭更甚。

串门，是乡下交流的一种方式。节日和农闲期间，人们可以靠串门消遣时间。

过年时，妈妈最忙，样样都要她张罗。要准备年货，要给孩子缝制新衣服，要按年的风俗办理"仪式"，还要祭祖……

由于孩子多，母亲总是公平地为每个孩子准备一件新衣服，基本都是自制的，可能是一件新棉袄、一条新棉裤、一双新鞋子、一件新外套、一副新棉鞋垫等。就是一副小小的棉鞋垫，都能温暖而感动整个冬季。那时，通常在冰冷的棉鞋里，塞一些芦苇絮或破布温暖光溜溜的脚，因为，很少有袜子穿，即使有也是补了又补的。

如果年底收成不好，每个孩子的一件新衣，都会变成一种奢望。

贴年画，是给家里"穿"新衣。

当时，家乡都是土墙的茅草房，内外墙是拌有碎麦穗壳的泥巴抹成的土黄色，表面裂着细细的不规则的缝隙，就像是脆饼的表面——高低不平。

墙上没有装饰，正屋对着正门的正中间，端庄地贴着领袖的彩色肖像，足足有零号纸张一半大小。另一个重要位置上，挂有一块长方形的红布，上面别着规格不一的领袖像章，尽管那个"特殊年代"已经离去，但家乡的"气息"似乎不是立即散去的，至少思维方式的改变不是那么可以立竿见影的。

依稀记得，当时一个地主的后代，不知为啥砍了队里的树枝，被村里"判"成偷窃。于是，他脖子上被挂着树枝——游村。这应该不是"斗地主"，可能是碰上了社会治安的"严打"行动。

正屋的其他部位，贴着一些国家大事的政治画报以及流行年画等，比如"秋收起义""水浒传""少林寺"等。新年前，会部分换贴上新的年画；手头宽裕时，就会都换贴成新的。

过年前，小集市的店里、地摊上，尽管是冬天的萧条，但是到处都是五颜六色、"一片盎然"，弥漫着年画、春联的（油）墨香，让年味的"香纯"，多了些许"色彩"的注解。

年的风俗，风土的传承，多年不走样，延续着年味的文脉。

记得，家乡年前有一个"送灶"环节，意为感谢"灶神"。怎么感谢？就是把烧饭的锅屋、烧火做饭的灶台与铁锅彻底打扫一遍。扫去芦苇屋顶欲滴的"絮灰"、铲掉锅底厚厚的灰垢……这些，要在农历腊月二十三之前做完，雷打不动，每家必做。

除夕午饭前，祭祖是必需环节。在正屋正中间的方桌上，摆上酒、菜、饭，桌子的方向有讲究，即和平时吃饭的方向相差90度，边给祖先夹菜、斟酒，边祈祷先祖保佑。

酒过三巡，化纸钱，磕头跪拜。

仪式过后，换洗碗筷，我们才可以享用全年最期待的一顿"饕餮盛宴"。

这时，还顾不上吃饭的妈妈，就神秘地提着一个平底的篮子，篮子里放着用多个小碗盛着的酒菜，小心翼翼地走向屋后不远处一个杂草丛生隆起的"土包"。

妈妈说："那是给祖先送饭，那里有我们家族的祖先。"小时候，不理解，后来也不怎么理解，因为，我不知祖先在哪儿。那可能是祖先口口相传的"根"吧，类似于家族的祠堂。

春节前，妈妈会去祭拜。每逢中秋节、端午节、清明节等大的传统节日，妈妈都会去。

除夕中午祭祖后，才可以贴春联与"挂浪"（即窗花，贴在门楣、窗楣的横批下面，是雕空镶嵌的彩纸做的）。为什么祭祖后，才可贴春联与"挂浪"呢？据说，如果先贴，祖先就没法回来"吃饭"了。

春联与"挂浪"，必须在年夜饭之前贴好。那又为什么呢？主要，为了挡住传说中动物恶兽——年，到家里捣乱。

大年初一，家乡风俗必须吃饺子和汤圆也叫"元宝"。我们孩子都喜欢吃饺子，一般不太喜欢吃汤圆，尤其是实心汤圆。菜肉馅的饺子不够，就只能用手搓的实心汤圆来凑。最辛苦的妈妈，往往只能吃点饺子汤和实心汤圆。

年夜饭后，煤油灯下一家人围着破旧的桌子，包饺子、包汤圆、搓汤圆。我们孩子只是"围观式"的搭搭手、凑凑热闹。美味的饺子，要经过剁馅、擀饺皮等很多环节，不是那么容易吃到的。其实，主要是妈妈在做，她总要忙到深夜。

饺子包好，已夜深人静。

妈妈，为我们各自准备几毛到一两块不等的压岁钱，轻手轻脚地塞在我们的枕头下。

妈妈，找来芝麻秆。裹挟着梧桐树皮，捆成一小支，放自己的床头边。

妈妈，找来洗脸盆（冬天，平时用的是洗脸瓦罐，便于放在烧饭后的炉膛里加热）。放进若干一分、两分、五分等面值的硬币，准备一条新毛巾，端到锅屋。

妈妈，找来一根长木棒或竹竿。在顶头固定好长串鞭炮的根部，顺着木棒绕上鞭炮，放在睡觉屋子的门闩后面。再准备几个两响（点燃后，在地面一响，升空后又一响）的冲天爆竹。

妈妈，打扫屋里和门前的地面。

妈妈，翻翻方巾裹成的荷包。确认一下有没有新一点的几毛或一两块不等的零钞，确认后继续裹好、裹实，捏了又捏。

这些全部忙好后，妈妈就坐在床沿，拽下三角头巾，捋一捋凌乱的头发，抬头望着被煤油灯熏得黝黑黝黑的芦苇"天花板"，低头环顾四周，若有所思，生怕忘记什么。

煤油灯在吱吱地燃烧着，火苗末端的长长黑烟好像是独舞者拂起的水袖，在寒冷的黑夜中显得更加孤寂。

妈妈捏着细柴棒，小心翼翼地拨了拨并压几下豆大的灯芯，伴着炸开的小火星，灯的火苗小点了，独舞者的动作也小些了……

这样，就不会耗油太多，也不会因此熄了（家乡风俗，除夕夜不能熄灯）。

妈妈给煤油灯加满油，才放心和衣而睡。

对于妈妈来说，除夕之夜，是劳累之夜，又是不眠之夜……

鸡还未打鸣，妈妈就起床了。

首先，点燃芝麻秸，照一照屋子的角角落落，寓意芝麻开花节节高。

然后，拔出门闩，敞开一条缝，点燃鞭炮，伸出门外，寓意开门响亮。传说，放鞭炮越早，越吉祥。

鞭炮响后，妈妈就到烧饭的炉膛里取些青灰，在门前的空地上，画几个大小不一的圆圈（比作"粮囤"），就地燃放几个冲天爆竹，寓意新年丰收。

接下来，妈妈径直走进锅屋，备柴火，烧热水。

妈妈在黎明中忙碌时，攥着压岁钱的我们，已迫不及待地冲到她的身边，向妈妈磕头拜年。妈妈摸着孩子们的头，在昏暗的灯光下，笑得温馨幸福，她的笑容，永远甜在我们心里！

然后，我们把小手伸进温暖的脸盆里，草草地"小猫洗脸"几把，从盆底摸走几个大额硬币，寓示吉祥。

饱餐饺子（家乡也叫"万万顺"）后，天还没完全亮就兴高采烈地奔向长辈家磕头拜年。风俗是，需要先去家族中辈分最高的长辈家叩拜。

拜年，可以收到压岁钱，可以吃到花生、瓜子，正式一点的还可以喝到"糕茶"，即热糖水就小果（油炸的面点）、雪片糕，围坐在桌子边吃，位置有辈分、长幼之分。

父母在家接受晚辈的磕头拜年时，也按类似风俗招待。

家乡向长辈磕头拜年的风俗传承了许多年。可惜，近些年已经被淡漠的辈分关系撕裂得支离破碎，如今已十分罕见。

年俗中，也有一些奇葩的"俗定"。比如，初五之前，不能扫地，会越扫越穷；正月里，不能剃头，剃头会"死"舅舅等。

正月里，上门讨饭的没有了，走亲访友的多了，下乡"送关爱""送娱乐"也多了。

印象最深的是，年前或年后，经常会听到锣鼓喧天，一群人吹着唢呐、敲着锣、打着鼓、打着镲，护送拎着猪肉、拎着油、拎着米的"送关爱"领导队伍。热闹声，通常在烈士家属，或伤残军人，或现役军人家属门口停下，拎着肉的领导猛吸几口后，不太情愿地甩掉半截香烟，快步上前与出门迎接的主人"程式化"地嘘寒问暖……热闹的年，慰问出了"孤单"的滋味，他们的年也许是冷清的！

过年的娱乐活动，会稍稍多点。不是上级送的，而是文艺小团体上门"讨生活"的献演。

"玩麒麟"是传统的走村串户、年味十足的"文化"活动之一。

麒麟是我国的传统瑞兽，性情温和，传说能活两千年。《礼记·礼运》中记载，麟、凤、龟、龙，谓之四灵。古人视麒麟为神宠、仁宠，是上古时期人们最企望看到的动物，其出没处必有祥瑞。

"玩麒麟"的表演队伍中，有的扛着大大的麒麟，麒麟是用五颜六色的纸糊的，嵌上亮灿灿的金属装饰，架子是铁丝或竹篾扎成的，从外部形状上看，是集狮头、鹿角、虎眼、麋身、龙鳞、牛（龙）尾于一体的吉祥"动物"。扛麒麟的人，会伴着鼓点声，跳起来、舞起来，说吉祥话的"说客"会就主人的新年收成、子女成才、家庭美满等口若悬河地"唱"了起来……

笑逐颜开的大人们咧着嘴，龇着锈色大牙，拍着粗糙干裂的手，伴着孩子们的欢欣雀跃恣意尖叫，共同把新年的喜悦推向了高潮。

此时，主人会主动地献上新年的"彩头"。

年，年年过。年的味道，却越来越淡。

值得回味的浓香、心动、热闹的场景，已在岁月的长河中消失殆尽……

年的风俗，年的文化，到底是在传承中强化了，流失了，还是"老树发出新芽"呢？

40. 家乡的天

不论时光如何斗转星移，家乡永远是每个人魂牵梦绕的内心归宿。而家乡的天，却束缚了人们瞭望星空的想象。

家乡的天，是高的、是蓝的、是纯的，像一张无形的网，局限了天外的精彩。

童年的"小眼"视角，放大了天，放大了所见——河沟变"深"了、田野变"阔"了、草垛变"高"了……变大的"视界"限制了对所见所闻的理解，留下了不一样的记忆。"错位"的认知，在长大后，才得以"矫正"。

当然，成长是自然的，令人期待的，也是烦恼的、怯生生的，甚至是恐惧的。

一切在润物无声、潜移默化地变化着，不管你情愿，还是不情愿。农村的落后限制了心智的成长、成熟，导致心智模式明显慢于身体的发育。

在家乡，生存是天大的事。

中秋节，即拜月节，团圆节。当天晚饭后，母亲都要烤上一块直径约40厘米酷似月亮，内陷是红糖的圆圆甜饼。这个大圆饼（月亮饼）不是给我们吃的，是给月亮"吃"的——供奉月亮，即赏月祈祷丰收。《礼记》中记载"秋暮夕月"，意为拜祭月神。逢此时，要设置香案举行祭月活动。家乡，会在皓月当空之下，把月亮饼摆上小桌，周围放着几块供销点买来的散装小月饼、苹果、红枣等祭品。

家人围着小桌，伴随左右的孩子们追逐玩耍，乐融融地在门前数着繁星，聊着秋收，赏着月……

赏月时，我们吃不到月饼，只有等到月亮躲进云层，才能尝到月饼的美味。吃月饼前也有讲究，先要均等品尝月亮饼一起祈福。

当时，家乡盛行祭月风俗，是对"天"的敬畏。

另外一个隆重的节日，尽管没有"祭月"这么有仪式感，但对家庭来说却很重要，尤其对孩子更是"天大"的事。

那就是端午节。端午节起源于南方百越先民择"龙升天"吉日祭祀龙祖，夏季时令"祛病防疫"。而把端午节视为"恶月恶日"起源于北中原，其实端午节风俗的形成是南北风俗融合的产物。民间普遍的说法，端午节是为纪念屈原的。

对于家乡，端午节杂糅了避邪、防疫等多种风俗为一体。孩子们要洗艾草、菖蒲、桃叶等煮成的热水澡。小时候，我们都得洗，依次坐在大盆里嬉闹，妈妈用破毛巾沾水擦洗我们的身子。

尽管岁月已流逝久远，还清晰记得母亲那双粗糙的大手，在我后背抹洗的感觉。

据说，端午节中午时分，让孩子洗艾草等煮成的热水澡可治皮肤病、去邪气。母亲帮我们洗时，特别细致，特别虔诚。同时，让我们吃雄黄酒泡过的萝卜片，还把孩子的手腕、脚踝和颈部都系上多股的红纱线，以期能够辟邪和得到上天的眷顾。

祭天，驱邪的仪式一个没有少，但饥寒交迫、食不果腹的窘境，仍是"形影不离"。

不禁忆起，总是难以释怀。

当时，每年春天，不会节俭过日子或孩子多的家庭，基本没有主食，只能用山芋充饥，有时靠野菜、树叶以及苜蓿草（通常是兔子吃的）充饥。

小时候，我也吃过榆树叶或苜蓿草和着玉米粉做成的饼，苦涩得难以下咽，最终，只能屈服于饥饿，难吃也得吃。在那个点上，没有更好的办法，这一切深深地刻印在脑海。

冬天，是难熬的"长夜"。

光秃秃的树、冰雪覆盖的原野、"拾粪①"人的匆忙、"饥饿者"在翻耕后的山芋地里为获得小小的山芋头而寻觅着⋯⋯这些，勾勒出了农村的寂寞潦倒以及农民的无奈，一切显得那么萧条、那么无望。

有一件事，打破了冬日农村的沉寂，似乎在孕育着希望。

什么事？就是兴修水利，即疏通排水、灌溉沟渠，或筑牢抗洪堤坝等。

怎么修？完全人工——挖、挑、抬、甩、推⋯⋯

寒冬中，农村的主要沟渠里热火朝天，一片繁忙。

水利工程，主要是由男性劳力干，而且一般跨地区"作业"，需吃住在工地。他们备好稻草、玉米秆、木棍等搭草棚的材料，备好锹锨、手推车、扁担、抬筐等工具，备好粮食、咸菜等吃的东西，备好被子等衣物，"清一色"的男性劳力，浩浩荡荡地拉着平板车，奔赴"战场"，一战就是一个冬天。他们一起干活，集体吃住。

水利"河工"队的后勤工作也得跟上，主要是为队员做饭。后勤角色通常由"河工"队中力气最小的，且会做饭的人充当。

当然，也有例外的。

我勤劳能干的姐姐，就曾经被集体的"河工"队选去，承担

---

① 拾粪，即单肩背着柳编的长篓，沿着河滩、田头、路边等地，拾捡人畜"留下"的粪便，作为肥料。

做饭等后勤劳作。临行前，妈妈和姐姐依依不舍，她们抹着泪、迎着风，诉说着离家的"不愿"。

当时，家乡农村规定，年满 18 周岁且没有上学的男青年，必须应召当"河工"，即到工地干苦力——兴修水利。

这一"河工"任务，吓坏了很多适龄的小伙子。很多家庭心疼孩子，会想尽一切办法逃避"河工"。例如，采用去当兵、花钱买"农转非①"户口等方式，实在逃不掉的，要么由其父亲顶替，或出钱雇人完成这份任务。

小时候，看到河底"河工"们的艰辛，我也犯过嘀咕，将来如果考不上学，读不了书，筋骨也得遭受这份煎熬之"罪"。农村男孩子上学的动力，某种程度就来自于对"河工"的恐惧。

农村视野的"低角度"与"短视"，似乎决定着家乡的天空是"有边"的，而且其边缘清晰"可见"，无法"逃脱"。

农村孩子，如果走出去，可以翱翔天空世界的一切；如果走不出去，眼前就是他一切的天空世界。

天空的边缘，有时会被短暂的"挣扎"撕裂，有时会被"勇敢的闯荡"划出一道充满质感的口子。

小学有篇课文，画面感很强，记忆犹新。即《伏尔加河上的纤夫》，其描绘的是在辽阔的伏尔加河上，有一艘载着沉重货物的船，因为是逆风行使，船帆不能升起来。被烈日炙烤得焦黄的河岸上，一群穿着破烂的纤夫，蹋着黄沙，前倾着身子，拖着沉重的步子拼命地拉着纤绳向前挣扎。这部作品反映了俄国纤夫的苦难生活，寄托了画家对下层人民悲惨生活的同情。这是俄国批判现实主义画家伊里亚·叶菲莫维奇·列宾创作的一幅油画在课

---

① 农转非，是指计划经济时代的一种户籍制度，起源于 20 世纪 80 年代初期，国家改革开放后城市发展和规划需要把本来从事农业劳动的人口，转变成从事第三产业劳动的人口。农，指农业；非，指非农业生产。这是国家给予相关人员生活和生产等方面的政策性保障。

本中的呈现。纤夫"众生相"表达的唯有贫苦、艰难、无奈，直至绝望。

每当读到这篇课文，就会想到 20 世纪 70 年代末或 80 年代初，家乡古老运河的岸上，艰难的纤夫逆风挪步的辛苦情景。

当然，运河上的纤夫与伏尔加河上的纤夫，是有本质的不同。运河上的纤夫，是为自己在艰难地拉纤，因为他们拉的货船一般是自己的，是改革开放容许的"个体户"。而伏尔加河上的纤夫，是在资本家压迫下为之拉纤的，拉的是资本家的货船。

拉纤，是工业严重不发达的体现。货船没有动力，顺风时可以靠帆，逆风时，只能靠人力在岸上硬撑地拉着。

运河上，那一叶叶的孤帆远影，撕裂着天际的宁静，流淌着儿时对远方的无尽遐想。

社会阶层的固化，由来已久。"龙生龙，凤生凤"好像是亘古不变的"公理"。农民的世代沿袭，一般很难突破。因此，冲破家乡的"天际"乘风远去，几乎不太可能，尤其在当时户籍制度的管制下。

但是，也有政策上的特殊情况。那就是，下乡知青的回城。又红又专的家乡，不免也有知青"入乡"。

他们，来时激昂、悲壮，离开时能风平浪静吗？

他们的远去，无情割裂了我们童年玩伴的"流年"，也残酷割裂了他们农村情缘的正常为继。

儿时，一起玩泥巴、一起上下学、一起做作业、一起长大的玩伴，他回城后，一直没有见到，曾经多次想过见面的场景，却始终没有机会。也许"相见不如怀念"，即使见面也许已没有共同的话语频道，也没有促膝长谈的社会背景了，这也许就是"远去"的尴尬。

当时，在一声号令下，青年男女雄赳赳、气昂昂地奔赴广阔、贫瘠、落后的农村大地，除了接受"贫下中农"再教育，自然规律促使他们在不甘下成立了家庭。有的，另一半就是"家庭成分"单纯的质朴农民。

"城乡结合"家庭的幸福多数是短暂的。一夜之间，被一项制度划出了既定的"轨道"，即下乡的青年，可以按规定回城了。

当时，严苛的"城乡二元结构"户籍制度，自然不会向温馨的婚姻"妥协"。知青按政策回城，恢复户口，安排工作。而农村户口的"另一半"没法随之回城，也根本无法取得城镇户口，连"农转非"户口都没有可能。如果女方是农民，那就更麻烦了，双方的孩子也不可能取得城镇户口。

城镇户口被赋予太多的权利。比如，工作安排、粮油供应、劳保、医疗、子女上学，等等。农村户口，则一样都没有。

回城的知青，如果"另一半"是农村人，他们的生活就会掀起痛苦的波澜，难以抉择。回城是多年的期待，可惜"另一半""上不去"怎么办？即使"上去"工作怎么办？孩子上学又怎么办？没工作靠什么生活？留在农村，好像更不行？就这样的纠结着，很多家庭的平衡由此失去，酿成了不少悲剧与遗憾。

这种远去的离合，像一把"时光刀"无情地划出了漫长的"时代伤痕"。

家乡的天，孕育着家乡的味道，也烙上了香甜的记忆。

儿时，基本没有水果吃。"自留地"园子里还未熟透的西红柿、青涩黄瓜、红萝卜都是美味的"水果"。

中午放学回家，需要等待母亲回来做饭，左等右等却不见人影。下午上学的时间，眼看就要到了，只能钻到园子里"偷"摘几个尚未成熟的西红柿充饥，饿着肚皮慢悠悠地走向学校。

夏季是西红柿生长的季节，它一直伴在我的左右。

跟着赶集，大汗淋漓的时候，母亲会花上大约两三分钱买根快融化的棒冰给我消暑（没融化的棒冰会贵点）。在回程路边的柳树下，地摊上的西红柿，也是我解饿与消暑的"佳肴"。

夏天，母亲会带上我冒着炎炎烈日，步行跋涉十几公里去看望外婆，在快到外婆家的一个三岔路口的西红柿摊上，通常会买上几斤西红柿带给外婆作为礼物。同时，另买几个给我解馋。

另买的西红柿，有的是半个（被削去了半边）、有的是裂缝的。半个的吃起来没什么两样，就是不怎么香脆，裂缝的会有酸酸的馊味。其实，半个是被削去烂的部分剩下的，削得不深，也会有怪味。就这种"残缺"的西红柿，母亲也舍不得吃上一口。蹲在摊边的树荫下，一边看着我大口大口地吃，一边鼓劲说："快点吃，吃完就有力气了，外婆家快到了。"饥饿的肚皮告诉我，好像早该吃午饭了，怎么办呢？只能借着西红柿的能量，紧紧地跟在母亲后面小跑着。

长大后，我经常骑上自行车晃晃悠悠地载着母亲去看望外婆。每当路过那三岔路口时，总会想起西红柿的清香，也会想起"半边西红柿"的特别味道。

家乡的西红柿不止于"半边的""裂缝的"味道。其实，未入口之前西红柿和枝叶闻起来都是沁人心脾的淡淡清香，入口后的清脆香甜令人回味。

离乡多年，城里的西红柿已不是"西红柿"，已没有儿时那个香甜的味道，那味道不知哪里去了……

不过，城里的西红柿，也绝非全无本真的味道。

有一次，反而在国外的连锁超市里就买到了——西红柿的清香。吃在嘴里，自然回味到了久违的小时候的本源味道。

西红柿的味道没了，就连家乡的土地也长不出来了，怎么回事呢？是西红柿的基因变异，是人们口味的"刁钻"，是"水土流失"，还是雾霾遮住了天——少了光照？

到底什么原因，看来只有天，才能知道。

41. 棉花望

棉花是家乡唯一的经济作物。

大集体时，家乡和贫穷的农村抗争过，兴师动众尝试过各种种植，如薄荷、梨树、甘蔗等。

薄荷收割后，需要用特制的蒸馏装置提取薄荷油。

我们村曾像模像样地在打谷场一角挖了个大坑，用砖头砌了一个直径一米多的圆形炉膛，上面安放了一个小型的不锈钢圆柱形的立式蒸馏塔。

炉膛内的煤炭加热到一定程度后，蒸馏塔顶部侧面弯曲的细长管子在水箱内过水冷却后，就会滴出刺鼻辣眼的液体，即是薄荷油。

据说薄荷油行情不错，而且价格高。不知是因为薄荷的产油率太低，还是薄荷油卖不出。

总之，这个项目很快就夭折了。

雨后，炉坑内集满"出不去"的黑水，在无声地"诉说"着薄荷的无望。

村里，还在庄稼田里间植过很多梨树，梦想着若干年后，坐享梨树的丰收。

梨树，不光长得慢，而且病虫害多。

大风后，总会有不少被刮断，多数是被虫子咬过的枝干。看来，梨树种植的管理也没有跟上。

它们难得结果子，有的结了，如同野果子——很小、很硬、不甜、色泽不一……总之，好像是野种——没经过品种改良，嫁接过的种苗，即使嫁接了，应该是失败的。

这些梨树怎么引进的？

因为实际价值不大，所以没有人爱惜它们，死伤很多。"包产到户"时，要求拔除梨树，按人口数量分到农户。他们可以栽在自留地的园子里或者自行处理。

梨园梦，彻底瓦解了。其实，跟责任田到户好像没有实质关系，不是吗？

同时，还种植过甘蔗。

村里的农户，还被动员或"忽悠"养过蚕、兔子等。

没有一样是成功的，失败得都很彻底。

到底是引导得不够？还是农民能力原因？还是项目选择失误？还是市场发展把握不准？

后来，基本就没有这些"集体"或"个体"的冲动了，真是折腾不起啊！

农民，只能无奈地守着那"一亩三分地"。

家乡，经济来源匮乏。

作为经济作物的棉花，是经济改善的不二选择。

但是，种植棉花是技术活，让人烦心不已。

比如，棉籽直接种在土里，是很难长出棉花苗的，因为，种棉花时，正值初春，气温较低。需要用水泡软棉籽外面毛茸茸的厚壳，"点种"在用淤泥拌匀刮平且切割成"豆腐式"的方格泥块上，然后用柳条或细竹子弯成弧形插在类似于菜畦的淤泥区域两侧，撑起一个塑料棚。保持适宜温度，一周左右会长出细长的棉花苗。种植棉花时，就连着方格泥块一起铲运到棉花田，挖坑移栽。其实，不是种，而是栽棉花。

后来，得以农业技术的应用，就把棉籽成行地直接"点种"在棉田里，浇上水，用非常薄的条状塑料膜覆盖在棉花行上，边上用泥土压严实。接下来，需要时不时地观察塑料膜内的动静，闪亮欲滴的蒸汽水珠下，发出的棉花嫩芽会顶着薄膜，要及时抠破薄膜，不然嫩芽会被晒热的塑料膜烫死。如果连续晴天，就要把条状薄膜部分撑起来透气，防止温度过高，棉花幼芽死于"胎中"。

记忆里，不光棉花种植烦。儿时，有一个棉花农活记忆犹新。它不要多少力气，孩子可以干。但是需要胆量，更需要克服清晨的懒觉。

夏天的清晨，棉花枝叶上晶莹剔透的露水，像大雨淋后，压得叶子低着头，叶尖上的露珠迎着晨晖，在闷热的微风中不耐烦地晃着，仿佛鼻尖的汗珠，摇摇欲坠。

棉花在充沛雨水的滋润下疯长，当然，寄生的害虫也在肆虐地长大。

棉花最大的敌人是棉铃虫。它始终"阴魂不散"地侵蚀着棉花的发育、生长和成熟的全过程。

喷洒农药需要最佳时机，有时会被下雨耽误，有时喷药后会被"及时雨"冲掉。棉铃虫耐药性强，虫卵都很难根除，长大后更难治，危害性很大。它们啃花苞、啃花朵、啃花蕾、啃花果，最终导致棉花减产。

这些成虫，农药基本无济于事。当然，不能任其侵蚀，那怎么办呢？只能人工逮成虫，听起来都很恶心。

尽管如此，还得在成虫习惯出没的清晨，我们睡眼惺忪顾不上吃早饭，就得围上齐胸的挡露水塑料纸，带上一个有盖的广口小瓶，瓶中装一些水，光着脚不太情愿地跟着母亲挤进棉花田。

棉花已高过母亲胸口的高度，孩子在里面，完全被"淹没"了。

漫在棉花田里的我，只能看到母亲的身子在一片婆娑、熙攘、盎然的绿色中不停地晃动，闷得让我生烦。烦，蚊虫叮咬；烦，炎热难耐；烦，露水浸湿；烦，塑料纸缠身。

棉花田里的我们，像侦探一样在花苞上、在花上、在花果上，寻找成虫留下的新鲜排泄物，或寻找成虫咬过的新鲜伤口……

顺藤摸瓜，一般都会逮到吃得圆滚滚的青色虫子。

首先，用拇指、食指迅速地捏住虫子尾部，把它从啃咬的"虫洞"中拽出来，顺手狠狠地捏一下，然后放进瓶子里。不断重复着这样的动作。

不知不觉，火辣辣的太阳光线已刺进了繁密的棉花林，狡猾的虫子，也躲了起来。

母亲，也该收早工了。

我们像"落汤鸡"一样，从棉花田里钻了出来，小心翼翼地端着手中小瓶，生怕翻落。因为，它是农民辛苦一大早的"报酬"，需要交给生产队记工员清点数量，根据虫子的数量核计工分。

母亲带上我，主要是为多逮几条虫子，多挣那么一点点工分。

农民妇女们围在一起，等待记工员清点记账。

她们把小瓶子里的水和虫子倒在一块石片上或平地上。记工员用细树枝拨数着 1 条、2 条、3 条……大伙都看着。

忽然，有人尖叫到："你，你怎么多数给她几条?"

"没有啊，谁多数啦? 你看见的?"记工员强势地反驳。

"还没有，就是你，刚才那个人是你嫂子，你把有的虫子重复数了。"她继续扯着嗓门嚷道。

"你，胡说八道!"

"怎么胡说八道? 你数时，故意用力切断了几条小虫。肯定多数了，我看见的，不要不承认。"

记工员狡辩说："你，你抓着了吗？要么，你再数一遍？"

"我怎么再数一遍？虫子都被你倒掉了。你为自家人多计工分就是造假，真特妈的丢人。"

"哼哼，你怎么说话的？"记工员指着那农民妇女，也骂骂咧咧的。

棉花是农村的"希望"。尤其，"包产到户"后，粮食高产够吃了，可以腾出更多的土地种植棉花，争取更多的经济收益——改变贫穷的命运。

但是，棉花很"娇气"，要经历春、夏、秋、初冬全季生长过程，防虫也必须"全周期"。

棉花的虫害也是烦心的事。

好几代的害虫，需要对症喷洒好多次农药。如果不是在虫卵或幼虫的关键期施药，治虫效果会差很多，喷洒农药的次数也需要增加。

当时，没有任何机器，可以替代施药。全靠人工喷药，炎热的天气，背着十几公斤的喷雾器，手部、面部、背部无任何防护措施，手持喷头大汗淋漓地在棉田里穿梭喷洒。

喷药的危险和对身体的伤害不言而喻。年老体衰的父母，根本抵抗不住剧毒农药的"熏害"。

我们家喷洒农药总是犯难，那时，没有可以花钱雇人喷药这档子的事。更何况，也没钱啊。

实在熬不过去，父母只能冒着中毒的危险亲自喷药。每次，总得小心翼翼，尽量减少持续喷药的时间以保证安全。

家里情况的特殊，让我比较早地背起了喷雾器，充当治虫的"施药者"。刚开始父亲不放心，总是和我一起去。

但是，我只有在周末和放假时，才有空喷药。因此，我们家经常错过最佳的治虫期，往往事倍功半。但，又有什么更好的办法呢？

喷药是危险的。

进行喷药前勾兑时，手要接触到浓度很高的原药，基本是"浸"在药里，半天下来会出现麻木、没有知觉的现象。这也警示我，要尽快到树荫下或风口处歇息歇息。

有时太累，实在撑不住。在沟边冲洗一下后，立刻回家休息。

在家休息，也得担心。因为，农药中毒是有滞后性，通过出汗张开的毛孔、皮肤、口鼻等部位吸收有一个过程。一般不敢睡觉休息，通常在树荫下聊聊天，看看书什么的。

有的大胆农民，喷药后简单冲洗，就直接躺在"凉床①"上睡了，也许太累，也许认为没事，不会中毒。

"大意失荆州"，时常会在夏天的"喷药季"应验。

暑假的一个午后，我和两三个大人在村邻门前的大树下乘凉，以缓解忙碌的疲惫。

烈日刚刚温柔了一点，大人起身准备下田干活。于是，回屋去叫闺女（她踩着泥泞，喷了一个上午的农药）。

他突然嘶喊着："你们快来！闺女喊不醒了！快，快，快送卫生院！"

泥泞中，几个大人光着脚，连滚带爬地背着她跑向几里外的卫生院。

经过几小时的抢救，醒过来了。

有的农药中毒农民，就没那么幸运了。由于发现得晚，到了卫生院赤脚医生"吓呆"了，根本不敢施救。要求家属签下"生死无责协议"，要么，无奈地建议转去大医院。

农药中毒，时间就是生命。辗转到了大医院，已经贻误了最

---

① 凉床，一种用木棍和芦苇搭成的，乘凉用的简易床。

佳的抢救时机。

中毒者，就这么遗憾地扔下一家老小"走"了。

因此，"中毒"家庭会更穷。

有类似于"工伤保险"的社会救济吗？怎么可能？

当时的农民，不可能有。

棉花的另一特性，即"耐肥性"强，需要持续多次施肥。而且，还要施营养成分高的肥料。

在工业非常落后，物资等商品都要"计划"供应的年代里，这种肥料，哪里来？

"包产到户"前后，家乡多数作物都是靠农家肥生长的。农产品自然是"绿色"的，但是产量特别低。产量低，可能跟大集体的"磨洋工"劳作也有关系。

儿时的暑假里有一个忙碌的场面，记忆犹新——全村男女老少，挑着担子、抬着筐、推着车……从一个或几个抽干水的河塘底部使劲地往上"爬"，朝着一个共同的方向跑去，跑向一个宽大的打谷场。夏收后的打谷场，四周被泥巴垒成约 1 米高的围堰包围。挑的、抬的、推的东西就是淤泥，一起倒在打谷场的围堰内。他们热火朝天、苦中作乐及节奏齐整的加油"号声"和生产队长的吆喝声交织在一起，传得很远……他们边倒淤泥、边拌上青草、南瓜藤等新鲜植物秸秆。经过炎热夏天的暴晒发酵，就是农家肥了。

这些农家肥沥干、敲碎后，可以施在不同作物上，但是"力道"很小。对棉花等"耐肥性"强的作物，基本没有效果。

有一种农家肥的"力道"比较大，可惜产量太小。集体生产时，收集和价值核计都比较难。是按斤？还是按桶？其浓度即肥力怎么测？

那是啥玩意儿？就是每家屋后简易茅厕的"粪水"。这肥料，基本被用在自留地的小菜园里。

"包产到户"后，积极性被激发的农民，想尽一切办法增产增收，造福自己。从肥料上发力，是首当其冲的办法。

那时，"粪水"被当成宝，不仅仅用来浇菜园，还用来浇水稻。当然，不能在稻田水位比较高的时候浇，那样浓度就稀释了，效果会变差。

自家的"粪水"必定有限，偶尔会通过一定方式向别人置换一些。

当时，常和父母用木桶抬恶臭的"粪水"，非常不适应，也很抵触。

我气鼓鼓地捂着鼻子走在前面，后面的父亲或母亲总是说："马上到了，一会就抬完了！"他们还时不时地把桶的吊绳，向后面扒了又扒，以减轻我的负担。到田里后，汗流浃背的我回头看到父母前襟全部湿透了，好像更累。挣脱出的汗水布满满是皱纹的脸颊，顺着纹路恣意流淌，在炎夏烈日的映衬下，异常艰辛。

长大后，会独自挑"粪水"去稻田施肥。稻田比较远，通常要歇上几歇。稻田的田埂一般松软湿滑，有时没控制好粪桶，就会跟跟跄跄失去平衡摔到田里。可恶的臭，跳黄河也"洗不清"。

棉花，纯靠农家肥根本不行。所以，也会施点碳酸氢铵、磷肥等工业肥料。

有一种肥料效果特别好，含氮量很高，那就是尿素。

尿素不光限量供应，而且价格很高。限量供应是比较"要命"的，有钱也买不到。当时，计划供应的尿素或其他生产物资，其价格叫"平价"。无需计划供应，在"市场"上能买到的同种生产物资，其价格叫"高价"。同一物资两个价格，在计划经济的后期，称为价格双轨制①。"高价"要比"平价"高一两倍，紧俏时，可能还要高。

其实，就是"平价"的价格，农民也很难承受得起，但由于肥力足，好多家庭还是趋之若鹜。尤其对棉花这样的作物，总想给它施点尿素，促其高产。但，毫无"关系"的农民根本买不到多一些的计划供应尿素（供应的，非常的少）。

那时，农民每次买这类物资时，总要"求爷爷，告奶奶"地找"关系"，以求到计划指标，从而省些钱。在关系社会里，做啥事都要"找人"，在那时的农村似乎更严重，农民只能无奈地被"潜规则"着。

如果想买到"平价"尿素必须找人，关键没人可找啊！

有一次，好不容易拐弯抹角地找到了一层"关系"，答应帮我们买四袋尿素（50kg/袋）。据说是供销系统的关系。

一个暑假的午后，我和姐夫按照"关系人"的"口信"，在县城的小巷子里七转八拐了很久，才找到"供销点"——院子内的帆布棚里堆了很多尿素，素不相识的他们让我们搬了尿素。

当时，没收钱。在巷口，给了"关系人"。

印象中，我们的价格是在"平价"和"高价"之间，也即产生第三种价格，可谓"价格三轨制"。

其实，我们买到的不是供销社里的"平价"尿素，而是从供销社被"平价"倒转出来的。它如果再被倒转，可能还会产生第四种、第五种价格……那时，不知道这叫寻租腐败。

不管怎样，我们还是很感激"关系人"的，让我们家又"增

---

① 价格双轨制，是指同种商品国家统一定价和市场调节价并存的价格管理制度。因同时实行计划调节和市场调节两种运行机制而形成。主要涉及粮食价格及生产资料价格。是中国经济从计划经济向市场经济转型过程中所采取的一种特殊制度安排，是 1979 年至 1993 年间中国所实施的渐进式增量改革战略的一个重要特征。双轨制存在很多弊端，具有存在的时代性。

收"了，还不恬地感觉"有门道"真好。不由多想，我和姐夫尽全力前倾着身体，死死地抓牢车把，拼命地向下按着，脚下艰难地踩着脚踏板，自行车被后架两侧的 200 斤尿素压得咯吱咯吱作响，仿佛在诉说着农民的艰难与"力不从心"。

如果棉花生长季雨水多，其主茎和枝叶会疯长，肥分营养不会被"精准"地吸收到棉桃（棉果）上，自然也不会高产。

那时，农村的农业知识和技术都非常匮乏。

上中学的我就寻思怎么才能少长枝叶，多长（增大）棉桃。

有一次，我和父亲到城里摆地摊，意外发现农药店里在卖一种新型药物——矮壮素，专门控制棉花疯长的枝叶，可以实现增产。

好奇并急切为家里增产的我，好不容易说服父亲买了一瓶。几乎是用整自行车的丝瓜、毛豆等蔬菜"换"来的。

回家后，瞒着母亲背上喷药器具，按说明书给部分棉花喷了新型药物。

每逢周末，我都会去观察被喷了"新式武器"棉花的生长变化，试图发现新的不同。

两三周左右，几乎没有变化。

有点失望——心里嘀咕，难道被骗了？

大约一个月后，棉花变了——比邻田的棉花矮了一截，横向的枝干也短了不少，主茎和横枝都粗壮了很多，抗风能力明显增强了，叶子是深绿色（邻田的棉花是淡淡的黄色，好像没营养），而且油光发亮，更惊奇的是棉桃大而饱满，多而密。

可见，增产在望。

在棉田里忙碌的母亲，总会被路过的村邻叫住询问："大妈，你家的棉花，怎么这个样子，什么品种？"

"品种跟往年一样啊，和你们一样就是在籽种站买的。"母亲回话。

"不可能，不可能的。"路人疑惑地说。

妈妈面带欣喜地说："真的，一样的品种！怎么长成这样，我也不知道。只能等孩子周末回家时，问问上学的孩子。"

后来明白，该新型药物是一种增产的生长"激素"。

当时，家乡农村几乎没人知其功效，也没人敢用。

我可能是第一个吃"螃蟹"的"农民"。

纵使棉花丰收了，朴实的农民还得变着法子，多卖点钱。

那时，棉花是"统收统购"。没人敢私自收购，也就没其他地方可卖，只能卖给供销社。

有两种卖法，一种是棉花晒干后，直接连种子——籽棉出售。还有一种是加工去掉籽——皮棉出售。

为了能多卖几个钱，农民通常选择加工成皮棉出售。

棉花加工，亦非易事。

七里八村的，几乎没有加工棉花的作坊。那时，社会还不太鼓励个人办加工作坊。

更何况，落后的农村，有资金和创业勇气的人，少得可怜。

那年代，"万元户"是凤毛麟角的珍稀"物种"。一方面，很难积到"万元"家财，另一方面，没有多少机会和途径致富。这是制度因素，是技术落后，是自身原因，还是时代的缘故呢？

还好，隔着几个村有一个加工棉花的作坊。当时，人们称呼他家为"万元户"。

由于作坊加工能力的不足，以及需要加工的棉花太多等因素，加工棉花往往需要通宵达旦地排队，甚至排上一两个昼夜。

我会被父母叫去排队，缓慢的进展令我失望，但只能煎熬着。如果遇到机器故障，等待的时间更是遥遥无期。

卖皮棉划算，还有一个原因就是棉花籽可以榨油卖。

那时，家乡的农民会用自行车长途跋涉地载着沉重的棉花籽去榨油卖钱，榨油比直接卖棉花籽划算一些。

因为路远，每趟总想多载点，以降低成本。于是，就采用原始的办法加固二八自行车，即焊粗横杠后架，换上粗的辐条，把内胎表面缠上布条等方式。如此，可以载上 300 多斤，甚至 400 斤。由于载货后架太重，车头会翘起来着不到路面，难以骑行，通常在前面横杠上挂上几十斤棉籽以求平衡。不堪重负的自行车，爆胎是"家常便饭"。途中的艰辛赢得是收入的预期，他们累并快乐着。

当然，出售棉花也不省心。

四面八方的农户，涌向供销社出售棉花，不拥挤，不排队才怪呢！

每逢收棉季节，供销社的院子里，人山人海，到处堆满了白色的大棉包。

出售时，棉检员要检验、评定棉花等级，通常把手伸向包内掏出一团检查，看色泽、看棉絮长短、看水分等指标情况，还会，在棉包的底部或"肚子"上，用刀划出口子——"开膛"检验，重复上述动作。

太阳落山时，供销社还挤满面无表情、焦急等待出售棉花的农民。如果天气突然变暗，下雨的征兆，农民更加心急火燎。

等了很长时间的农民，对自家棉花的好等级非常期待，希望有个好价钱。

有的农民辛苦等来的，却是无尽的失望，对棉花的评定等级"一万个"不满意。

他情不自禁地对着棉检员嚷嚷了几句……争辩无果后，狠狠地把自家的棉包甩到队伍的侧面。

"我去找你们的领导，多好的棉花，怎么定这么低的等级？我也没有以次充好，一定要问问怎么回事？"他气愤地边说边急冲冲地跑开了。

其实，他上哪里去找领导？找到，又能怎样？如果认识领导，早去找了，还要花那么长时间排队干吗？

他只能牢骚满腹地骂了几句，阿 Q 一下，还能咋的？

于是，无可奈何、垂头丧气地拉着平板车，有气无力地载着"无法"售出的棉花，边往家的方向走去，边喋喋不休无能地责怪着守望相助的婆娘……

看来，只能如此！

42. 家务拾趣

家务是广义的，与农活交织。

很小时，就隐约体会到父母起早贪黑，面向黄土，背朝天的艰辛。他们为家务或农活，经常熬到深夜，甚至通宵。也会要求我们帮家里干力所能及的农活。

夏天，有很多农活要做，主要是暑假的缘故。

小学时，要求"面向四化"德智体美劳全面成长。即便"主课"的家庭作业不多，也几乎不做或草草了事，老师告状也没啥用。那时，父母根本没有时间管我们，文盲的他们也不知道怎样管我们。

但是，"劳"的课业却异常的重，因为，家里把我们当作劳力的补充。

割草是周末或暑假的"必修课"。

当时，比我大几岁的孩子，割草为家里挣工分。美其名曰"勤工俭学"，其实是挣工分贴补家用。

印象中，我也由此挣过工分，挣的少得可怜。由于年纪太小割不动草，只能跟着大孩子后面"打酱油"。

后来，割草主要是喂养家里的牛，以减轻父母的负担。

我们会三五成群地一起去割草。因为，河沟、芦苇荡、坟场

"无人区"等有草的地方，一般都比较远且陌生，需要边割边走。同时，惧怕割到蛇什么的。

我的"割伴"之一，是一个年龄相仿的女孩。她家有很多女孩，也不怎么穷，却没有上过学，不知什么原因。

按村邻的辈分，我比她长一辈，应该叫我——叔。

她家养牛比我家晚些。其实，她家有人割草，牛有吃不完的草。

她比较勤奋，割草是为了"攒草"，晒干后，加工成糠用于喂猪。

我们两三人出去割草，一割就是半天。

割满一大背篓，可能有七八十斤。我们把背篓的背带顶在头上，"加尖"塞满草的沉重背篓，压得我无法直立起来，需要一两人在后面帮忙抬升。

如此重负，艰难地向前挪步，也没法卸下歇息，只好择机抵在树干侧歇息一下，大喘几口粗气。

牛棚下，我艰难地下蹲卸下头上的背带。颈椎如同一根树桩，脖子直了，头皮麻了，一时半会儿无法动弹。

牛给家里添了劳力，我们也要为它做一些配套"服务"，除了割草、搭牛棚之外，还需要一个牛屋，其实和人住的房子一样，就是内墙可以抹得粗糙些。

曾经，我和父亲断断续续地干了一个暑假，硬是干出了两间泥巴房子（牛屋）。只是在最后封顶时，找了个帮工，因为工序太多需要爬上爬下，父子俩实在顾不过来。

在责任田里干活，基本和父母一起去，因为需要他们教，有时，还找不准自家的田头。

很小的时候，帮母亲丢种子、丢化肥等。母亲刨一锄头，我在坑里丢几粒种子，母亲再刨下一锄头盖上，我在新坑里丢几粒种子，再刨……如此反复。或者，在庄稼根部，母亲用木棍戳出洞眼，我丢进一把化肥，随手刨土盖上……

看似简单，一会儿下来就腰酸背疼。

看着母亲顺着脸颊流下的汗水已湿透了衣襟。我也不敢喊累，只能咬牙坚持，就当磨炼意志了。

父亲带我去干活，通常是重活，或需要持续时间长的体力活，或和牛一起干，或需要开拖拉机……有时，担心庄稼烂在地里被人"笑话"，就和父亲通宵达旦地抢收。我不服输的特质，可能和当时抢收庄稼形成的习惯有关。

有一次，不是抢收是赶在寒假回校前，帮父亲多干点活。

于是，一起去挖"稻板田"。这地，冬天轮空不种庄稼，但需要用叉翻挖。到时，灌溉平整——育稻秧。

好久没有挖地，仿佛有使不完的力气。刚开始，挖得飞快，父亲都跟不上。他却劝着说："慢一点，慢一点！"好强上进的我，哪听得进去？

意外发生了……

晚上，左脚大拇趾肿得很厉害。冻疮磨破了，出血了，刺痛得很。好久才痊愈。

暑假回校前，我也会催着父母早一点收割春玉米。跟父母说："差不多可以收，就收吧。"因为，开学后课业很忙，回家的次数不会多，年老的父母也就没人帮忙了。

父母一般会同意我的建议，一起背上背篓钻进了令人窒息的玉米地里，掰玉米棒，一口袋、一口袋地往田头扛……

我们正在大汗淋漓地忙着，玉米地里"意外"地出现了另外一个人，是隔壁地块邻居的"三儿"。

"三儿"过来是帮收割玉米的。玉米棒扛到田头，全部装上平板车，玉米秸秆砍倒捆扎，梢朝上丛码在路边后，"三儿"悄悄地离开了。

看着湿透的背影，既熟悉又陌生，感动不已！

年纪太小做不了重农活之前，做比较多的家务是烧饭，是从烧玉米稀饭且在饭上用镂空蒸板蒸（热）饼开始的。

那时的身高，才刚刚能够得到土垒的锅台，拿工具有时还需站在小板凳上使劲地够呢。

夏天晚上，我们通常吃玉米稀饭加少量的饼（一般不够吃）。当然，不光是夏天。

晚饭，一般没有菜吃，除非来亲戚或节日。下饭菜，都是萝卜干或咸菜干。晚饭前，需要把咸菜干切碎，用开水泡透，拌上切碎的辣椒和蒜泥。

咸菜吃起来蛮有嚼头，可口的清脆和着稀饭"涓涓"入口，酷似波澜不惊的"溪水声"。

我不光要烧稀饭、蒸饼，而且还要做咸菜。

切咸菜，可难了！

咸菜干，好似橡皮筋一样坚韧，与破旧的刀，形成强烈的"对立"。我一手按住刀把，一手拢住咸菜，使出全身力气拼命地"锯"，切得尽管长短不一，但已是尽全力的最好结果了。

接下来，切新鲜的辣椒就是"小菜一碟"了。但是，由于浑身力气都用在切咸菜上了，切辣椒时，手好像不太听使唤。切着，切着，突然食指的关节处感觉火辣辣的。顺着手，定睛一看——左手食指上有一个长口子。立即捏紧伤处，慌忙地找到妈妈的针线包，用旧布裹扎好，捏了很久。

忍着痛，单手剁好辣椒和蒜泥，总算把菜做好了。继而，端详着手，捏着它，坐在门口的树下，等着妈妈归来。

我害怕蚊子叮咬，总是很早就做好晚饭。父母通常比较晚才回家吃饭。夏季，屋内的空气好像窒息一样，我们一般在门前的空地上，搭个简易餐桌吃晚饭（早饭、中饭会在树荫下吃）。但是，蚊子极其的多，又肥又大，即便是深秋时节，也是如此。

晚饭时，为了防蚊子叮咬，我们都会穿上很厚的衣裤，有时穿上高帮的防水靴。全副武装后，手、脸等暴露的部位就是蚊子的攻击目标。无论防护措施多么严密，扇子拍打蚊子多么频繁，一顿晚饭时间，还会鼓出很多"蚊子包"，奇痒无比，只能用狠狠的抓挠来缓解难受。蚊子的伤口，挠破了结痂，再挠，又结痂……总之，夏天时会遍体鳞伤，体无完肤。

有时心血来潮，给父母制造一点小惊喜，如，给父母送解渴的温水。但两个开水瓶又提不动，只好用一根细棍挑着走上里把路，去田里找父母。

有一次，半路上摔坏了一个开水瓶，内胆碎了，就剩下竹编的外壳。吓得我魂不守舍，仓皇回家。

在土垒的锅台上，我按原样放好两个开水瓶。

内心很害怕被母亲揍。于是，就瘪着肚皮钻进破旧的蚊帐——睡了。炎热难耐的夏夜，哪能睡得着，躺了一会儿，身底下的席子就湿了，还时不时忍受着蚊子的叮咬，根本不敢发出赶蚊子的声响，只能用芭蕉扇轻轻地刮一刮，刮去蚊子，刮挠痒痒……任凭母亲怎样的叫唤，就是不敢"醒"起来。

在碗筷交响声中，我清晰地听到："孩子可能感冒了，让他睡吧！"

糗事，还不止这个呢。

门前的晾衣绳上，经常晒着被子，被子上的深色"色块"，就是我的"杰作"。

有时，芦苇席子也会被拿出来晒，基本在同一个位置是深褐色的，快"烂"通了。这"归功"于我的隐瞒。

起床时，如果发现自己夜间找目标没"憋住"……就把被子铺整齐，掩盖住，冬天尤其如此。母亲不容易发现。到了晚上，自己用瘦小的身体哆哆嗦嗦地焐着身下的"冰凉"，可谓自作自受。

儿时，一不小心就尿床的"嗜好"是村里出了名的。

妈妈担心过——怎么啦？为什么总是夜间"找不到"厕所？是不是"病"啦？孩子需要治吗？

村里的赤脚医生告诉母亲："晚上，让孩子少喝点'稀'的，多吃点饼。长长就会好的。"

不久，果然好了，床铺变干了。

回想起来都是泪。"丢人"的童趣，尴尬得让我抬不起头。

有一次，母亲、阿姨及她家和我年龄相仿的孩子等四人，清晨出发，步行十来公里走亲戚。

很小的我，尽管累着走了那么远的路，对期盼已久的喜宴还是兴奋不已，站在母亲身边开心地品尝着美味。那时，农村的酒席，孩子没有座位。即便是这样，也丝毫不影响我大饱口福，其实是妈妈"口中"省下的，即两人吃一份。

吃饱，喝足了，也累了。

晚上，大家打地铺和衣而睡，很快进入了梦乡。

不料，我拼命地"找厕所"，又没找到……

幸亏，妈妈有先见之明，睡前脱掉我的棉裤。不然，连穿的裤子都没有了。

第二天，和我同去的孩子一直笑我——"好消息"不胫而走。

这事，让我"看新娘"的心情已荡然无存。总是，扯着妈妈衣服，闹着回家。

家乡的冬天，按季节农事不是太多。

但是，有的事要赶在寒冬来临之前做完。总是被季节赶着走。例如，山芋起茬后，部分需要入地窖（在地势比较高的地方，挖出约两米的深坑，山芋倒入后，用木棍撑起玉米秸秆，拱起带有两面延坡的顶脊，然后在顶脊和延坡上覆盖厚厚的泥土，这样，冬天恒温可以保鲜山芋的地窖就形成了），防止山芋冻烂，保证冬天吃到新鲜的，也可以保存来年的种苗。

冬天里，家里需要吃山芋，就得到地窖里取。

这是孩子的事，因为地窖的门洞很小，只够孩子钻进钻出。平时，门洞是被草塞实，且泥土盖严的。钻门洞前，我先要脱掉棉袄，然后，带上可以转运山芋的小筐钻进去，抓满山芋后吃力地从洞门递出，反复多次……

至今记得，地窖里舒适的"暖气"，也记得窜来窜去老鼠的"冷峻"目光。

细长的山芋需要晒成山芋干，进行长时间保存。

通常先刮去皮，握住山芋的一头，在山芋的另一头均匀地剖片，不剖到底，也就是在手握的那头，片与片之间是连着的。然后，手握住另一头，在连着的那头再均匀剖片，只是下刀方向和刚才下刀方向成90度。这次剖片，也不剖到底。如此，山芋已被剖切成细条状，而且没有完全散开，因为两头都连着的。不能完全散开，散开就无法挂晒了。

然后，挂在用木棍架好的悬在空中的，好像渔网的"帘子"上。"帘子"竖着的菱形"绳洞"很大，其底部斜着的两根细绳上，可以挂上几个山芋。

圆不溜秋的山芋，就只能晒山芋片了。

山芋片，要么人工切，要么"机器"切。

哪来的机器？就是在一块长条木板端部，抠出一个长约20厘米、宽约8厘米的缺口，把一个废旧的镰刀片刀口向内固定在缺口上，刀片两端的下面，用垫片垫出0.5厘米左右的空隙。在木板的顶端、刀口侧合适的位置钻个孔，固定上一个贴着木板可以转动的木质把手。该把手主要是用来向刀片方向挤压山芋的，当然，把手靠刀片的那侧需要抠出与刀片弧度相吻合的槽，否则，山芋片就无法切透。

这就是山芋的"切片机"，是我和父亲的"DIY"。它时常会被村邻"请"去帮忙。用它切山芋很快，不过按山芋的手要当心，容易被刀片切伤。

山芋片，撒在空的地上晾晒。完全干后，再一片一片地捡回来。

晒山芋干和山芋片都怕阴雨，得靠天吃饭。突然降雨的话，就会让人手忙脚乱。

山芋干，可以披上塑料纸、抵上玉米秆用来防雨。

山芋片，只能辛苦地一片一片地捡回来，不然就会发霉，烂地里了。

干和片都怕冻，不能等到零下结冰时才开始晒。如果那样，会被冻坏流出水，从而失去甜分，变味难吃。

切山芋片和捡山芋片，通常有我的活，经常和父母干到深夜。

小时候，家里没钱的窘境，让我很小就有赚钱的冲动。

周末，我卖过米棍和棒冰。

在周末的早上，向母亲要了一定数量的大米和加工费，掏着三角挡骑上二八自行车，迫不及待地到运河对岸公路边加工米棍。

米棍是管状的大米"膨化"食品，它不同于工业化生产的膨化食品。是由柴油机传动着米棍机器压出来的，是原生态的，其中只加了一点儿糖精。

兴奋地把米棍装进蛇皮袋，用绳子笼络在车后架的右侧。

那时还小，只能"掏骑"自行车。"掏骑"时，无法整圈踩，只能踩小半圈，利用后面轮轴上的"刺轮"回小半圈，再踩……如此反复，在土路上颠簸前行。行进中，叫喊着"卖米棍喽！卖米棍喽！"

这样边骑、边叫喊，偶尔停下来做"买卖"。

"掏骑"很累的——屁股一直悬在空中，而且上半身要向右外侧倾斜，才能保持自行车平衡。

累点没关系，高兴的是小买卖还行，已销掉一小半。估算一下，米和加工的费用已收回啦。

思量这，盘算那，不知不觉太阳已落山。不敢再去"探索"陌生的村道了。

于是，迎着晚霞，紧赶慢赶地向家的方向骑去。

到家后，妈妈用粗糙的大手抚摸着我满是汗的卷毛头说："中饭，都没吃吧?!""吃了，吃了米棍。"若无其事地回着母亲。

第二天，很早就出门了。

心想，今天卖出去的，就是赚的。

可惜，每到一处围上来的人不少，买的人却不多。

他们说："不脆了，绵软了，可能时间长了。"我尽力连忙解释："时间不长，昨天加工的。"他们都不太相信。

转悠了一整天，叫卖了好多村庄，米棍也没卖完。

垂头丧气地回到家，妈妈鼓励说："不错了，第一次做'买卖'，不要责怪自己。"

她告诉我："第二天的米棍会不太脆的，因为蛇皮袋不密封。下次，要么争取当天卖完，要么在蛇皮袋里面衬上干净密封的塑料袋。"

听后，恍然大悟!

鼓足勇气，下周再干。

卖米棍的得失经验，也为我后来卖棒冰提供了有益的帮助。

这也许是被穷困潦倒的现实，逼出来的勇气。

这就是我人生的第一次"买卖"。

43. 法难断

农村是熟人社会。

熟人社会网络的治理，有一种"羞耻感"或"面子"的软约束，可以在某种程度上，规避一些有损公序良俗的"灰暗"动机。

这种"治理"模式，一直在农村有效地延续着。

随着进城务工浪潮的不断推进，农村进城的人不断增多，才异化了农村朴实的熟人"治理"文化。

带着一颗单纯的心，进城赚钱，收获的不光是金钱，还带回了或"封闭"或"开放"的文化。

城里，在一定秩序下，各自忙活自己的事，对别人的家长里短"漠不关心"，认为做好自己就行了。城里人，白天都关着门，没有邻居的默契，门对门不认识，再正常不过了，更谈不上一整个楼栋人的彼此熟悉了，社区的真正融洽根本没有形成，总是在冷漠地处着，没有熟人"治理"的约束，即便在"同一个屋檐"下，也不能共生成长，每个人都像独处的"沙粒"，各有各的"棱角"，这就是城里"封闭"的一面。

而那时的农村，类似情况却是开放的。出门时，一般都不上锁，敞着门。人与人之间知根知底，前后"三庄"都沾亲带故，其实不都是亲戚，只是联络情感的熟人相处方式，他们之间都会被无形的熟人社会网络规范着，彼此间共生着。

如果有违背仁礼道德的事，就会被淹没在谴责的唾沫中，如果发生违法、犯罪等严重行为，整个家族都会"抬不起"头。

城里有开放的一面，包括对离婚的态度，人们基本拿得起、放得下，没有偏见。

那时的农村，对这一问题，非常保守，主流价值观不太接受重组家庭。对离婚一事，比较抵触，对情感越轨更是嗤之以鼻，迎娶寡妇也会被看低，不管是怎么"寡"的。这方面，农村很传统，很"封闭"。

那时农村，撕裂的婚姻、扭曲的情感，虽然很少发生，但人们的情感诉求却是复杂的、多变的。

淳朴的农村、朴实的农民，同样抑压不住情感的不道德外泄，只是外泄的方式比较原始罢了。这种在法与情边缘的情感或婚姻"游戏"，在欢愉之后，会把当事方折腾得遍体鳞伤，甚至死去活来。压力可能来自法律、家庭、熟人的非议指责及"蔑视"的眼神……好像都有，不是吗？

当时，村里有一个清秀的高挑知青女孩。她可能在初中毕业前后，在响应号召的驱使下，就从城里来到了我们这片土地，人人喜欢她，村里自然会特别照顾好这个"外来苗"。基本没让她干过重的农活，当然，根本就不会干。

随队干了一阶段农活，接受农村生产的再教育后，村里安排她进行"扫盲"和小学低年级的代课教学。

另外，在民兵春训或冬训时，她会被抽出负责组织村里女民兵训练。

那时，男女民兵混合编组训练，而且打破村的界限，进行联村编排。

为了保家卫国与基层安全，他们在上级的要求下，进行严格的训练，"连队"吃住在村里或生产队的"牛舍"。

训练之余，"控制"不了青年男女之间的交往，也"控制"不了青年男女之间的情感火花。

火花，有的是绚丽，有的是纠结，有的是支离破碎的伤痛。

如此，村里的那个女知青民兵和邻村的男民兵，眉来眼去——好上了。

熬了几年，逐渐从"地下恋情"转为村道上、小集镇上成双出入的"对儿"，好似情侣。

他俩的事不翼而飞，指责声沸沸扬扬，而且"一边倒"，根本没有祝福声。

这个新闻炸到了男青年的村里，不得了了——"爆"了。

为啥呢？因为，男青年有老婆有孩子。男青年曾经当过几年炊事兵，在部队负责养猪做后勤保障。

在探亲时，他们匆忙结了婚。

退伍后，凭着在部队的养猪技术，在家开了兽药铺，还凭着经验为附近村民的猪寻医问药。生活过得好于大多数农民。

女知青和他好上之前，没人清楚女知青知道不知道男青年的"家室"情况。

读中学时，我把他们这份情缘写成了"记叙文"也可美称为"报告文学"。反复推敲、誊写及修改，投稿了，至今石沉大海。那是我第一篇文学类的投稿作品。记得，我的拙文"假设"，就是以为女知青知道男青年的"家室"，然后遵循着非虚构文学的逻辑，演绎出一些基于视野局限的"价值联想"。

不管，女知青知道还是不知道。

他们接二连三、歇斯底里的争吵、撕打、官司，再争吵、再撕打、再官司……经过几番闹腾、结怨、斗争，最终回到原点，一切的抗争、妥协、谴责和制裁都无济于事，真正是"法难断，理还乱"。

男青年的老婆知道后，不知男人是如何认错的，也不知她如何抑住怒火和自己男人谈的。总之，"沟通"无果。

然后，她气上心头，一路气势汹汹地冲到女知青家门口，无休止地谩骂、指责、哭闹……

开始几次，女知青不露头，不回嘴。

任由其谩骂。

任由几十或上百人带着谴责的目光围观……当然，不排除看热闹的。

哭闹久了，围观的人也索然无味地散了。

同情的老者，不厌其烦地劝导着她。她累了，才无奈地、跟跟跄跄地、无望地离开了……

过了几天，在男女青年没有"向善"的情况下，怒发冲冠的她，又来到了女知青的家门口。

这次，火力更猛。

他老婆带着家族的人来女知青家里闹——砸东西，连锅灶上的破铁锅都被狠狠地摔在门前的空地上，碎成几瓣，弧形的锅体在风中凄凉地摇呀摇，很久也没停得下来。

女知青实在忍不住了，冲破世俗、冲出家门和他老婆辩着、吵着、对峙着……

"你交出我的男人！"他老婆喷着唾沫，指着女知青的脑门怒斥到。

"我怎么知道，你男人在哪?"女知青若无其事地回怼。

这种口气更加刺痛他老婆的心，她愤怒地骂道："你，你这个'不要脸'的婊子。快交出我的男人。"无法控制情绪的她，毫无迟疑地冲向女知青，一把薅住她的头发，漂亮的垂肩双辫成了她与之交锋的软肋。女知青被扯了几个跟跄，农村妇女毕竟比知青力气大。揪心的场面，好不容易被年长者拉劝着，变得缓和了一点点。

她始终没见到自己的男人。

这又是一次没有结果的争斗，更是农村妇女又一次伤心绝望的抗争。

找不到自己男人的她，近乎疯了似的，抓狂得痛不欲生。

一天夜里，村里鸡飞狗跳。

天亮时，"好事"的村民传说着昨夜的故事——那个女人又来抓男人了。抓个正着，被女人的娘家人"绑"回去了，赖着不走，还被打了。

几天后，村民在女知青家附近，看到了男青年脸上的伤，已经结痂。

女人据理力争地"闹"着，但并没有搅乱她男人与女知青的越轨与厮守。

闹与"交往"，一直没有停过，而且分别都有不同程度的升级。

有一利好，一般看来是转机，就是知青按照政策可以回城工作了。众人都为这段可怜的"孽缘"松了口气。

多数知青都高兴地背起行囊，告别乡亲，奔赴未来。

有的，还幸福地带上乡下的媳妇或乡下的男人及他们的孩子，回城闯荡，创造未来去回馈自己"特殊时期"的糟糠爱人。其实，"一家"回城的生活是比较难的。城乡差别的桎梏，户口的限制，乡下上去的爱人，在当时和相当长的一段时间内，是不可能有正式工作的，也没有什么社会保障。

村民，以为女知青会开窍，趁机逃离这个"是非"之地。

令人大跌眼镜的是，女知青一点动静都没有。

关心她的人，为她着急，为她的情感和未来着急……

关心她的人，主动去问她，好心劝她放下这段不可能有结果的感情。

女知青的城里父母，也知道了女儿这段痛苦情感。于是，来到知青住处，亲自坐镇把关。

一方面，劝导女儿放下不可能的感情；另一方面，紧锣密鼓地为女儿物色婆家。

天天陪着女儿，苦口婆心地"谈心"，试图打开女儿的心扉，让其能正视感情、正视现实，对自己负责。

终于，勉强地同意去见见父母为其张罗的同城下放到邻乡的男知青，人很不错而且下一批将回城工作。两人结合"比翼同回"的美好画面，在其父母的脑海中被强烈的期待着。这画面，却被女知青冷若冰霜的相亲表情硬生生地打碎了。

双方父母按风俗"私自"定下了婚约——一个即将到来的婚期。

女知青的父母提心吊胆、寝食难安地"调适"着女儿出嫁的心情，同时，忙里忙外准备着嫁妆。

终于，低调地把女儿"嫁"了出去！

父母欢欣地以为女儿的"历史"已翻篇，重新出发了，也发自内心地祝福她的成熟。

按农村喜事风俗，结婚的第三天叫"双回门"，女儿和女婿要同时回到娘家拜见岳父母，娘家设酒席"回敬"。

遗憾的是，"双回门"的前一天，女知青一个人偷偷地跑回来了。不管怎么劝，新郎怎么求，铁了心的女知青，死活不回去……

据说，女知青的那个名不正、言不顺的汉子，在她结婚当晚，曾闪现在拥挤的贺喜人群中，被女知青看到了。

女知青父母气得死去活来，夺门而出——摔得很重，脱掉的门框也"砸"走了心爱的女儿。

女知青执拗不听劝，仍相信不被祝福的"爱情"，相信那个男人能离婚，能死心塌地和她在一起。

执迷不悟的女知青，根本不了解她待了几年的农村。

那时的农村，几乎没有离婚的。在传统认知里，离婚是很丢人的事，可能是保守使然，也可能是农村"封闭"的结果。

保守与"封闭"，无形地给农村加上了"紧箍咒"。

婚姻的幸福，不是"紧箍咒"能给到的。"紧箍咒"可能是婚姻矛盾，化解途径畅通的"羁绊"，或是矛盾"死结"的无奈注解。

当时农村，男方遇到不幸婚姻，多数沉沦、压抑，也有不负责的"破罐子破摔"，甚至越轨，但极少。女方会通过"逃跑"与不幸婚姻进行抗争。而女知青的偷偷跑回来，是对婚姻的另类"亵渎"。

其实，女知青是痴情的，像被灌了"迷魂药"似的"迷情"。对她心中的男人，总是抱有不着边际的幻想。

几方耗着，熬着，伤害着……

他们未曾由于时事的变迁而削弱过、停止过、反思过，有的事甚至还在变本加厉。

几年后，女知青与她心中的汉子，竟然有了一个孩子。

大肚子时，男人的老婆来女知青家闹得更凶、更多，几乎天天来。

闹得女知青，不得安宁。

男人的老婆气急败坏后，不管怎样劝也劝不住，一直情绪失控地在地上反复滚着、哭闹着、辱骂着。

也许是对男人的失望，对现实的绝望，使她经常昏厥在女知青家的门槛上。

这一感情悲剧，也惊动了官方——警察来了，几经周折，劝退了。

伤痛在，男人的老婆就不会停止维权，怎么会善罢甘休呢？

男人老婆的千方百计、歇斯底里也没有挡住新生命的出生。几个月后，女知青生下了一个女孩。

男人的老婆异常的平静，知道无法改变了，只能整天在家以泪洗面。

有一天，"呼啦，呼啦"的警笛声，打破了村庄的宁静。

男人和女知青都被警方带走了。

几天后，被"教育"一番的女知青回来了。

男人一两年后才回来。听说，以重婚罪判了。

男人的婚，并没有判离。因为，"民不告，官不理"，他的老婆可能没有起诉离婚。

因为，她对她的男人还抱有"希望"。心里想着"进去"的男人，能洗心革面，重新做人。

哪知，男人出来后，一切如初。

他基本不回自己的家，还是围在女知青的身边不合法地鬼混着。

男人的老婆再一次失望，又试图抗争了多次，没一点效果。无计可施后，无奈的她在异样的眼光下，痛苦地度日如年。

女知青的内心，不得而知。可是，在乡下只能惶惶过活，独自拉扯着女儿的生活。

"孽缘"里的他和女知青及他的老婆，没有赢家，好像都输了，都是受伤者。

面对自己孩子时，可能只有无尽的遗憾与内疚。不过，始作俑者应该是他，于情、于理、于法都说不过去。

他背着负心汉的"骂名"，女知青背着"非婚生子"的尴尬。在农村的传统观念中，真的很难抹去。后来，令人大跌眼镜而且女知青万万没有想到的是，曾经"鞍前马后"的他，却无情地离她而去。留下的，只有村邻的一声叹息及女知青的终生后悔、遗憾与憎恨。

后来，随着进城务工农民的增多，城乡婚姻文化的杂糅，农村"从一而终"的婚姻观念，被冲击着、被颠覆着，也在"变异"着。

进过城、打过工的农村男女青年，对婚姻的"敬畏感"少了许多。有的近乎随意，村邻家有一个 30 出头的女孩，离了三次婚，脾气偶尔不投、三句不合就离，离婚成了一种"习惯"。这些怪状，惊得村里老者"掉"了下巴。

　　村，还是那个村，人，还是那个村的人。有些事的看法和做法，却大相径庭。

　　离婚率高了，是进步，还是退步呢？是对相应痛苦的解脱，还是对婚姻的不负责任呢？

　　这，不光是家乡的问题，应该也是全社会的问题，难道不是吗？

后 记

这些……

是了却感恩、呼唤、求索和悸动的文字。

是历经几年构思，一年行文且反复推敲的文字；是对心灵的抚慰，对过往的思考，对周遭的理性对话，对滴水之恩的报谢！

冥思苦想的思绪而无法释怀，文字却清晰憧憬着家国情怀与理想价值……同时，催促着不能停下责任初心、真言及知行合一的砥砺前行。哪怕可以引起一点点的思考及社会共鸣。

于是，写点摆脱现实裹挟的良知文字，为的是能够遇见更好的自己。不是檄文而是在真实中迸出的能量与勇气，不求酣畅淋漓，但求提供一个思考问题的角度。正如作家张嘉佳所言："写给我们所遇见的悲伤与希望，和路上从未断绝的一缕光。"

可能，迫于生计或苟且生活，而暂且搁笔。

文化学者高晓松指出，我们应该回归安静的心灵温度。

因此，我将一往无前、无问西东地继续那场风尘仆仆的人生修行，不会停止对无知现实、未知人生的求索与诠释，更不会停止对诗与远方的追求……

同时，感谢文中的"角色"，感谢为此书出版而付出的亲朋！

唐德淼

2019 年 9 月